ALEX LUKEMAN

PROJECT

WEISSER JADE

This Translation is published by arrangement with Alex Lukeman

Deutsche Erstausgabe

Titel der Originalausgabe: WHITE JADE

Dieses Buch wurde nach Dudenempfehlung (Stand 2016) lektoriert

Cover & Umschlaggestaltung: Michael Schubert
Übersetzung: Alok Avasthi

ISBN: 978-3-95835-158-5

Printed in Germany

Bibliografische Information der Deutschen Nationalbibliothek:
Die Deutsche Nationalbibliothek verzeichnet diese Publikation in der Deutschen Nationalbibliografie; detaillierte bibliografische Daten sind im Internet über http://dnb.d-nb.de abrufbar.

Danksagung

Meine Frau, Gayle, die frühe Entwürfe gelesen und wirklich gute Anmerkungen gemacht hat und mir immer und immer wieder zuhören musste; Frank Macchi, ehemals beim San Francisco Police Department, der mir vom BART-Luftschacht am Ende des Ferry-Building-Landungsstegs und auch über die chinesischen Triaden in der Bay Area erzählt hat; Greg Skein, ehemaliger Army Ranger; Glenn Frazier, ein Vietnam Veteran und Nachbar, der immer wieder nach dem nächsten Buch fragt.

Emma Sweeney in New York verwendete viel ihrer wertvollen Zeit, um sich das Buch anzusehen, und machte exzellente Anmerkungen, die mir halfen, ein besserer Schriftsteller zu werden.

Da sind noch andere. Danke, an euch alle.

Juli 2011

Kapitel 1

Der Traum zersprang in rote und schwarze Scherben, wie ein fehlerhaftes Kaleidoskop. William Connor setzte sich auf, schnappte nach Luft und wartete darauf, dass sich sein Herzschlag wieder beruhigte. Die grünen Ziffern auf der Uhr neben seinem Bett zeigten halb drei Uhr morgens.

Irgendetwas stimmte nicht.

Hatte er den Alarm eingeschaltet?

Nach kurzem Zögern stieg er aus dem Bett und warf sich einen Bademantel über. Er näherte sich der Treppe seines Hauses in San Francisco. Unten ergoss sich das gelbe Licht einer Schreibtischlampe in einer Pfütze über den polierten Holzfußboden. Der Rest des Raumes war in Dunkelheit getaucht.

Sein alternder Körper protestierte, als er die Treppe hinunterstieg. Er drehte sich in Richtung des Kastens mit der Alarmanlage, als plötzlich ein großer Mann aus dem Schatten trat und ihm den Weg versperrte. Connors Herz setzte einen Schlag aus und verfiel in unregelmäßiges Pochen.

»Hey! Was tun Sie hier?«

Starke Arme ergriffen Connor von hinten und drückten ihn in den Stuhl an seinem Tisch. Jemand fesselte ihn mit Klebeband. Sein Bademantel verrutschte und entblößte dabei seine blassen Genitalien. Er war absolut hilflos.

»Geht es um Geld? Ich habe Geld. Sagen Sie mir, was Sie wollen.«

Der große Mann stand bedrohlich über Connor. Er roch unangenehm nach Testosteron und kaltem Schweiß.

»Genau, Geld. Und ich will das Buch.«

»Welches Buch?«

Der Mann schlug Connor wie beiläufig ins Gesicht.

»Das Buch. Das aus Bhutan.«

Connor schmeckte Blut.

»Das ist nicht hier!«

»Dann wirst du mir sagen, wo es ist. Aber zuerst das Geld. Ich will die Kontonummern und Zugangsdaten.«

William Connor war ein reicher Mann. Zugang zu diesen Konten gewährte die Kontrolle über mehrere hundert Millionen Dollar.

»Wer sind Sie?«

»Dein schlimmster Albtraum. Sag mir, was ich wissen will, oder ich tue dir weh.«

Wie nebenbei griff sich der Mann eine zerbrechliche, antike Porzellanvase und betrachtete das exquisite Design aus Blumen und Vögeln. Die zarte Glasur leuchtete im gedämpften Licht. Er lächelte.

Es gab nur zwei Dinge, die William Connor wirklich liebte. Zum einen seine Nichte Selena, und zum anderen die Freude an alten und schönen Dingen.

»Bitte seien Sie vorsichtig damit«, sagte er, »sie ist sehr alt.«

Der Mann schaute auf die fragile Vase und lächelte erneut. Er hielt sie in seiner riesigen Hand vor Connor und zerdrückte sie zu Staub. Connor spürte, wie sich seine Brust zusammenzog.

»Wenn ich eine Frage stelle und keine Antwort bekomme, tue ich dir weh. Verstehst du das?«

»Ja.«

»Die Kontodaten.«

»Die habe ich nicht hier. Das ist alles in meinem Büro.«

Der Mann seufzte. Er ging in die Küche. Connor konnte hören, wie er die Schubladen durchwühlte. Er kam mit einer kleinen Gartenschere mit rotem Griff zurück, die Connor für seine Rosenbüsche verwendete.

Er griff sich die linke Hand des alten Mannes, presste die Klingen zusammen, schnitt den kleinen Finger ab.

Connor schrie auf.

Der Mann bohrte die Spitze der Schere in den Knochen unter Connors linkes Auge. Wieder schrie Connor vor Schmerz. Blut lief seine Wange hinunter.

»Der Nebel draußen ist dicht. Das Haus ist solide. Niemand wird dich schreien hören. Dein rechtes Auge ist als nächstes dran.«

Die Blase des alten Mannes entleerte sich in seinen Bademantel und auf den Stuhl. Hinter ihm lachte jemand.

»Ich sage es! Ich sage es! Tun Sie mir nicht mehr weh!« Die Zahlen platzten nur so aus ihm heraus. Ein plötzlicher Schmerz breitete sich in Connors linkem Arm aus, stechend und unvermittelt wie ein aufblühender Feuerblitz. Er hielt inne und versuchte zu Atem zu kommen.

»Wo ist das Buch?«, brüllte der Mann.

Schmerz explodierte in Connors Brust und sein Sichtfeld verschwamm. Das letzte, was er sah, war das furchteinflößende, wütende Gesicht seines Mörders.

Kapitel 2

Nicholas Carters Gedanken kreisten nicht um die Granate, sondern um die Temperaturanzeige seines gemieteten Ford, die im roten Bereich verankert war. Er fuhr auf den Parkplatz von PROJECT und stieg aus, in die Hitze. Dampf kochte unter der Motorhaube und eine grüne Pfütze breitete sich unter dem Auto aus. Sein Kopf fühlte sich an, als sei er in Eisen gehüllt. Er wünschte, er wäre noch in seiner Hütte in Kalifornien, anstatt in Virginia mit seinen Schuhen am Asphalt zu kleben.

Carter sah sich um. Die anderen Autos waren leer. Er überquerte den Parkplatz und ging zu dem Gebäude, in dem sich PROJECT befand. Eines wie hunderte in der Gegend. Bei flüchtiger Betrachtung unterschied es sich lediglich durch eine beeindruckende Ansammlung von Antennen auf dem Dach.

Carter passierte den Sicherheitsbereich, ignorierte den Fahrstuhl und ging zur Treppe. Vorbei an den Computern, den Back-up-Generatoren und der Kommunikationszentrale im zweiten, sowie den Analysten im dritten Stock, verließ er das Treppenhaus im vierten und letzten Stockwerk und ging zum Büro von Direktor Harker. An der Tür legte er seine Hand auf den biometrischen Scanner und trat ein.

Elizabeth Harker sah von ihrem Schreibtisch auf. Sie war schmächtig, hatte milchweiße Haut, kleine, spitze Ohren und rabenschwarzes Haar. Ihre großen, grünen Augen glichen denen einer Katze. Sie sah aus wie eine in Schwarz und Weiß gekleidete Elfe, allerdings eine, mit der man sich lieber nicht anlegen sollte.

Auf ihrem Schreibtisch befand sich ein Aktenordner mit seinem Namen, ein silberner Stift, der einmal Roosevelt gehört hatte, und ein Bild der brennenden Twin Towers. Das Bild diente ihr als Erinnerung daran, was ihr Auftrag war.

»Nehmen Sie Platz.« Harker öffnete die Akte.

Er setzte sich und wartete.

»Der Psychiater sagt, Sie sind wieder bereit für den Einsatz. Stimmt das?«

»Mir geht es gut.«

»Keine Flashbacks mehr?«

»Nein.«

Seit drei Monaten schon nicht mehr. Er hatte die Pillen vom Doktor weggeworfen. Sie hatten alles zu einer schmalen Monotonie reduziert und ihm das Gefühl gegeben, als würde er in einem verblassenden Schwarz-Weiß-Foto leben. Er glaubte nicht, dass Harker von den Träumen erfahren müsste.

Harker nickte, machte eine Notiz in der Akte und verstaute sie dann in einer Schublade.

Ein großer, flacher Monitor war an einer Wand des Büros angebracht. Harker tat irgendetwas an ihrem Schreibtisch und das Bild eines älteren Mannes erschien auf dem Schirm. Seine Augen waren blau. Er sah aus wie jemand, den man gerne zum Großvater hätte.

»Das ist William Connor. Er war ein sehr reicher Mann. Außerdem war er ein Freund des Präsidenten.«

»War?«

»Jemand hat ihn gefoltert, bis er an einem Herzschlag gestorben ist. Man hat ihm einen seiner Finger mit einer Gartenschere abgeschnitten. Danach transferierte man Geld von seinen Konten und verwüsteten seine Wohnung.«

Eine elektrische Spannung zog in Carters Schultern. Einem alten Mann einen Finger abzuschneiden, machte es zu etwas Persönlichem, etwas, woran er sich festhalten konnte. Es war besser, wenn es persönlich war. Das half, ihn zu motivieren. Für Gott und Vaterland reichte ihm irgendwie nicht mehr wirklich, nicht seit Afghanistan. Nicht seit Südamerika.

»Das ist kaltherzig. Wie viel Geld?«

»So etwa vierhundert Millionen.«

»Warum mischen wir uns da ein? Das ist doch eher ein Fall für das FBI oder das Schatzamt.«

»Wir haben letzte Woche eine verschlüsselte Satellitenübertragung der chinesischen Botschaft in San Francisco abgefangen. Ein Colonel des chinesischen Militärnachrichtendienstes namens Wu gibt vor, ein offizieller Handelsvertreter zu sein. Er rief seinen Boss, General Yang an, das ist der Chef ihres Militärnachrichtendienstes. Wu berichtete ihm von einem alten Buch, das Connor in Bhutan gefunden hatte. Yang befahl ihm, sowohl das Buch als auch das Geld von Connor zu besorgen. Das Geld wanderte auf ein Konto von Yang auf Macao.«

»Chinesischer Militärnachrichtendienst? Warum sollten die so was Dummes tun? Das ergibt doch keinen Sinn. Was steht denn in dem Buch?«

»Das wissen wir nicht. Connor hatte eine Nichte, die das vielleicht weiß. Ich möchte sie dazu befragen. Doktor Connor kommt heute noch zu uns.«

»Doktor?«

»Sie hat in orientalischen und in altertümlichen Sprachen promoviert. Sie ist eine der Top-Experten des Landes.«

Carter versuchte sich eine promovierte Experten-Nichte vorzustellen. Jemand mit akademischem Aussehen. Möglicherweise in einem schlabbrigen, erdfarbenen Anzug, mit großer Brille und grauen Haaren, so um die fünfzig.

Harker sagte: »Das FBI hat Wu unter routinemäßiger Überwachung. Ich habe ein Foto angefordert, und sie haben eines rübergeschickt. Mein Bauchgefühl sagt allerdings, dass sie noch irgendetwas zurückhalten.«

Nick reagierte nicht.

»Zeke Jordan ist der Verbindungsmann. Sie kennen ihn. Sprechen Sie mit ihm und sehen Sie zu, was Sie herausfinden können.«

Eine Stimme erklang aus der Gegensprechanlage auf Harkers Schreibtisch.

»Frau Direktor, Doktor Connor ist hier.«

»Bringen Sie sie herauf.«

Während sie warteten, dachte Carter über sein Auto nach und entschied sich dafür, Triple A anzurufen und mit dem Abschleppwagen zurückzufahren.

Kapitel 3

Selena Connor sah nicht wie eine etwa fünfzigjährige, grauhaarige Professorin aus. Es war aber nicht ihr Aussehen, welches Nicks Aufmerksamkeit auf sich zog, auch wenn das bereits genügt hätte. Es war die Art, wie sie den Raum betrat, kontrolliert, voller Energie, mit der Anmut einer Athletin. Sie war in ihren Dreißigern. Ihr Haar war kurz und rötlich-blond, das Gesicht sonnengebräunt. Sie hatte hohe Wangenknochen und violette Augen. Über ihrer Lippe befand sich ein kleines Muttermal.

Sie trug weder einen schlabbrigen Anzug, noch eine große Brille, sondern eine glatte Seidenjacke und Hose, sowie eine blasse Bluse, die das Violett ihrer Augen aufgriff. In der linken Hand trug sie eine Computertasche aus schwarzem Leder.

Nick stand auf und Harker stellte ihn vor. Sie setzten sich.

»Was haben Sie da?«, fragte Harker.

»Den Laptop meines Onkels. Er hat ihn vorher nie bei mir gelassen. Ich habe ihn mir nicht angesehen, aber ich dachte, Sie würden das eventuell wollen.«

Ihre Stimme war beherrscht, auf ihrem Gesicht zeichneten sich Spuren von Anspannung ab.

Hat sich im Griff, dachte Nick.

»Doktor Connor …«, begann Elizabeth Harker.

»Bitte nennen Sie mich Selena.«

»Selena. Die Leute, die Ihren Onkel getötet haben, waren auf der Suche nach einem Buch, das er in Bhutan aufgetrieben hat. Wir müssen wissen, worum es darin geht.«

Selena warf Harker einen fragenden Blick zu. Wieso wusste sie von dem Buch?

»Es ist nicht mehr da. Ich weiß nicht, wo es ist. Ich habe zwar nicht alles gelesen, aber es ist die Kopie eines uralten Textes über Unsterblichkeit, überwiegend in Sanskrit verfasst. Bücher dieser Art sind selten, aber dieses ist einzigartig. Was sich darin befindet, ist eigentlich unmöglich.«

»Unmöglich?« Harker tippte sich mit dem Stift gegen ihre Lippe.

»Ein Teil davon wurde in Linearschrift A verfasst. Wenn ich es nicht mit eigenen Augen gesehen hätte, ich würde es niemals glauben. Linearschrift A ist eine von zwei Schriftsprachen des minoischen Imperiums so etwa 1600 vor unserer Zeit. Es existieren keine in Linearschrift A verfassten Bücher und es sollte auch absolut nichts Minoisches in der Himalaja-Region zu finden sein.«

»Sind Sie sicher, dass das Buch nicht mehr da ist?«

»Mein Onkel bewahrte es auf seinem Schreibtisch auf, aber dort ist es nun nicht mehr. Er wollte es auf seinen Computer scannen.«

»Also könnte es auf dem Laptop sein, welchen Sie mitgebracht haben.«

»Könnte sein.«

Harker begann, mit ihrem Stift auf den Tisch zu tippen. »Das Geld von den Konten Ihres Onkels ging nach China.«

»China? Ein Teil des Buches befasst sich mit dem ersten chinesischen Kaiser, Qin Huang.«

»Kaiser Huang?«, fragte Nick. »Der mit den Soldaten und den Pferden?«

»Ja. Huang platzierte eine Armee von Terrakotta-Soldaten und Pferden vor seinem Grab. Chinesische Bauern haben es '74 gefunden. Es ist eine große Touristenattraktion.« Selena strich sich ein paar Haare aus der Stirn. »Das Buch beschrieb Huangs Suche nach Unsterblichkeit. Er war davon besessen. Außerdem wiederholte es alte Geschichten von Schätzen in seinem Grab. Jeder weiß, wo es ist, aber es wurde nie ausgegraben.«

Harker berichtete Selena von dem abgefangenen Gespräch.

»Dann wissen Sie also, wer das getan hat! Können Sie ihn nicht verhaften, diesen ... Colonel, oder was auch immer er sein mag?«

»Wir haben keine stichhaltigen Beweise. Außerdem besitzt er diplomatische Immunität.«

Nicks Ohr begann zu jucken. Seit seiner Kindheit juckte es, wenn Dinge kompliziert wurden, ein persönliches Frühwarnsystem. Manchmal war es allerdings auch einfach nur ein Juckreiz. Er kratzte sich.

Harker legte ihren Stift aus der Hand. »Vielleicht ist ja etwas auf dem Laptop, schauen wir doch mal nach.«

Selena reichte ihr die Tasche. Harker packte den Computer aus und schloss ihn an einem Port an ihrem Schreibtisch an. Das Display des Monitors an der Wand schaltete sich ein. Der Bildschirm war mit Ordner-Icons gefüllt.

»Viele Dateien.« Sie klickte auf eine mit dem Label ›Peking‹. Die Datei war eine Liste von Kontonummern in der chinesischen Hauptstadt.

»Das könnte helfen, das Geld zu verfolgen. Ich sehe nichts über ein Buch.«

Selena sagte: »Sieht aus wie Finanzdaten, beschriftet nach Lage, wie die Bahamas oder die Kaimaninseln, oder nach Branche und Stadt. Da ist eine Datei ›Li Shan‹. Das ist die Grabstätte des Kaisers. Öffnen Sie die.«

Die Datei war ein Angebotsentwurf für die Ausgrabung der Grabkammer des ersten Kaisers mit Zeitplan und detaillierter Kostenauflistung. Über das Buch war nichts darin zu finden.

»Es gibt eine Datei mit meinem Namen«, sagte Selena erstaunt.

»Schauen wir sie uns mal an.«

Es war ein Brief von William Connor an seine Nichte, geschrieben eine Woche vor seinem Tod.

Meine liebste Selena,
du weißt, wie ich Klischees hasse. Bitte verzeih mir, dass ich nun doch auf eines zurückgreife. Um es einfach zu machen: Solltest du diesen Brief lesen, dann ist mir etwas zugestoßen. Ich erwäge dies nicht mit Leichtigkeit, meine Liebe, aber das Leben zwingt uns manchmal unangenehme Eventualitäten auf. Ich hinterlasse diese Nachricht und meinen Computer bei dir in der Hoffnung, dass du sie nie lesen wirst.
Ich glaube, dass ich von Agenten der chinesischen Regierung beobachtet werde, wegen des Buches, das ich in Bhutan gefunden habe. Meine Übersetzung ist unvollständig, aber es scheint historische Unstimmigkeiten bezüglich des Todes und der Beerdigung des ersten Kaisers zu geben, und diese stehen in Zusammenhang mit einem vermeintlichen Elixier des ewigen Lebens.
Ich habe ein Angebot für eine mögliche Ausgrabung der Grabstätte des ersten Kaisers in Li Shan vorbereitet. Vor einer Woche habe ich mich mit einem chinesischen Konsulatsbeamten Namens Wu Chen getroffen, um das Erlangen einer Erlaubnis zu besprechen, solch ein wichtiges Projekt zu finanzieren und daran teilzuhaben. Wu bot mir an, für mich den Kontakt mit den richtigen Leuten in Peking herzustellen.
Im Verlauf unseres Treffens sprach ich über das Buch. Nicht lange danach fiel mir ein großer, recht bedrohlich aussehender chinesischer Mann auf, der mich in einem meiner Stammrestaurants beobachtete. Dann bemerkte ich denselben Mann auch an anderen Orten, zu anderen Zeiten. Vielleicht hat das nichts mit Wu zu tun, aber das scheint mir ein zu großer Zufall zu sein.
Ich fühle mich bedroht. Daher schreibe ich dir diesen Brief, auch wenn es sich dabei möglicherweise nur um das törichte Verhalten eines alten Mannes handelt.

Ich habe das Buch an einem sicheren Ort verstaut. Sollte es einen Hinweis auf das Geheimnis der Unsterblichkeit oder den Schlüssel zu den Schätzen des Kaisers beinhalten, dann ist es gefährlich, es zu besitzen.
Erinnerst du dich an unsere gemeinsamen Sommer an der alten Mine, als du ein Kind warst? Das geheime Versteck, wo du deine kostbarsten Besitztümer verborgen hast? Dort findest du das Buch.
Meine liebe Selena, solltest du dies tatsächlich lesen, bitte sei dir gewiss, du warst immer ein Quell der Freude und des Vergnügens für diesen, deinen alten Onkel.
Mit all meiner Liebe,
Onkel William

Sie lasen den Brief erneut. Selena saß starr auf ihrem Stuhl. Nick beobachtete sie. Es war eine alte Angewohnheit. Beobachten. Es verriet ihm Dinge. In diesem Moment verriet es ihm, dass Selena sehr angespannt war. Ihrem Onkel sehr nah, dachte er, aber sie ließ niemanden sehen, wie sie sich wirklich fühlte.

Er wusste, wie das war.

»Wissen Sie, wovon er da gesprochen hat? Der Ort, an dem er das Buch versteckte?«, fragte Harker.

Selenas Stimme war kontrolliert, neutral. »Meine Familie hat 1850 in Kalifornien Gold gefunden. Es gibt ein Haus an der alten Mine. Vor dem Haus steht ein Erzwagen voller Steine. Als Kind habe ich Dinge unter den Steinen versteckt. Da muss er das Buch verstaut haben. Ich bin überrascht, dass er es nicht in eines seiner Schließfächer getan hat.«

»Es sind keine Schlüssel für Schließfächer aufgetaucht.« Harker drehte ihren Stift zwischen den Fingern.

»Er hatte mindesten drei.«

»Das FBI hat sein Büro und seine Wohnung durchsucht. Wir werden dort mal nachfragen.«

»Wenn sie die Schlüssel haben, dann wissen sie, was in den Schließfächern ist.« Nick schaute Harker an. »Ich werde Jordan fragen, wenn ich mit ihm spreche.«

»Tun Sie das. Danach möchte ich, dass Sie mit Doktor Connor nach Kalifornien gehen und das Buch holen. Ist das in Ordnung für Sie, Selena?«

»Alles, was irgendwie hilft.«

»Wozu wollen Sie mich dabeihaben?«, fragte Nick.

»Die haben das Buch nicht bekommen. Wenn sie glauben, Selena hat es, könnten sie versuchen, sich an ihr zu vergreifen. Ich möchte, dass Sie ein Auge auf sie haben.« Harker schaute auf ihre Uhr und wendete sich an Selena. »Es ist zu spät, um heute noch einen Flug zu bekommen. Wir werden einen für morgen buchen. Welcher Flughafen, Selena?«

»Sacramento. Die Mine ist nur eine Stunde von dort entfernt.«

»Wir werden für ein Auto sorgen.«

»Wir können meins nehmen. Es ist bereits dort«, sagte Nick. Er war aus Sacramento abgeflogen. Sein Truck stand auf dem Parkplatz des Flughafens.

»Gut. Setzen Sie sich mit Jordan in Verbindung, bevor Sie gehen. Rufen Sie mich an, wenn Sie das Buch gefunden haben. Wir durchsuchen inzwischen den Rest der Dateien.«

»Was soll ich Jordan sagen?«

Harker tippte mit ihrem Stift auf den Tisch. »Berichten Sie ihm von den Konten. Das Buch behalten wir vorerst für uns. Es gibt keinen Grund für das FBI, davon wissen zu müssen.«

Kapitel 4

Etwas früher am selben Tag saß Colonel Wu in einer abgeschiedenen Sitzecke aus rotem Leder im Happy Family Restaurant in San Francisco.

Gedämpfte Geräusche drangen von der Straße nach oben. Der einzige andere Kunde war ein alter Mann, der am gegenüberliegenden Ende des Raumes saß und eine Zeitung las. Der Geruch von Reis, Schweinefleisch und Nudeln vermischte sich mit dem leisen Gespräch der Kellner, die sich in einer Ecke drängten. Wu nippte an seinem Tee. Er nahm eine hellrote Nelke aus der Vase auf dem Tisch und drehte sie in seinen Händen. Er dachte über sein Gespräch mit dem General nach.

»Erzählen Sie mir von diesem Buch.«

Yangs feuchte Stimme hallte durch die Satellitenverbindung.

»Der Amerikaner hat es in Bhutan aufgetrieben. Das Buch befasst sich mit dem ersten Kaiser. Es ist ein medizinischer Text mit einer Formel für einen Trank der Unsterblichkeit. Darum habe ich Sie kontaktiert.«

Der General war immer an allem interessiert, was mit dem ersten Kaiser und seiner Suche nach Unsterblichkeit zu tun hatte. Wu musste General Yang bei Laune halten.

»Wie ist der Name des Buchs?«

»Der Amerikaner sagte, die Übersetzung wäre *Der Goldene Garuda*.«

Wu hörte ein scharfes Einatmen. Als Yang wieder sprach, war seine Stimme beherrscht. Wu spürte seine Aufregung.

»Ich habe einen Auftrag für Sie.«

»Sir.«

»Ich benötige dieses Buch. Beschaffen Sie es und bringen Sie es mir.« Es gab eine Pause. Wu wartete. »Der Amerikaner ist reich?«

»Ja, Sir. Er hat ein großes Vermögen.«

»Beschaffen Sie sich Zugang zu seinen Konten. Transferieren Sie die Gelder zu den Kontonummern, die ich nach diesem Gespräch sende.«

»Ja, Sir. Gibt es irgendwelche Einschränkungen?«

»Nutzen Sie alle erforderlichen Mittel. Stellen Sie sicher, dass es hinterher keine Komplikationen gibt.«

»Ja, Sir.«

»Informieren Sie mich, wenn Sie Erfolg hatten.«

Wu spielte mit der Blüte und trank seinen Tee. Das Buch war nicht in Connors Haus. Die Nichte musste wissen, wo es ist. Seine Agenten würden sie zur Befragung zu ihm bringen.

Wu dachte daran, sie zu verhören. Er fühlte eine beginnende Erektion. Er würde sie ausziehen und nackt fesseln. Das verunsicherte Gefangene immer, vor allem die Frauen. Choy konnte sie befragen, aber manchmal schoss sein Sergeant übers Ziel hinaus und beschädigte das Subjekt zu sehr, noch bevor Wu erfahren konnte, was er wissen musste. Nein, er würde es selbst erledigen.

Die Wassertechnik war effektiv, aber zeitraubend, wenn das Subjekt stur war. Wu bevorzugte Schweißbrenner und Zange. Oder Messer, die Sorte, die man in jeder Küche finden würde. Einfache Werkzeuge waren immer am besten.

Er griff nach seinem Tee und warf einen Blick nach unten. Die zerpflückten Blütenblätter bildeten ein delikates Muster auf der zerkratzten Tischplatte. Er wischte sie mit der Hand beiseite. Sie fielen wie Blutstropfen in einem roten Regen zu Boden.

Das Ertönen der grünen Jade-Wohlstandssymbole über der Tür des Restaurants kündete die Ankunft seines Sergeants an.

Choy Gangs Haut hatte die Farbe der mongolischen Wüste an einem Winterabend, was seine gemischte Herkunft verriet. Er war riesig und wog über 250 Pfund. Sein Kopf war groß und saß wie eine Melone mit zerknitterten Ohren auf seinen massiven Schultern. Seine Hände waren breite Keulen, die Knöchel vernarbt und knubbelig.

Choys fleischiges Gesicht war von Aknenarben entstellt. Seine Augen waren klein und standen eng zusammen, waren mandelförmig und von eigenartig goldener Farbe. Ein glänzendes blaues Hemd spannte sich straff über seinem massigen Brustkorb und seinen Armen. Darüber trug er eine locker sitzende braune Jacke.

In der Volksbefreiungsarmee hatte Choy ein Zuhause gefunden, in Colonel Wu einen Meister.

Choy warf einen verächtlichen Blick auf den älteren Gast am anderen Ende des Raumes. Er zwängte sich an den Tisch. Einer der Kellner goss ihm Tee ein. Wu bestellte in schnell ausgestoßenem Mandarin etwas zu Essen.

Als der Kellner gegangen war, sagte Wu: »Sie hatten keine Probleme, die Informationen für Connors Konten zu erlangen?«

»Nein, Sir. Er widersetzte sich zwar anfangs, aber es brauchte nicht viel, um ihn davon zu überzeugen, mir die Nummern zu geben.«

Choy dachte daran, wie der alte Mann geschrien hatte, als sein Finger abgeschnitten wurde. Er lächelte, wobei er die Lücken zwischen seinen vergilbten Zähnen entblößte.

»Sie sind sicher, dass das Buch nicht in Connors Haus war?«

»Ja, Sir. Ich bin mir sicher, es war nicht da. Sein Herz versagte zu früh, bevor er verraten konnte, wo es ist.«

»Das ist bedauerlich. Aber Sie haben gute Arbeit geleistet. Nun habe ich einen weiteren Auftrag für Sie.«

Wu beobachtete, wie Choy sich aufrichtete. *Er ist wie ein guter Hund,* dachte Wu. *Gib ihm etwas Neues und Interessantes zu tun, und er ist glücklich.*

»Der Amerikaner besaß ein Haus, drei oder vier Stunden von hier entfernt. Nehmen Sie ein paar Männer mit und suchen Sie morgen nach dem Buch. Benutzen Sie ein Fahrzeug aus dem schwarzen Pool.«

Der schwarze Pool war ein kleiner Fuhrpark, der nicht mit dem chinesischen Konsulat in Verbindung gebracht werden konnte.

Wu holte einen Umschlag aus seiner Jacke und schob ihn über den Tisch zu Choy. »Geld und ein Führerschein. Eine Wegbeschreibung ist auch dabei.«

Choy steckte den Umschlag in seine Jackentasche, als der Kellner mit dampfenden Tellern zurückkam.

»Sergeant«, sagte Wu, »genießen Sie diese köstlichen Dim Sum. Sie sind so köstlich, wie bei uns in der Heimat.«

Am anderen Ende des Raumes nahm der alte chinesische Mann einen letzten Schluck von seinem kalten Tee. Er faltete seine Zeitung zusammen und stand auf. Dann schlurfte er zur Kasse, um zu bezahlen, und stieg vorsichtig die steile Treppe hinunter. Seine Vorgesetzten würden zufrieden sein, wenn sie von dem Treffen erfuhren, welches er gerade belauscht hatte.

Kapitel 5

Nicholas Carter und Selena Connor standen in der Hitze des Parkplatzes. Alle geparkten Autos waren noch leer. Nick steckte sein Telefon ein. Zweieinhalb Stunden, bis Triple A ihn hier einsammeln könnte.

»Können Sie mich in die Stadt mitnehmen? Mein Mietwagen ist hinüber.« Er deutete auf die Sauerei unter seinem Wagen.

»Natürlich. Ich parke gleich dort drüben.«

Ein neuer Mercedes CL600 glänzte im Licht des späten Nachmittags. Zwölf Zylinder und über 500 PS. Ein schnelles Luxus-Auto. Ein Auto für leidenschaftliche Fahrer. Ein Geld-Auto. Nicht viele Frauen fuhren Autos mit so einer Power. Es sagte etwas über sie aus. Nick holte seine Tasche aus dem Mietwagen und stieg ein.

»Schicker Wagen.«

»Ich habe ihn erst seit ein paar Wochen.«

Sie startete und fuhr vom Parkplatz.

»Wo sind Sie untergebracht?«, fragte er.

»Im Mayflower Renaissance. Ich bleibe immer dort, wenn ich in Washington bin, und lasse das Auto dort, wenn ich nicht in der Stadt bin.«

»Das ist nicht weit von mir. Wo wohnen Sie, wenn Sie nicht in D.C. sind?«

»San Francisco. Ich habe ein Loft in North Beach.«

Sie fuhren auf die Interstate. Im Wagen war es still, bis auf das Flüstern der Klimaanlage. Nick entspannte sich im Ledersitz.

Sie fuhren etwas über 70 Mph. Selena blickte in den Rückspiegel und wechselte die Spur. Ein BMW 740 mit getönten Scheiben überholte und scherte knapp vor ihnen ein.

»Idiot!«, stieß sie leise hervor. Im Seitenspiegel sah Nick einen schwarzen Suburban hinter ihnen aufschließen. Sein Ohr begann zu jucken.

Sie gelangten an eine Baustelle. Die rechte Spur des Highways wurde durch schwere Betonbarrieren begrenzt, die dicht an dicht lagen. Orangefarbene Schilder wiesen auf doppelte Strafen und auf Bauarbeiter hin.

Der Suburban rammte sie und drängte sie an den Beton. Der Wagen prallte in einem Funkenregen von der Barriere ab und schlingerte zurück auf die Fahrbahn. Vor ihnen blockierte sie der BMW. Selena kämpfte um die Kontrolle des Wagens. Der Suburban setzte sich links neben sie und drängte sie erneut gegen die Barriere.

Der vordere rechte Kotflügel und die Motorhaube gaben nach. Etwas flog über das Dach. Funken strömten an Nicks Fenster vorbei. Der Mercedes glitt unter dem Getöse von kreischendem Stahl an dem Beton entlang.

Andere Autos versuchten unter wildem Gehupe auszuweichen. Nick zog seine .45er. Selenas Augen verengten sich.

»Einen Moment«, sagte sie, stieg auf die Bremse, und die großen Bremsscheiben des Mercedes ergriffen die Räder. Nick war nicht darauf vorbereitet. Der Sicherheitsgurt stoppte seinen Kopf kurz vor dem Armaturenbrett. Der Suburban schoss links an ihnen vorbei, schrammte dabei am Wagen entlang und nahm den Spiegel mit. Selena schaltete runter. Sie trat das Gaspedal durch und die 500 PS erwachten zum Leben. Sie kreuzte den Verkehr bis in die äußere Spur.

Sie schossen an dem SUV und dem BMW vorbei. Der Wagen füllte sich mit dem geschmeidigen Knurren des Motors und dem Klang von Asphalt unter den Reifen.

Der Tacho kletterte über 90. Selena schlängelte sich durch den Verkehr und streifte einen roten Honda. Er schlitterte über den Highway und blieb kopfüber auf dem Rasen zwischen den Fahrbahnen liegen. Im Seitenspiegel erblickte Nick einen grauen Sedan in einen alten Pick-up voller Möbel prallen. Truhen und Stühle ergossen sich über die Fahrbahn.

Eine Viertelmeile vor ihnen wurde durch einen blinkenden gelben Pfeil auf der Ladefläche eines LKWs und eine Kette von orange-weißen Fässern der Verkehr von drei auf zwei Spuren geleitet. Gleich würde es verdammt eng werden. Rechts strömte der Beton vorbei. Eine verschwommene, stille Welle aus Grau außerhalb seines Fensters.

Mist, dachte Nick. Er beruhigte sich, senkte seinen Puls, machte sich bereit, für was auch immer kommen mochte. Die Waffe ruhte auf seinem Schenkel. Er hatte keine Kontrolle. Nick schaute zu Selena. Sie hielt das Lenkrad, ihr Gesicht entschlossen, absorbiert von Verkehr und Straße. Der Tacho hing auf hundert.

Eine lange, breite Lücke in der Betonbarriere tat sich zu ihrer Rechten auf und führte auf einen Stellplatz voller ordentlich aufgereihter Ausrüstung und Materialstapel. Selena wurde langsamer, schaltete runter, zog die Handbremse und riss das Steuer herum. Das Heck schlitterte qualmend unter dem Geheule von brennendem Gummi nach links. In einer flüssigen Bewegung löste sie die Bremse und zentrierte das Steuer. Der Mercedes schoss durch die Lücke, flog über den Rand der Straße hinaus und landete hart auf dem Schotter.

Die Vorderreifen platzten. Der Wagen trudelte und schwenkte seitlich aus, versprühte dabei in einem weiten Bogen Schotter und Erde. Sie schlitterten über den Platz. Der Wagen kam abrupt gegen einer Wand aus Stahlbeton zu stehen. Dampf quoll unter der verbogenen Motorhaube hervor.

Der BMW und der Suburban kamen auf dem Highway zu

stehen. Zwei Männer sprangen mit gezogenen Waffen aus den Autos, zwei weitere folgten ihnen.

Nick drückte Selena runter in ihren Sitz und feuerte zweimal auf die Windschutzscheibe. Die Schüsse im Inneren des Wagens machten ihn fast taub. Das Glas glich einem Spinnennetz. Er feuerte erneut. Ein großer Teil der Scheibe flog hinaus. Er schoss auf den ersten Mann aus dem BMW und verfehlte ihn. Er schoss noch einmal, und der Mann wirbelte mit weit gespreizten Armen nach hinten.

Dem zweiten Mann schoss Nick in die Brust, dann wandte er sich den anderen zu. Er duckte sich. Die beiden aus dem Suburban eröffneten mit ihren Pistolen das Feuer. Die Autoscheiben verschwanden in einem Regen aus umherfliegendem Glas. Kugeln schlugen in die Seite des Wagens ein.

Etwas streifte sein Ohr. Selena duckte sich tief hinter das Lenkrad, ihre Hände über die Ohren gepresst. Er gab drei weitere Schüsse über ihren Kopf hinweg ab. Ein dritter Mann brach zusammen und fiel mit dem Gesicht voran zu Boden. Der Vierte rannte zurück hinter den Suburban. Nick erkannte einen hinter das Lenkrad gekauerten Fahrer und schoss auf ihn.

Der BMW schoss mit hoher Geschwindigkeit davon. Der letzte Mann zerrte den Körper des Fahrers hinter dem Lenkrad des SUV hervor. Er kletterte in den Wagen und fuhr mit qualmenden Reifen davon. Nick feuerte noch den Rest seines Magazins hinterher.

Für ein oder zwei Sekunden fuhr der Suburban weiter geradeaus. Dann zog er in einem unmöglichen Winkel nach rechts, und kippte um. Er schlitterte über den Boden, versprühte Funken und hinterließ Metall, Glas und Chrom, bis er liegenblieb. Mit einem lauten Zischen brachen Flammen hervor.

Der BMW war verschwunden.

»Sind Sie in Ordnung?« Nicks Worte klangen flach und weit weg. Seine Ohren klingelten von den Pistolenschüssen.

»Was? Ja, ich bin okay, glaube ich.« Sie setzte sich auf, wischte sich Glas aus den Haaren und sah ihn an. »Sie bluten.«

Der brennende Suburban war eine wilde, rote Schönheit. Eine schwarze Rauchwolke stieg zum Himmel empor, welcher von Wolken übersät war, die sich im Licht der untergehenden Sonne rosa und golden färbten. Nick spürte, wie Blut auf die Seite seines Hemdes tropfte.

Er wollte in den Rückspiegel schauen, aber der war nicht mehr da.

Auf dem Highway stiegen Menschen aus ihren Autos. Nick entfernte das leere Magazin aus der .45er, führte ein neues ein und zog den Schlitten zurück.

Seine Tür war blockiert.

»Können Sie Ihre Tür öffnen?«

Selena drückte kräftig gegen die Tür und unter dem stöhnenden Klang von verbogenem Metall öffnete sie sich. Sie stieg aus. Er rutschte über die Sitze und stellte sich neben sie.

»Warten Sie hier.« Der Rauch des brennenden Suburban wehte um ihn herum. Es roch nach verbranntem Gummi und geröstetem Fleisch. Nick spürte, wie seine Gedanken zurück nach Afghanistan wanderten und versuchte die Erinnerung zu verdrängen.

Er ging vorsichtig auf die bewegungslos am Boden liegenden Körper zu; geduckt, mit kleinen Schritten und die .45er in beiden Händen vor sich ausgestreckt. Er stupste den ersten Körper mit dem Fuß an. Eine Pistole lag auf dem Boden, eine Beretta, wie es aussah. Er trat sie zur Seite.

Der dicke Stahl und das Leder des Mercedes sowie schlechtes Schießen hatten die 9mm-Patronen weitestgehend vom Eindringen in das Wageninnere abgehalten. Etwas mit mehr Durchschlagskraft, und er wäre tot, dachte er. Selena wäre tot.

Leere asiatische Augen starrten ihn an. Nick überprüfte die restlichen Leichen, eine nach der anderen. Seine .45er hatte schweren Schaden verursacht. Keine atmete mehr. Sie sahen alle asiatisch aus. Er vermutete, für den Fahrer, der im SUV kochte, würde das auch zutreffen.

Er verstaute die Pistole in seinem Schulterholster und ging zurück zu Selena.

»Was wollten die?« Sie war blass unter ihrer Bräune.

»Die wollten Sie. Ich glaube nicht, dass sie mit Schwierigkeiten gerechnet hatten.«

Selena hatte die Arme um sich geschlungen. Er fragte sich, ob sie ohnmächtig werden würde. Dann nahm ihr Gesicht einen harten, verärgerten Ausdruck an.

»Gottverflucht, wir sind in Amerika und nicht im verdammten Afghanistan! So was sollte hier nicht passieren. Das war ein neues Auto. Sehen Sie es sich an!«

Sie überraschte ihn, die Ausdrucksweise. Er hatte sie nicht für eine Person gehalten, die so fluchen würde. Er sah sich das Auto an.

Ihr hundertfünfzigtausend-Dollar-Mercedes hatte einen Totalschaden. Die Front war zerbeult und nach rechts verzogen. Die Reifen waren Spinnennetze aus zerfetztem Gummi und Metall. Auf der Fahrerseite war eine lange, tiefe Furche. Alle Fenster waren zerstört. Der Boden um das Fahrzeug war übersäht mit winzigen Glassplittern, die aufwendige Lackierung von Einschüssen durchlöchert. Eine Lache aus Frostschutzmittel und Öl breitete sich unter dem Wrack aus.

»Eventuell deckt das ja die Versicherung«, sagte er. »Ich muss mal telefonieren.«

Sie sah ihn an, als wäre er verrückt. Sie schüttelte den Kopf.

Ein Hubschrauber kreiste über ihnen und filmte für die Abendnachrichten, um die Gier nach Gewalt zu befriedigen. Sirenen heulten in der Ferne. Nick holte sein Telefon aus der

Tasche und rief Direktor Harker an. Sie würde ihnen schneller aus den Klauen der Gesetzeshüter helfen als es Erklärungen könnten.

Zumindest waren seine Kopfschmerzen verschwunden.

Kapitel 6

Die Anweisung kam durch. Zwei Stunden später ließ die Polizei sie gehen. Die Direktorin schickte ein Auto, und sie fuhren wortlos rüber zum Mayflower.

»Ich brauche einen Drink.«, sagte Selena. »Gleich hier im Hotel.«

Nicks Jacke und Hemd waren mit Blut beschmiert, sein Ohr verbunden, da eine Kugel den größten Teil seines Ohrläppchens weggeschossen hatte. Er deutete auf seine ruinierte Jacke.

»Glauben Sie, ich werde reingelassen? Könnte die Gäste erschrecken.«

»Sie werden reingelassen, Sie gehören zu mir.« Selena stand unter Strom.

Sie gingen hinein. Leute drehten sich um, schauten und sahen schnell wieder weg. Sie schritten durch die Lobby, gingen in die Bar und setzten sich an einen Tisch hinten im Raum.

Der Kellner kam zu ihnen. Er schien Nicks blutige Erscheinung nicht wahrzunehmen.

»Guten Abend, Art.«

»Guten Abend, Doktor Connor.«

»Für mich einen Long Island Ice Tea mit dem Premium.«

»Und Sie, Sir?«

»Einen doppelten Jameson, pur, Soda extra.«

Er notierte es sich und ging. Sie warteten auf ihre Drinks, die kurze Zeit später serviert wurden.

Selena leerte ein Drittel ihres Drinks und stellte das Glas auf den Tisch.

Nick sagte: »Ich wollte Sie irgendwo zum Essen einladen. Vielleicht ein anderes Mal.«

»Man hat gerade versucht, uns umzubringen, und Sie denken ans Abendessen?«

Er zuckte mit den Schultern. »Essen muss man trotzdem. Sind Sie in Ordnung?«

Sie nahm einen weiteren Schluck aus ihrem Glas. »Besser.«

»Noch einen?«

»Ja.«

Nick winkte nach dem Kellner.

Als er kam, sagte sie: »Art, können Sie uns ein paar Calamari und eine Käseplatte bringen, vielleicht noch etwas Brot und Öl dazu, und ein paar von diesen kleinen Würstchen? Und noch eine Runde.«

Nick griff zu seiner Brieftasche.

»Lassen Sie mich das machen.« Sie berührte seine Hand. »Bitte. Lassen Sie mich. Wenn Sie nicht bei mir gewesen wären, würde ich jetzt nicht hier sitzen.«

Das stimmte. Er steckte seine Brieftasche wieder weg.

»Wo haben Sie gelernt, so zu fahren?«, fragte er.

»Ich habe einen Kurs belegt, falls ich es mal brauchen sollte. Mein Onkel war vermögend, das machte mich zu einem potenziellen Opfer. Ich dachte, irgendwann müsste ich vielleicht mal schnell wegkommen.«

»Sie hatten recht. Warum gingen die Airbags nicht auf?«

»Ich habe sie deaktiviert. Es gibt einen Schalter bei den Armaturen.« Sie leerte ihr Glas. »Ich hätte nie gedacht, dass irgendwer auf mich schießen würde.«

»Sie haben nicht getroffen, das ist das Wichtigste. Harker platziert heute Nacht eine Wache vor Ihrem Zimmer.«

Selena spielte mit ihrem Strohhalm. »Haben Sie immer diese Waffe dabei?«

»Ja. Schießen Sie?«

»Ich habe eine Ladysmith, aber ich trage sie nicht bei mir. Ich hatte nie das Gefühl, sie zu brauchen. Jetzt aber schon. Ich bin ein guter Schütze.« Sie nahm den Strohhalm aus ihrem Glas und verdrehte ihn in ihren Händen. »Ich komme nicht darüber hinweg, wie schnell alles ging. Ich weiß nicht, was ich denken soll. Menschen sind vorhin gestorben.«

»Besser die als wir.«

»Möglicherweise wollten die nur Geld. Das hätte ich ihnen geben können.«

»Das denke ich nicht. Ich glaube, irgendwer will dieses Buch. Es wäre gar nicht gut gewesen, wenn die Sie zu fassen bekommen hätten.«

»Denken Sie, die wissen von dem Haus, wo wir hinwollen?«

»Vermutlich nicht. Sie wissen nicht, dass das Buch in Kalifornien ist, und sie denken, Sie sind hier in D.C. Es sollte also okay sein.«

Nick war sich nicht sicher, ob es okay sein würde, aber es gab auch nichts, was er deswegen tun konnte, außer seine Augen offen zu halten.

Art brachte das Essen und eine weitere Runde Drinks.

»Wie sind Sie an Harker geraten?«, fragte Selena.

»Sie rekrutierte mich, als ich aus Afghanistan zurückkam. Ein Freund stellte uns vor.«

»Wie war es da drüben?«

Die Erinnerungen setzten ein. Er wollte das nicht. »Es war verrückt.« Er griff nach seinem Glas und wechselte das Thema. »Harker sagte, Sie seien eine Sprach-Expertin?«

»Dialekte und alte Sprachen. Ich halte Vorlesungen, bin Beraterin für die NSA. Ich bin viel in Washington.« Sie nippte an ihrem Drink. »Ihre Direktorin scheint recht aufgeweckt zu sein.«

»Es gibt nicht viel, was sie nicht mitbekommt.«

»In welchem Zweig der Army waren Sie?«

»Marine Recon, dreizehn Jahre.«

Es gab eine unangenehme Pause. Nick nahm sich ein Stück Brot.

»Haben Sie Familie hier in der Gegend?«, fragte sie.

»Nein. Meine Mutter lebt in Kalifornien. Sie hat Alzheimer. Meine Schwester ist zwei Jahre älter als ich. Wir sind selten einer Meinung. Mein Vater ist tot.« Irgendetwas an Selena machte es einfach, das auszusprechen. »Mein Vater war ein Trinker. Er hat meine Mutter und mich regelmäßig verprügelt. Er war einer der Gründe für mich, zu den Marines zu gehen, um etwas gegen Menschen wie ihn zu tun. Menschen, die Furcht verbreiteten, um ihre Ziele zu erreichen. Ich dachte, die Truppe würde mir die Chance geben, etwas zu verändern. Es klappte allerdings nicht so, wie ich es mir vorgestellt hatte.« Nick schaute auf die glänzenden Flaschen hinter der Bar und dachte dabei an seinen Vater. »Und was ist mit Ihnen?«, fragte er.

Etwas zog über ihr Gesicht. Ein Moment der Dunkelheit. »Meine Eltern und mein Bruder starben, als ich zehn war. Onkel William hat mich aufgezogen. Es gibt sonst niemanden mehr.«

Sie legte einen halb gegessenen Snack zurück auf ihren Teller. »Wie können wir diese Leute stoppen, die uns verfolgt haben?«

»Mit Harkers Unterstützung werden wir sie kriegen. Es könnte allerdings einige Zeit dauern.«

»Ich möchte helfen.«

»Wir müssen wissen, was in dem Buch steht, und warum sie es haben wollen. Vielleicht könnten Sie es übersetzen.«

»Das Sanskrit ist kein Problem. Bei Linearschrift A können alle nur raten.«

Nick schaute auf seine Uhr. »Ich muss einen Anruf tätigen. Vielen Dank für die Drinks.«

»Gern geschehen.«

»Hier kommt Ihr Bodyguard.« Er deutete auf einen großen Mann, der die Bar betrat. »Harker wird morgen früh einen Wagen schicken. Wollen Sie, dass ich Sie zu Ihrem Zimmer bringe?«

»Nein, nicht nötig.«

Er nahm ein Taxi vor dem Hotel und dachte an Selena, wie sie auf einem von Patronenhülsen und Leichen bedeckten Highway in einem plötzlichen Kriegsgebiet stand. Sie hätte in Hysterie verfallen können. Stattdessen war sie verärgert wegen ihres Autos.

Er mochte sie.

Kapitel 7

General Yang Siyu schaute hinaus auf die Einöde von Chinas Lop-Nur-Nuklear-Testgebiet. Die Wüste waberte im Schmelzofen der mongolischen Sonne. Yang stand breitbeinig und mit hinter dem Rücken verschränkten Händen. Der gehärtete Betonbau roch nach abgestandenem Stress und dem trockenen Duft von Elektrizität. Gestelle voller Instrumente füllten den langen Raum. Reihen fluoreszierender Lichter reflektierten sich in elektronischen Geräten. Ein kalter Kontrast zur brennenden Sonne draußen.

Ein dünner, herber, verärgert aussehender Mann stand neben Yangs gedrungener Figur. Die Falten in seiner makellosen Uniform waren genauso hart wie die harschen Konturen seines Gesichts. Generalleutnant Lu Cheng kommandierte die Raketenbasis in Luoyang, wo Chinas Langstrecken-Interkontinentalraketen auf den Westen zielten. Lu schaute auf die Uhr an der Wand.

»Zwei Minuten. Dieser Sprengkopf wird unsere Reichweite und gleichzeitig unsere Zerstörungskraft erhöhen.«

»Wenn der Test positiv verläuft.« Yangs Stimme war feucht, kehlig.

»Deng hat mir versichert, es wird gut gehen.«

Deng Bingwen war der oberste Forschungswissenschaftler in Chinas Nuklearwaffenprogramm. Als Absolvent des amerikanischen MIT wurde er als Kostbarkeit unter der wissenschaftlichen Elite der Volksrepublik angesehen, wenn auch immer etwas suspekt wegen seiner amerikanischen Bildung.

Die Kostbarkeit in Person kam zu den beiden Generälen

gelaufen. Deng war eine Maus von einem Mann. Klein, das spärliche Haar von der gewölbten Stirn zurückgekämmt. Eine große Brille mit dicken Plastikrändern saß schief auf seiner Nase. Er trug einen weißen, zwei Nummern zu großen Laborkittel am gebeugten Körper, was ihn noch kleiner aussehen ließ. Er nickte Yang nervös zu, fast schon wie eine Verbeugung, und lächelte, um sein Gefühl des Unbehagens zu verbergen.

Er sieht wie einer dieser kleinen Hunde aus, dachte Yang. *Ein Pekinese unter einem weißen Zelt.*

»Dreißig Sekunden, General. Ich denke, Sie werden mit dem Ergebnis zufrieden sein.«

Die Männer sahen zu, als der Countdown Null erreichte. In der Ferne markierten drei weiße Rauchsäulen den unterirdischen Stollen, in dem der Sprengkopf detonieren würde. Ein tiefes Dröhnen vibrierte durch den dicken Beton unter ihren Füßen. Die Erde explodierte in einem schwarzen, turmhohen Geysir. Die Druckwelle breitete sich in einem weiten Ring aus. Eine kochende Wolke aus aufgewühltem Sand und Staub, die über den Wüstenboden raste.

Lu Cheng lächelte.

Deng schaute auf die Instrumente, die jedes Detail der Explosion aufzeichneten.

»Sogar besser, als erhofft. 8,2 Megatonnen. Mehr als fünfzig Prozent Leistungssteigerung.«

Deng schaute erneut auf die Messwerte.

»Etwas schmutzig. Wir werden von der IAEO zu hören bekommen.«

»Sollen sie doch mit ihren Zeigefingern wedeln und wie Hühner gackern«, sagte Lu. »Es gibt nichts, was sie tun könnten. Wie schnell können wir mit der Produktion beginnen?«

»Da ist die Frage der Ressourcen«, sagte Deng. »Wenn wir eine hochwertige Quelle an Erz hätten und mehr Zentrifugen, dann könnten wir fünfzig dieser Sprengköpfe pro Jahr produzieren, sogar hundert. Unter den momentanen Bedingungen vielleicht acht oder zehn.«

Chinas gesamtes strategisches Arsenal bestand aus lediglich 300 Raketen von unterschiedlicher Sprengkraft und keine davon trug eine Sprengladung von über fünf Megatonnen. Lus Grinsen wurde breiter bei dem Gedanken an hundert mächtige, neue Raketen pro Jahr.

Yang meldete sich zu Wort. »Beginnen Sie umgehend mit der Produktion. Formulieren Sie zwei Pläne. Einen basierend auf den aktuell zur Verfügung stehenden Ressourcen, und einen basierend auf den Anforderungen der höheren Produktion, den etwa 100 Sprengköpfen, die Sie erwähnten.

»Aber wir haben keine Ressourcen für so viele«, protestierte Deng.

»Das ist nicht Ihr Problem. Bereiten Sie den Plan vor, ansonsten könnten Sie demnächst an einer ganz anderen Art von Projekt arbeiten, verstanden?«

Yangs Augen funkelten unter dem roten Stern auf seinem hohen, grünen Militärhut. Deng schaute auf Yangs raues, krötenhaftes Gesicht. Der General war kein Mann, dem man etwas verwehrte.

Dieser neue nukleare Dämon war kleiner, leichter und zerstörerischer. Der Ausdruck auf den Gesichtern von Yang und Lu zeigte ihr Verlangen nach mehr davon – viel mehr. Es gab nur einen Grund dafür. Nur aggressives militärisches Verhalten erforderte eine große Anzahl an Raketen.

Deng dachte an seine Zeit in Freiheit, als Student in Amerika, bevor dieser Wahnsinn der Nuklearwaffen ihn gefangen genommen hatte. In China wurde Männern wie ihm die Karriere diktiert. Deng hatte seine Gefühle bezüglich der Herstellung von Massenvernichtungswaffen rationalisiert, indem er sich einredete, Chinas Nukleararsenal sei von rein defensiver Natur.

Beim Anblick von Yang und Lu hatte er eine beängstigende Vorahnung für die Zukunft. Dengs Gesicht verriet nichts von seinen Gedanken, aber er erahnte mehr von Yangs Plänen, als der General vermutete. Deng war nicht ohne eigene Informationsquellen, das war überlebenswichtig in einer so heiklen Position wie der seinen.

»VERSTANDEN?«

Yang brüllte ihm ins Gesicht und hinterließ dabei kleine Spuckeflecken auf Dengs Brille. Deng war schockiert. Er verbeugte sich zweimal nervös.

»Ja, natürlich General, zwei Pläne, wie Sie vorgeschlagen haben.«

Yang knurrte: »Halten Sie mich auf dem Laufenden.« Er wandte sich Lu zu. »Ich muss zurück nach Peking. Begleiten Sie mich.«

Lu nickte und die Generäle drehten sich jäh und ohne einen weiteren Blick auf Deng um, und gingen hinaus. Er starrte ihnen nach und verspürte heiße Schamesröte. Alle im Raum waren plötzlich von ihren Instrumenten und Aufzeichnungen absorbiert. Keiner sah ihn an, aber sie hatten alle seine Demütigung beobachten können. Er hatte sein Gesicht verloren.

Yang verhält sich, als glaube er, er könne die Ressourcen für eine höhere Produktion auftreiben, dachte Deng. *Und dann? Mehr Befehle, mehr Bomben, mehr Drohungen. Sie haben keinen Respekt und auch keine Ehre. Ich könnte genauso gut Hundekot unter ihren Stiefeln sein.*

Er marschierte in sein Büro und schloss die Tür. Die Wut in ihm wuchs. Genug war genug. Er setzte sich an seinen Computer. In ihm kochte es. Er öffnete sein Email-Programm und sendete eine kurze, unverfängliche Nachricht an eine Adresse, von der er nie geglaubt hätte, sie zu benutzen.

Auf der Straße, die von der Anlage wegführte, saßen Yang und Lu auf dem Rücksitz ihres Gefährts. Die Salzebene des alten Seegrunds von Lop Nur rauschte verschwommen an ihnen vorbei und sie hinterließen eine lange Spur aus braunem Staub.

Lu trommelte mit seinen Fingern auf der Armlehne. »Wir brauchen mehr Sprengköpfe.«

»Werden wir haben«, sagte Yang. »Wenn ich den Befehl gebe, werden Zentrifugen innerhalb von sechs Monaten fertig sein. Das Einzige, was bleibt, ist das Erz zu finden.«

»Sie sind sich sicher, dass das Erzlager existiert?«

»Relativ sicher, ja. Wir suchen bereits danach und werden es bestimmt bald haben. In der Zwischenzeit treiben wir unsere Pläne voran.«

»Ich mache mir Sorgen um Chen. Wir brauchen die Eisenbahn.«

»Lassen Sie Chen meine Sorge sein. Bis jetzt hat er alles gemacht, was wir von ihm verlangt haben. Natürlich wird er am Ende nicht unbedingt bekommen, was er sich erhofft.«

»Was will er denn?«

»Präsident sein.«

Lu lachte, ohne auch nur einen Anflug von Heiterkeit. »Präsident! Er macht sich was vor, wie immer.« Lu hielt inne, nieste wegen des Staubes. »Was sind Ihre Gedanken zu Deng?«

»Er sollte nicht aus den Augen gelassen werden, aber ich habe ihn bereits unter vollständiger Überwachung. In der Zwischenzeit treibt er die Produktion voran. Für so einen kleinen Mann baut er große Bomben, und sie werden immer besser.«

»Ja. Eines Tages werden wir vielleicht sehen, wie gut sie funktionieren.«

»Der Westen ist schwach. Sie haben keinen politischen Willen. Wenn wir die Kontrolle haben, werden sie sich nicht trauen, auch nur irgendetwas zu unternehmen. Nur die Bedrohung allein wird schon ausreichen. Dann wird China seinen rechtmäßigen Platz einnehmen.«

Lu nickte zustimmend. Die zwei Männer saßen gedankenverloren im Auto, während es über die Schotterstraße schoss. Beide dachten auf ihre eigene Weise an ein neues China, welches die Welt dominierte.

Kapitel 8

Der Sicherheitsmann starrte Nick an, als er durch die Tür trat.

»Alles klar, Mister Carter?«

»Mir geht es gut, nur ein Unfall.«

Nick stieg die zehn Stockwerke hinauf, bis zu seiner Etage. Er mochte Fahrstühle nicht besonders, nicht mehr seit Kabul. Er ging in sein Apartment, in das Badezimmer, und schaute in den Spiegel. Die Kugel hatte sein linkes Ohrläppchen abgeschossen. Es würde seinem Aussehen nicht sonderlich zuträglich sein, wenn der Verband wieder ab war. Eine Frau hatte ihm mal gesagt, dass er auf eine kernige Art gut aussehend war. Das Kernige konnte er nachvollziehen, bei dem Rest war er sich nicht so sicher. Es kümmerte ihn aber auch nicht sonderlich.

Er goss einen Whiskey ein, warf seine Jacke auf die Couch und legte das Schulterholster ab. Er musste Jordan anrufen. Er dachte über das FBI nach und wie es Dinge meist recht verdeckt hielt. Vermutlich würde er dort nicht viel Hilfe bekommen, aber Jordan war eigentlich ein ziemlich guter Kerl.

»Jordan.«

»Zeke, Nick Carter hier.«

»Nick, ich habe dich in den Abendnachrichten gesehen. Was war denn da los?«

Jordans Stimme war tief und lebendig. Er war ein großer Mann, kohlrabenschwarz, eine Anomalie für einen Agenten, ohne Angst, seine Meinung zu äußern. Nick fragte sich, wie er es so lange in der starren Kultur des FBI ausgehalten hatte. Er hatte es trotz allem bis zur Außenstelle in Washington gebracht.

»Ich war mit William Connors Nichte unterwegs. Zwei Fahrzeuge voller chinesischer Schlägertypen versuchten, sie zu ergreifen.«

»Du musst eine große Überraschung für sie gewesen sein.« Es gab eine Pause. »Was kann ich für dich tun?«

»Du bist unser Kontaktmann beim FBI für Connors Mord. Habt ihr irgendetwas finden können, von dem wir noch nichts wissen?«

»Lustig, dasselbe wollte ich dich auch fragen.«

»Ihr wisst, dass es Wu war, der Connor zum Ziel erklärt hat?«

»Ja.«

»Wir haben einen Computer von Connor und hatten gehofft, er würde uns ein paar Hinweise geben. Alles was wir haben, sind Geschäftsberichte, Finanzinfos und der Entwurf eines Angebots für Arbeit in China.«

»Was für eine Arbeit?«

»Eine archäologische Ausgrabung. Connor wollte sie finanzieren und im Gegenzug die Erlaubnis erhalten, sie durchzuführen.«

»Kannst du mir die Finanzinfos zukommen lassen?«

»Gleich morgen früh. Ich wollte fragen, ob ihr irgendwas in Connors Büro gefunden habt.«

»Nicht viel. Nur die Dinge, die man erwarten würde. Jede Menge Finanzunterlagen.«

»Irgendwelche Schlüssel? Von Schließfächern?«

»Ein paar Schlüssel haben wir gefunden.«

»Und?«

»Wir haben Durchsuchungsbefehle für die Fächer bekommen, aber es war nichts Hilfreiches darin. Etwas antiker Schmuck, Diamanten, Saphire, Goldmünzen, Inhaberschuldverschreibungen, diese Art von Dingen. Lediglich die kleinen Schätze eines durchschnittlichen Milliardärs.«

»Höre ich da einen Anflug von verurteilendem Neid?«

»Nö, jeder sollte ein wenig zur Seite gelegt haben für schlechte Zeiten.«

»Zeke. Wenn da irgendwas vor sich geht, von dem wir nichts wissen, dann könnte es helfen, wenn ihr damit herausrückt. Über Wu.«

Stille. Dann: »Inoffiziell?«

»Ja.«

»Als Harker nach Wu gefragt hatte, überschnitt sich das mit einer laufenden Ermittlung. Du weißt von der chinesischen kriminellen Unterwelt hier in den Staaten? Die Triade? Auch bekannt als die schwarze Gesellschaft?«

»Ich weiß, dass die Mafia im Vergleich zu denen wie eine Kindergartengruppe wirkt.«

»Ja, der Eid der Triade lässt den Schweigekodex der Mafia wie eine Radiotalkshow erscheinen. Sie planen etwas, und Wu steckt da mit drin.«

»Wu hat sich mindestens dreimal mit ihnen getroffen. Er ist ohne Zweifel in den Mord von Connor verwickelt, und du sagst, chinesische Gangster haben versucht, seine Nichte zu ergreifen. Scheint mir mehr als nur ein Zufall zu sein.«

»Von der Triade wussten wir nichts.« Nick machte eine Pause. »Eventuell haben wir eine Spur. Ich werde ihr nachgehen.«

»Es gibt immer eine Spur, früher oder später. Kannst du mich wissen lassen, was du herausfindest?«

»Ja, wenn Harker nichts dagegen hat. Inoffiziell vielleicht.«

»Okay. Lass uns in Kontakt bleiben. Schön, mit dir gesprochen zu haben.«

»Gleichfalls.« Nick beendete die Verbindung.

Er ging das Gespräch in Gedanken noch einmal durch. Das FBI hatte Harker nichts mitgeteilt, als sie nach deren Akten über Wu gefragt hatte. Jetzt wusste er, dass es eine Verbindung zwischen der Triade und Colonel Wu und somit auch General Yang gab.

Sollte das Buch morgen in Connors Landhaus sein, dann würde es vielleicht ein paar Antworten geben. Er fiel ins Bett und schlief ein.

Er träumte.

Sie kommen tief und schnell über die Klippe, das unnachgiebige, harte Trommeln der Rotoren wird von den Talwänden reflektiert.

Die Siedlung ist eine miserable Ansammlung von staubverwehten, niedrigen Gebäuden mit flachen Dächern, die in einer trostlosen Mulde, umgeben von scharfkantigen, braunen Hügeln, in der Sonne braten. Eine breite Lehmstraße verläuft durch die Mitte. Sie springen aus dem Hubschrauber und landen auf der Straße. Rechts sind niedrige Häuser, links der Markt. Ein Flickenteppich aus baufälligen Ständen und Wänden aus aufgehängtem Stoff. Eine Wolke von Fliegen umschwärmt Dinge, die in der freien Luft am Stand eines Metzgers hängen.

Er führt sein Team am Markt vorbei; nah genug an den Gebäuden, um sich in einen Eingang zu ducken, weit genug von ihnen entfernt, um nicht durch die Wand von einer Kugel getroffen zu werden.

Er hört ein Baby schreien. Die Straße ist verlassen. Wo sind sie alle?

Ein Dutzend bärtiger Figuren erheben sich auf den Dächern und beginnen, mit ihren AKs zu feuern. Die Marktstände um ihn herum zerbersten in einem Feuersturm aus Splittern, Putz und Steinen, die aus den umliegenden Hauswänden brechen.

Er geht in Deckung. Ein Kind rennt auf ihn zu, ruft dabei etwas über Allah. Nick schaut und zögert – eine Sekunde zu lang. Der Junge reißt seinen Arm zurück und schleudert die

Granate, als Nick ihn erschießt. Er spürt den Rückstoß des M4, eins, zwei, drei.

Die erste Kugel trifft die Brust des Jungen, die zweite seine Kehle, die dritte sein Gesicht. Der Kopf des Kindes zerplatzt in einer roten Fontäne aus Blut und Knochen. Die Granate gleitet in Zeitlupe durch die Luft… alles wird weiß …

Er erwachte schreiend und in seine schweißgetränkten Laken verheddert.

Er stand auf, machte Kaffee und gab einen doppelten Jameson hinein. Wenn er den Traum hatte, brauchte er gar nicht erst wieder ins Bett gehen.

Als er zu den Marines kam, war er voller Tatendrang gewesen. Naiv. Bereit, die Welt zu verändern. Aber all die namenlosen und bedeutungslosen Landschaften aus Verlust und Tod hatten ihn verändert. Die Welt blieb, wie sie war.

Dieses Kind in Afghanistan konnte nicht älter als elf oder zwölf gewesen sein. Alt genug, um einen Ball – oder eine Granate – ordentlich weit zu werfen. Jung genug, um den Bullshit zu glauben, darüber, was Gott von ihm erwartete, um sich genau dahin zu begeben, wo Nick ihn töten musste.

Das Kind und die Granate lauerten ständig in seinem Hinterkopf. Nick wusste, er hätte nichts anderes tun können, aber das half nicht. Es war ein weiterer Tod in einem chaotischen Krieg gewesen, der nicht zu gewinnen war, in einem korrupten und brutalen Land.

Für Harker zu arbeiten, gab ihm eine Möglichkeit, dem Ganzen eine Art Bedeutung zu verleihen. Es war etwas Persönliches. Eine Möglichkeit, die Art von Menschen zu stoppen, die dieses Kind gegen ihn gesandt hatten. Menschen, die glaubten, es sei eine wirklich gute Idee, Granaten in die Hände von Kindern zu geben. Menschen, die glaubten, was auch immer sie wollten, sei der einzig richtige Weg für alle anderen. Menschen, die glaubten, dass es rechtschaffen war, alle, die nicht mit ihnen einer Meinung waren, zu töten. Menschen, die glaubten, Gott würde das gutheißen.

Nick war sich verdammt sicher: Gott hatte diesem Kind nicht gesagt, was es tun sollte.

Er wartete auf den Sonnenaufgang.

Kapitel 9

Sonnenlicht schien auf die noch regennassen Straßen. In den Pfützen spiegelten sich der strahlend blaue Himmel und verstreute weiße Wolken. Die Hitzewelle war gebrochen. Der Smog war über Nacht weggeweht und die Stadt roch frisch und sauber.

Ein schwarzer Ford Crown Victoria mit schlichten Reifen und Regierungskennzeichen hielt neben Nick, der vor seinem Wohnhaus wartete. Auf dem Fahrersitz saß ein Mann in knallrotem Hawaiihemd, das mit weißen Blumen bedruckt war. Eine weite, cremefarbene Jacke wölbte sich über der Glock in seinem Holster. Er trug eine Panoramasonnenbrille und einen Porkpie Hut. Er sah aus, als käme er grade vom Set von CSI Miami.

Ronnie Peete war ein Vollblut-Navajo, in einem Reservat geboren. Seine Hautfarbe war ein helles, rötliches Braun. Er hatte breite Schultern, schmale Hüften und verschlafene braune Augen, die einen Falken oder einen Scharfschützen auf tausend Meter orten konnten. Ronnie war ein Gunnery Sergeant in Nicks Aufklärungseinheit gewesen. Nick hielt ihn für den besten Marine, den er je gekannt hatte. Außerdem war er ein Freund.

»Wie geht es dem Ohr?«, fragte Ronnie durch das geöffnete Fenster.

»Juckt wie Hölle.«

Nick kletterte auf den Rücksitz. Sie fuhren los.

Ronnie drehte sich um. »Es gab ein paar großartige Bilder in den Nachrichten gestern Nacht. Leichen und Wracks auf dem Highway, du mit Blut bedeckt. Wie kommt es, dass du den ganzen Spaß hast?«

»Glück, vermutlich. Hat Harker schon was rausgefunden?«

»Nein. Nicht einer mit einem Ausweis. Die Angreifer waren vermutlich chinesisch. Geht vielleicht um das Buch? Wäre sonst ein zu großer Zufall.«

»Genau, was ich dachte.«

»Sie hat mich gebeten, mit zum Flughafen zu fahren. Für alle Fälle.«

Sie erreichten das Mayflower. Selena wartete draußen mit ihrem Bodyguard. Sie trug Jeans und Nikes und eine leichte Jacke über einer grauen Seidenbluse. Sie setzte sich zu Nick auf den Rücksitz. Sie sah müde und angespannt aus.

»Morgen«, sagte er. »Gut geschlafen?«

»Guten Morgen. Nicht besonders. Ich musste die ganze Zeit an gestern denken.«

»Das ist Ronnie. Sie werden ihn jetzt häufiger zu sehen bekommen.«

»Guten Morgen.«

Der Fahrer schlängelte sich durch den Verkehr. Selena war still, in Gedanken verloren. Sie erreichten den Flughafen ohne Zwischenfälle.

Ronnie verließ sie am Schalter. Nick schaute auf sein Ticket. Für die erste Klasse gebucht.

»Wie kommen wir denn zu diesem Glück? Sonst lande ich immer neben dem Gepäck.«

»Ich habe angerufen und für ein Upgrade gesorgt. Ich sah keinen Sinn darin, sich in die Economy-Klasse zu quetschen, es ist ein langer Flug.«

»Vielleicht haben sie ja zur Abwechslung richtiges Essen.«

»Da würde ich mich nicht drauf verlassen. Ich bringe mir immer etwas mit. Das Hotel hat mir ein Lunchpaket zusammengestellt. Mögen Sie Roastbeef?«

»Gibt es Meerrettich dazu?«

»Ich habe nicht nachgesehen, aber sie scheinen an alles zu denken.«

Nick geleitete Selena durch die private Security. Es gab eine Diskussion bezüglich seiner Pistole. Ein Blick auf seinen Ausweis mit dem Siegel des Präsidenten, und er durfte sie behalten. Sie machten es sich in der ersten Klasse bequem.

Die Flugbegleitung brachte Mimosas.

Selena sagte: »Ich habe über Unsterblichkeit nachgedacht. Wenn man unsterblich ist, was geschieht dann mit Freunden und Geliebten? Sind sie auch unsterblich? Glauben Sie, dass jemand für, sagen wir mal, tausend Jahre verheiratet bleiben könnte?«

»Niemand könnte so lange verheiratet bleiben.«

»Waren Sie schon mal verheiratet?«

Sein ganzer Körper spannte sich an.

»Nein. Ich war mal verlobt.«

Er erinnerte sich.

Megan lachte, ihr feines braunes Haar wehte im Wind, der vom Pazifik kam. Sie waren übers Wochenende die Küste hoch nach Trinidad gereist und hatten ein viktorianisches Bed and Breakfast gefunden, auf den Klippen, mit Ausblick aufs Wasser.

Von der Veranda aus hatten sie Robben beobachtet, wie sie sich auf den schwarzen Felsen im Ozean sonnten.

Sie bereiteten sich auf die Abreise vor. Megan sah wunderschön aus an dem Tag. Ihre grünen Augen funkelten in der Morgensonne. Sie war aufgeregt wegen ihres neuen Jobs in San Diego. Nick hielt sie eng umschlungen.

»Ich liebe dich«, sagte er. »Ich werde dich immer lieben.«

»Nick. Du musst zu mir zurückkommen. Komm sicher wieder.«

»Wir werden heiraten, wenn ich wieder da bin. Mein Dienst ist in sechs Monaten vorbei. Ich bin dann Zivilist und wir können ein richtiges Leben zusammen haben.«

»Und ein sehr, sehr schönes Haus?« Sie lächelte und boxte ihn mit beiden Händen leicht auf die Brust, während er sie umarmte.

»Und zwei Katzen auf dem Hof, genau wie in dem Song.« Er küsste sie.

»Warum haben Sie nicht geheiratet?«, fragte Selena.

Er atmete tief ein. »Sie ist gestorben.«

»Das tut mir leid.«

»Schon okay. Wie auch immer, seitdem war ich mit niemandem zusammen.«

Das Flugzeug stieg in die Luft.

Sie waren frühzeitig am Flughafen. Megan flog nach San Diego, Nick zurück zur Ostküste.

Sie schlugen die Zeit in einem der Flughafencafés tot, bis sie losmusste. Nick schaute zu, wie sie die Gangway betrat, um in ihr Flugzeug zu gelangen. Sie drehte sich um und lächelte, winkte und verschwand im Strom der Passagiere.

Er stand an einem der großen Fenster mit Blick auf die Startbahn und wartete darauf, dass ihr Flugzeug abhob.

Ein paar Minuten später sah er es. Das Flugzeug beschleunigte auf der Startbahn, hob sich in die Luft, die Räder wurden eingefahren. Er war gerade im Begriff, sich abzuwenden, als das Flugzeug eine eigenartige Bewegung machte. Die Tragflächen kippten erst nach rechts, dann nach links und die Spitze zog nach unten.

Finger aus Eis umklammerten seine Brust.

Dann zog der rechte Flügel gerade nach unten. Das Flugzeug ging zu Boden und explodierte in einem wogenden Feuerball. Die Druckwelle prallte gegen das Fenster und erschütterte das Terminal. Am Ende der Startbahn kochte eine dichte Säule aus orangefarbenen Flammen und schwarzem Rauch in den gleichgültigen Himmel.

Megan.

Er drängte die Erinnerungen wieder zurück in ihre dunkle Ecke.

»Waren Sie je verheiratet?«, fragte er.

»Nein. Ich war einmal kurz davor. Ich dachte, es wäre Liebe. Wir hatten gegessen und einige Drinks zu uns genommen und dann sind wir in einen riesigen Streit geraten. Ich habe vergessen, worum es ging, irgendetwas Blödes. Er schlug mich. Das machte mich wütend. Ich habe seine Nase gebrochen, ihn dahin getreten, wo es wehtut, und bin gegangen.«

»Sie haben ihm die Nase gebrochen?«

»Er hatte es so gewollt. Ich bin ganz gut im Kampfsport.«

Sie zuckte mit den Schultern, als wollte sie sagen, was hätte sie denn sonst tun sollen?

»Seitdem habe ich niemanden getroffen, den ich näher kennenlernen wollte. Männer sind von meinem Aussehen angezogen. Wenn sie herausfinden, wer ich bin, und wenn sie nicht bekommen, was sie wollen, dann ziehen sie sich zurück. Ich schätze, ich mache ihnen Angst.«

»Zu viel Konkurrenz für das männliche Ego?«

»Sollte das so sein, dann ist es nicht mein Problem.« Sie wechselte das Thema. »Wie konnten die Männer gestern wissen, wo ich war?«

»Das ist nicht schwer. Sie sind bekannt.«

»Glauben Sie, dass sie es noch mal versuchen werden?«

»Kann sein. Bis das alles geklärt ist, sollten Sie immer Menschen um sich haben. Im Augenblick haben Sie nur mich.«

»Das war gestern gut genug.«

Sie schaute aus dem Fenster, zog eine Box unter dem Sitz hervor.

»Hungrig?«

Nach dem Essen und den Mimosas wurde er ruhiger. Er schlief ein. Eine Sache, die er bei der Truppe gelernt hatte, war, überall einschlafen zu können. Im Schlaf erinnerte er sich an nichts, es sei denn, er träumte.

Kapitel 10

Selena betrachtete den Mann, der da neben ihr schlief.

Wer ist er?, fragte sie sich. *Er durfte seine Waffe einfach mit an Bord nehmen. Ist er eine Art Spion oder so was. Er hat ein halbes Ohr verloren und fünf Leute getötet und dabei nicht mal geblinzelt. Alles was ich von ihm weiß ist, dass er eine Mutter und eine Schwester hat, einen Mistkerl zum Vater hatte und mir vermutlich gestern das Leben gerettet hat.*

Seine Verlobte ist gestorben. Er hat nicht gesagt, wie. Das erklärt vielleicht das Misstrauen, das ich in ihm spüre. Als würde er darauf warten, dass etwas Schlimmes passiert. Als würde er denken, etwas würde ihn jeden Moment anspringen.

Sie sah, wie Nick im Schlaf zuckte.

Schwarze Haare, starker Kiefer, er hat jetzt schon einen Bartschatten. Er ist nicht hübsch, aber schlecht sieht er auch nicht aus. Schwarze Augenbrauen. Und er hat diese eigenartigen Augen. Ich habe noch nie solche Augen gesehen, wie von einem Tier, einer großen Katze oder einem Wolf. Er ist kräftig gebaut, aber nicht so wie einer dieser Körper-Freaks in den Fitnessstudios. Ich frage mich, wie er im Bett ist?

Plötzliche Hitze und Feuchtigkeit zwischen ihren Beinen überraschte sie. Sie konnte sich nicht erinnern, wann sie das letzte Mal bei jemandem diesen Gedanken gehabt hatte.

Sie schüttelte den Kopf. Auf keinen Fall würde sie mit ihm ins Bett gehen. Sie fühlte sich zu verletzlich, um mit der Nähe umzugehen, die Sex mit sich bringen würde. Abgesehen davon, dass dieser Mann gefährlich war.

Selena schaute aus dem Fenster und betrachtete die weißen Wolken, die unter ihnen vorbeizogen. Sie dachte an ihren Onkel und an ihre Eltern.

Sie konnte sich an ihre Eltern erinnern, aber nicht mehr wirklich an ihre Stimmen. An dem Tag, an dem sich alles für sie veränderte, hatte sie Zuhause am Fenster gesessen und gespielt. Eigentlich hätte sie im Bett bleiben sollen, da sie krank war. Ihr Bruder, ihre Mutter und ihr Vater waren auf dem Highway One unterwegs gewesen, nach Big Sur.

Als ihr Onkel ins Zimmer kam, hatte sie gewusst, dass etwas Schlimmes geschehen war. Er hatte angefangen, ihr davon zu erzählen, aber sie hatte sich geweigert zuzuhören und seine Worte mit einem Lied übertönt, das sie eine Woche zuvor in der Schule gelernt hatte.

Die Triebwerke dröhnten vor ihrem Fenster. *Ich hätte mit ihnen in dem Auto sein sollen*, dachte sie. *Wäre ich dabei gewesen, wäre alles in Ordnung. Wir hätten irgendwo angehalten, um etwas zu Essen zu besorgen oder damit ich die Toilette benutzen könnte oder so was. Dann wären sie nicht dort gewesen, als der Truck um diese Kurve kam.*

Sie war schuld.

Sie hatte diese Schuld tief in sich vergraben und sich gegen die Welt gewappnet. Die Beste in allem sein: Sport, gefährliche Hobbys, Kampfsport, Akademisches. All der Erfolg, all ihr Training hatte sie nicht auf das hier vorbereitet. Sie hatte die Kontrolle verloren. Sie konnte den Verlauf der Dinge nicht beeinflussen.

Das machte ihr Angst, und das war neu für sie. Sie mochte es nicht.

Selena atmete ein paarmal tief durch und schaute wieder zu Nick. *Dieser Mann bekommt keine Angst*, dachte sie. *Vielleicht bringt er die Dinge ja wieder in Ordnung, falls das überhaupt jemand kann.*

Kapitel 11

Nick beobachtete die Menschenmenge, während sie sich durch das Flughafenterminal bewegten. Es gab nichts Ungewöhnliches. Niemand beachtete sie. Der Shuttlebus brachte sie zum Parkplatz, und sie gingen zu seinem Silverado. Die Windschutzscheibe war von einer dünnen Staubschicht bedeckt.

Er öffnete Selena die Tür. »Steigen Sie ein. Nicht wie Ihr Mercedes, aber recht komfortabel.«

Sie verließen den Flughafen, fuhren auf die I-5 und dann die 99 Nord in Richtung der Sierra Foothills. Es war ein klassischer kalifornischer Nachmittag. Klarer Himmel und fast 30 Grad.

»Erzählen Sie mir von unserem Reiseziel.«

»Connorsville«, sagte sie. »In Zeiten des Goldrauschs gab es dort Saloons, Hotels, fünfzig Bordelle und fünftausend Minenarbeiter und Chinesen, die in Baracken und Zelten lebten.«

»Die Chinesen schon wieder.«

»Sie haben die harte Arbeit erledigt. Es gibt Geschichten, dass sie geheime Tunnel gegraben haben, die von Connorsville und der Mine wegführen. In Marysville und Sacramento haben sie das getan. Wir haben aber nie welche gefunden. Mein Onkel warnte mich immer, nicht in die Mine zu gehen. Es ist dort nicht sicher.« Sie schaute aus dem Fenster. »Mein Onkel hatte einen Metalldetektor. Wir liefen da herum, wo die Stadt früher war, und fanden alle möglichen Dinge. Das war spannend.«

»Habt ihr Gold gefunden?«

»Eine Münze und ein paar Nuggets. Eines war fast so groß wie meine Hand.«

Bei Marysville bogen sie auf den Highway 20 nach Osten, vorbei an flachen, grünen Reisfeldern und großen Weiden, auf denen Rinder grasten. Ein Schwarm weißer Reiher erhob sich von einem der Teiche am Straßenrand in die Lüfte.

Nach einer Weile überquerten sie den Yuba. Einige Minuten später deutete Selena in Fahrtrichtung. »Die Abfahrt ist da vorne links. Die Brücke sieht zwar baufällig aus, ist aber sicher. Fahren Sie nur langsam.«

Er fuhr auf ein kurzes Stück mit grobem Pflaster und dann über die Brücke. Sie sah tatsächlich aus, als würde sie jeden Moment zusammenbrechen. Es standen Verbotsschilder für Trucks und Unbefugte am Rand. Sie holperten hinüber und folgten einem Kiesweg. Rechts von ihnen ragte ein Ziegelkamin aus dem Gestrüpp. Ein Relikt aus Kaliforniens goldener Vergangenheit.

»Ist das alles, was von der Stadt übrig ist?«

»Das war das Wells Fargo Gebäude. Fahren Sie da drüben weiter die Straße runter.«

Der Boden fiel ab und verlief durch ein Feld von hohem Gras, auf dem vereinzelt Blaueichen standen. Im Frühling würde es grün wie Irland sein, wie in Flammen mit orangefarbenem Mohn und Wildblumen in Weiß, Gelb und Lila. Jetzt, in der Sommerhitze, waren die Blumen verschwunden, das Gras goldbraun und vertrocknet.

Die Straße beschrieb eine Kurve und fiel weiter ab. Das Haus kam zwischen zwei Felsformationen ins Blickfeld. Hundert Meter dahinter war der Fluss.

Das Gebäude war einstöckig mit grünem Metalldach, fleckigen Holzwänden und einer Säulenveranda im alten Landhausstil. Davor breitete sich eine von weißen Steinen umrandete Kiesfläche aus. Hohe Kameliensträucher mit roten Blüten umschlossen die Veranda. Davor konnte er den Erzwagen sehen.

»Wo ist die Mine?«

Selena deutete durch die Windschutzscheibe. »Dort unten links, Richtung Fluss, auf der anderen Seite des Hügels.«

Er parkte auf dem Kies vor dem Haus. Als er das Auto abstellte, waren das Rauschen des Flusses und das Bellen eines Hundes in der Ferne zu hören.

Selena betrat die Veranda, holte ihre Schlüssel hervor und öffnete die Tür. Sie verschwand für einen Moment im Innern und tauchte wieder auf.

»Ich dachte, ich könnte genauso gut alles einschalten. Wir haben Licht und Strom. Nichts im Kühlschrank, aber es gibt Konserven und Spaghetti. Und Wein, falls wir Durst haben sollten. Der Brunnen ist gut, also haben wir auch Wasser.«

Sie kam von der Veranda herunter und blieb an der Ecke des Erzwagens stehen. Ihre Hand ruhte auf der rostigen Kante. »Ich versteckte Dinge genau hier, unter den Steinen. In einer Brotdose aus Metall. Vielleicht ist sie sogar noch da.«

Der Wagen war tief. Nick zog seine Jacke aus. Er begann, Steine heraus zu heben und sie auf die Erde zu stapeln. Er gelangte auf den Boden, ohne etwas zu finden.

»Nichts hier.«

»Versuchen Sie eine andere Ecke.«

Er entfernte noch ein paar Steine. Nichts. Nun fing er an, den Wagen ernsthaft zu leeren. Etwas Plastik glitzerte in der Nachmittagssonne. Er entfernte noch zwei Steine und holte ein rechteckiges Paket hervor, hielt es in die Luft.

»Keine Brotdose. Aber ich glaube, wir haben gefunden, wofür wir hergekommen sind.«

»Lassen Sie uns reingehen.«

Nick nahm seine Jacke und sie gingen ins Haus. Auf dem Weg hinein pflückte Selena eine blutrote Blüte von den Sträuchern. Sie platzierte sie auf dem Tisch in einer Schüssel voll Wasser.

Kapitel 12

Choy hatte schlechte Laune. Der Mercedes war alt und der Mechaniker des Fuhrparks langsam. Als das Auto fertig war, eilte einer seiner Leute zur Toilette, während er sich über das Essen vom letzten Abend beschwerte. Der Beifahrersitz ließ sich nicht ganz zurückstellen. Choy zwängte sich so gut es ging hinein, die Knie an den Armaturen. Sein Kopf berührte das Dach.

Die Männer im Wagen spürten seine Stimmung und blieben still. Der Fahrer hieß Li, aber alle nannten ihn »Noodles«, weil er so lang und dünn war. Er umklammerte das Steuer und versuchte, die ungewohnten Abfahrtsschilder zu verstehen und sich im dichten Autobahnverkehr zurechtzufinden. Zweimal bog er falsch ab und musste mehrere Meilen zurückfahren, bevor sie wieder auf dem richtigen Weg waren.

Der zweite Mann, Chung, wand sich auf dem Rücksitz und versuchte, seine unkooperativen Eingeweide in den Griff zu bekommen. Sie hielten noch zweimal an, damit er sich erleichtern konnte, und verschwendeten so noch mehr Zeit. Aber während der letzten zwei Stunden gab es keine weiteren Verzögerungen mehr. Jetzt waren sie an Marysville vorbei und auf dem Weg zu dem Haus, das in Coys Wegbeschreibung markiert war. Li hielt sich an die vorgeschriebene Geschwindigkeit und achtete auf die Autobahnpolizei.

Choy hoffte, sie würden das Buch schnell finden, damit er zum Konsulat zurückkehren konnte. Da war eine Frau, die dort arbeitete, die Flure und Besprechungszimmer reinigte. Er würde sie dazu bringen, seinem Bett ein weiteres Mal einen Besuch abzustatten. Sie war befriedigend gewesen, wenn auch zuerst unkooperativ. Er war sich sicher, eigentlich wollte sie auch, was er ihr angetan hatte. Wenn sie zurück waren, würde er sie erneut auf sein Zimmer bringen. Choy arrangierte sich in seinem unbequemen Sitz, seine Stimmung verbesserte sich, während er an sie dachte.

Sie überquerten eine lange, geschwungene Brücke über einen Fluss. Der Highway wurde schmaler und kurvenreicher.

Choy sah aus dem Fenster. »Fahr langsamer, wir müssten bald da sein.«

»Da ist ein Truck hinter uns.«

»Kümmere dich nicht um den. Es müsste hier irgendwo auf der linken Seite sein.«

Li sah in seinen Rückspiegel und verlangsamte. Choy wusste nicht genau, wo sie abbiegen mussten.

»Halte nach einer Brücke Ausschau.«

»Da ist sie!«, sagte Chung. Genau in dem Augenblick ertönte das Signalhorn von dem Truck hinter ihnen und der Mercedes schoss nach vorne, da Li das Gaspedal durchtrat. Sie verpassten die Abfahrt.

»Dummkopf! Da war es.«

»Ja, Sergeant.«

»Fahr weiter, bis wir den Misthaufen hinter uns los sind, und dreh dann um.«

Kurz darauf sahen sie ein Schild, das die Stadt Smartsville ankündigte.

»Nimm diese Straße.«

Sie verließen den Highway in Richtung der Stadt. Als der Truck vorbeidonnerte, streckte der Fahrer seinen Arm aus dem Fenster und erhob den Finger zum Gruß.«

Choy zügelte seine Wut. »Verdammte Amerikaner«, sagte er. »Dreh hier um.«

Zurück auf dem Highway fuhr Li langsam, bis sie die Abzweigung erreichten. Er bog ab und hielt an.

»Warum hältst du?«

»Die Brücke, Sergeant. Sie sieht nicht sicher aus.«

»Fahr einfach rüber. Sie muss stabil genug sein, da hinten ist ein Haus.«

Das Auto kroch über die Brücke und weiter auf der Straße. Hinter einer Anhöhe konnten sie das Haus unten sehen. Davor war ein silberner Pick-up geparkt.

»Halte hinter diesen Felsen dort an«, sagte Choy.

»Glauben Sie, dass man uns gesehen hat?«

»Keine Ahnung. Vielleicht ist die Frau dort. Das wäre gut. Hier draußen wird keiner was mitbekommen, falls wir sie befragen müssen.«

Der Gedanke daran, Connors Nichte zu befragen, erregte ihn. Choy leckte sich über die Lippen. Sie stiegen aus.

Jeder der Männer prüfte seine Pistole. Alle drei trugen eine chinesische Kopie der Beretta 9mm. Li holte 3 Mikro-Uzis aus dem Kofferraum, tödlich auf kurze Distanz, wenn auch nicht besonders zielgenau. Choy griff in eine Box und holte noch zwei Granaten vom Typ 82-1 heraus und steckte sie in seine Jackentaschen.

»Glauben Sie, die werden wir brauchen?«

»Willst du rausfinden, ob wir sie brauchen, wenn wir sie nicht dabeihaben?«

»Es ist nur eine Frau.«

»Das wissen wir nicht. Und jetzt sei still und lass uns losgehen. Erinnert euch an euer Training. Noodles, du gehst da lang. Bleib geduckt und arbeite dich zur Rückseite des Hauses vor. Chung, du kommst mit mir. Wir werden einen Bogen nach rechts machen und uns dem Haus von der Seite nähern. Wenn es die Frau ist, gehen wir rein und ergreifen sie. Ist da sonst noch jemand, ergreift auch ihn. Denkt dran, wenn es Schwierigkeiten gibt, nicht die Frau töten.«

Die drei Männer bewegten sich auf das Haus zu.

Kapitel 13

Nick und Selena befanden sich seit einer halben Stunde im Haus. Die Fenster waren geöffnet. Ein leichter Wind vertrieb die abgestandene Luft.

Ein großer orientalischer Teppich bedeckte den Holzfußboden im Hauptraum mit einem komplizierten Muster aus Blau- und Rottönen. Eine lange, braune Ledercouch und zwei Stühle waren vor einer Feuerstelle aus abgerundeten Flusssteinen gruppiert.

Der Wohnbereich und die Küche waren durch eine breite Granitarbeitsplatte mit einem Muster aus wirbelnden hellen und dunklen Farben getrennt. Ein Deckenventilator drehte sich über einem antiken, französischen Landküchentisch. Die Hintertür führte neben dem Kühlschrank nach draußen. Rechts vom Wohnbereich führte ein Flur zu einem Bad und zu Schlafzimmern.

Nick setzte sich mit dem Paket an den Tisch. Selena öffnete eine Weinflasche und holte zwei Gläser aus einem Schrank über dem Tresen. Sie setzte sich ihm gegenüber und goss ein.

»Das ist ein guter Wein, Silver Oak. Mögen Sie Cabernet?«

»Ja. Bereit, einen Blick auf das hier zu werfen?«

»Nur zu.«

Nick nippte am Wein. Er holte sein Messer heraus und zerschnitt die Verpackung. Eine dunkle Holzkiste kam zum Vorschein.

»Das ist die Kiste von dem Buch. Sie war auf dem Schreibtisch meines Onkels.«

Er öffnete die Kiste. Das Buch war etwa 45 cm lang und 25 cm breit. Die Buchdeckel waren gesprungenes, fleckiges

Holz mit Resten von roten Schnüren, die einmal die Seiten zusammengehalten hatten. Er entfernte den Holzdeckel. Die Schrift auf der Seite war für ihn absolut nicht zu identifizieren.

»Das ist Sanskrit«, sagte Selena. »Diese Seite ist in Devanagari geschrieben. Kaligraphie und Stil lassen auf etwa 1200 nach Christus vermuten. Der Rest des Sanskrit-Teils ist in Rgvedic. Das ist eine viel ältere Form. Diese Seite wurde zu einem späteren Zeitpunkt hinzugefügt.«

»Sie können das lesen?«

»Ja. Die Sprache habe ich jahrelang studiert.«

»Was steht da?« Er zupfte an seinem bandagierten Ohr.

»Es ist ein Gebet an den barmherzigen Buddha, eine Art Einleitung. Das ist typisch für einen buddhistischen Text. Aber dies ist kein buddhistisches Werk. Der Schreiber sagt, es sollte wegen seines medizinischen Wissens studiert werden, aber man solle nicht alles wörtlich verstehen. Der Text des Buches ist älter als der Buddhismus.«

Nick blätterte die Seite mit der Klinge seines Messers um. Selena fuhr mit ihrem Finger über das Geschriebene.

»Jetzt haben wir das alte Skript. Das Wort hier bedeutet Schatz. Dieses hier bedeutet Reise oder Trip. Das hier Karte. Und das hier ist ›endloses Leben‹. Diese Worte hier bedeuten übersetzt ›Goldener Garuda‹. Das Buch heißt also ›Der Goldene Garuda‹ und enthält Hinweise, um den Schatz des endlosen Lebens zu finden.«

»Was ist ein Garuda?«

»Ein großer mythischer Vogel, wie ein Adler auf Steroiden, manchmal halb Mensch, halb Vogel. Er tritt zum ersten Mal in den Veden auf. Das sind die frühesten Aufzeichnungen von indischen religiösen Lehren, so gegen 1700 vor Christus.«

Die nächste Seite war ein ausführliches anatomisches Diagramm eines nackten Mannes in der Hocke, der über seine

Schulter auf eine stilisierte Sonne schaute. Es war erkennbar, aber in einem Stil, der weit von modernen Zeichnungen entfernt war.

»Das ist ein Diagramm der Blutzirkulation. Gezeichnet Jahrhunderte, bevor Harvey sie im Westen entdeckt hat.«

Er nahm noch einen Schluck Wein. Sie beugte sich vor und zeigte auf die nächste Seite.

»Diese Seite ist eine Warnung. Dieses Wort bedeutet Gefahr oder Unglück. Da ist ein Satz über das Bewachen oder das Verstecken von irgendetwas. Ich kann es nicht ganz entziffern, da ist die Seite beschädigt, aber es geht um einen großen König oder Kaiser.«

»Der Kaiser von China?«

»Möglich. Soweit ich das erkennen kann, besagt die Passage, große Gefahr wartet auf den, der den Informationen dieses Buches nachgeht.«

Das Geräusch eines Autos war draußen zu hören.

Nick sah Selena an. »Erwarten Sie jemanden?«

»Nein.«

»Ich habe ein Auto gehört.«

»Ich auch.«

Er ging zum Fenster, konnte aber niemanden sehen. Die Felsen verbargen, wer auch immer dort war. Ein Motor ging aus, Türen wurden leise geschlossen.

Er zog die .45er aus seinem Holster. »Wir haben Gesellschaft. Nehmen Sie das Buch.«

Selena legte das Buch in seine Kiste und steckte sie in eine Tüte, die sie unter der Spüle hervorzog.

»Was ist hinter dem Haus?«

Sie strich ein Haar zur Seite. »Da ist ein Pfad runter zum Fluss. Er führt am Eingang der Mine vorbei.«

Nick erinnerte sich an Häuser in Afghanistan und Irak, wo in jedem Zimmer der Tod wartete. »Ich mag es nicht, im Haus zu sein. Da gibt es keinen Ausweg. Wer auch immer das ist, ist bestimmt aus keinem guten Grund hier. Sonst wären sie einfach vorgefahren. Sie werden meinen Truck gesehen haben, also wissen sie, dass jemand hier ist. Ich denke, sie sind hinter dem Buch her.«

»Wie könnten sie wissen, dass wir hier sein würden oder wo das Buch war?«

»Keine Ahnung. Aber ich möchte auch nicht warten und sie fragen. Sind Sie für einen Sprint zu haben?«

»Zum Fluss?«

»Genau. Dann müssen sie durch das Gras auf uns zukommen und ich kann sie sehen. Sie können uns zwar auch sehen, aber das ist besser, als hier drin gefangen zu sein. Ich werde uns Deckung geben.«

Er öffnete die Hintertür. Ein Hang mit braunem Gras führte hinunter zum Fluss.

»Sie zuerst, Sie kennen den Weg. Ich werde gleich hinter Ihnen sein. Lassen Sie es uns bis zur anderen Seite des Hügels schaffen und dann sehen wir weiter. Bereit?«

Sie nickte.

»Los!«

Sie rannte. Nick folgte ihr. Selena war schnell, und er war froh, in Form geblieben zu sein. Er blickte zurück und sah einen Mann eine Waffe heben.

Er hechtete nach vorn und warf Selena zu Boden, gerade als der Eindringling eine lange Salve losließ. *Uzi*, dachte er. Nick zielte und schoss zwei Mal. Der Schütze blieb für eine Sekunde stehen, dann brach er zusammen und sank ins Gras.

Während er Selena auf die Füße zog, trat ein großer Mann auf der Veranda um die Ecke. Nick feuerte und der Mann duckte sich. Sie rannten wieder los. Der ratternde Klang einer Uzi folgte ihnen. Ein Mann mit einer Pistole rannte hinter dem Haus hervor und feuerte drei schnelle Schüsse ab, die in einem

Flüstern heißer Luft vorbeizischten. Nick begab sich in Schützen-Haltung. Zwei Hände, zielen, einatmen, den Abzug drücken, feuern. Zwei Kugeln, die .45er ruckte in seinen Händen. Der Mann ging schreiend zu Boden.

Sie rannten. Eine weitere Salve von automatischem Feuer schlug hinter ihnen in den Boden. Sekunden später hörte er drei Pistolenschüsse und spürte die Kugeln vorbeifliegen. Sie erreichten den Hügel. Er sah den Mineneingang, mit alten Brettern versperrt. Hinter dem Hügel waren weite Felder und das glatte Flussbett. Es gab keine Deckung.

»Zur Mine«, rief er.

Selena wechselte mit schwingenden Armen die Richtung. Sie erreichten den Eingang und er zertrat die Bretter. Sie flüchteten in die Mine.

Im Tunnel war es kühl nach der heißen Junisonne von draußen. Am Boden verstreut lagen von der Decke gestürzte Steine. Selena stützte ihre Hände auf die Knie und beugte sich nach vorn, um Luft zu holen. Die Plastiktüte mit dem Buch hielt sie umklammert.

»Was machen wir nun?«

»Wir sind zu nah am Eingang«, sagte er. »Wir ziehen uns zurück. Kommt jemand rein, werde ich ihn erschießen.«

Sie zogen sich weiter in den Tunnel zurück, bis das Licht nachließ. Eine große, leere Erzlore stand rostend auf Schienen, die in der Schwärze der Mine verschwanden. In dem schwachen Licht konnten sie vom Eingang aus nicht gesehen werden.

»Wie viele sind es?«, fragte Selena.

»Mindestens drei. Zwei von ihnen sind erledigt. Vielleicht nur noch ein weiterer.«

Nick dachte über ihre Situation nach. Taktische Einschätzung, eine alte Angewohnheit.

»Wir sind waffentechnisch unterlegen«, sagte er. »Sie haben

automatische Waffen. Wie wär's wenn Sie in die Lore steigen? Dann sind Sie gut geschützt.«

»Was ist mit Ihnen?«

»Ich werde mich hinter den Wagen begeben. Das bietet mir Schutz und ich kann mich bei Bedarf bewegen.«

»Wie kommen wir hier wieder raus?«

»Wir warten, bis es dunkel ist. Das sind noch ein paar Stunden. Dann schleichen wir uns raus. Das Beste, was mir momentan einfällt.«

Selena kletterte in die Erzlore und spähte über den Rand. Nick beobachtete den Tunneleingang und dachte nach. Er hatte zweimal auf den ersten Mann geschossen. Einmal auf den großen Mann auf der Veranda und zweimal auf den zweiten Mann. Fünf Kugeln. In seiner H-K waren fünfzehn im Magazin und eine im Lauf. Das bedeutete also, es waren noch elf in seiner Pistole. Er besaß ein Ersatzmagazin, also weitere fünfzehn. Nicht sehr viel, aber bis jetzt war es genug gewesen. Es würde reichen müssen.

Kapitel 14

Der Klang von Lis Uzi hinter dem Haus und die zwei lauten Schüsse einer großen Pistole lockten Choy ans Ende der Veranda. Er war gerade um die Ecke gebogen, als ein weiterer Schuss Splitter aus der Wand neben seinem Gesicht riss.

»Chung, geh zur anderen Seite und sieh nach, ob du den Schützen entdecken kannst. Ich beschäftige ihn so lange.« Chung rannte los.

Choy streckte die Uzi um die Ecke und feuerte eine Salve in die grobe Richtung, aus welcher die Schüsse gekommen waren. Es kam keine Antwort zurück. Chungs Beretta erklang hinter dem Haus, gefolgt von zwei weiteren lauten Schüssen und einem Schrei. Choy schaute um die Ecke und erblickte einen Mann und eine Frau in vierzig bis fünfzig Metern Entfernung, die zum Fluss rannten. Chung und Li waren nirgends zu sehen. Er feuerte eine weitere Salve ab, aber die Uzi war auf diese Entfernung nutzlos. Er wechselte zu seiner Pistole und feuerte dreimal. Die beiden rennenden Figuren verschwanden hinter einem Hügel.

Choy lief zur Rückseite des Hauses und sah Chung im Gras liegen. Er hatte die Hände auf seinen blutigen Unterleib gedrückt.

»Chung. Wie schlimm?«

Chung schnappte nach Luft. »Schlimm. In den Bauch. Es sind zwei. Der Mann hat die Waffe.«

»Wo ist Li?«

»Weiß nicht.«

»Halte durch. Ich komme wieder.«

Choy rannte über das Feld und versuchte, in der Deckung

des Hügels zu bleiben. Es gab keine Anzeichen von dem Mann oder der Frau. Er kam an Lis Körper vorbei, der mit dem Gesicht nach unten auf dem Boden lag, und erreichte den Hügel. Er steckte ein frisches Magazin in die Uzi, duckte sich und bewegte sich durch das trockene Gras, bis er sehen konnte, wohin das Paar verschwunden war.

Ein Tunnel öffnete sich an der Seite des Hügels und davor waren zerbrochene Bretter am Boden verstreut. Sie mussten hineingegangen sein. Wenn er zur Öffnung des Tunnels ginge, würde er gegen das Licht als Silhouette sichtbar werden.

Choy reichte es für einen Tag. Er griff in seine Tasche und holte eine Granate heraus. Er zog den Ring ab und warf die Granate in die Tunnelöffnung.

Die Explosion begrub den Eingang in einem Erdrutsch aus roter Erde und Fels. Das hatte Choy nicht erwartet, aber es erfüllte seinen Zweck. Die beiden würden da drinnen keinen Ärger mehr machen.

Er lief zurück zu der Stelle, wo Noodles lag. Der war tot. Er ging zu Chung, der sich den Unterleib hielt. Dunkles Blut tränkte sein Hemd und quoll zwischen seinen Fingern hervor. Choy kniete sich neben ihn.

»In Ordnung, Chung. Wir werden dich wieder in Ordnung bringen.«

Dieser verdammte Amerikaner, dachte Choy. *Jetzt haben wir Probleme. Und Chung sieht nicht besonders gut aus.*

»Wasser«, sagte Chung.

»Kein Wasser. Ich werde dich zum Auto schaffen. Das wird wehtun.«

Er bückte sich und hob ihn hoch. Chung schrie vor Schmerz. Choy richtete sich auf und trug den stöhnenden Mann zum Wagen. Er legte ihn auf den Boden.

Choy ging zu der Stelle, wo Lis Körper im Gras lag. Er sammelte die Waffe auf, zerrte den Körper zurück zum Auto und verstaute dann den Toten und die Uzi im Kofferraum. Er blickte zu Chung. Es gab nicht viel, was er bei so einer Wunde tun konnte. Chungs einzige Hoffnung war ein Krankenhaus. Choy konnte es nicht riskieren. Er würde zum Konsulat zurückkehren müssen, aber er glaubte nicht, dass Chung so lange aushalten würde. Entweder das, oder er beendete es jetzt und packte ihn zu Li. Für einen Moment zog er diese Option in Erwägung. Er entschied sich aber, weiter darüber nachzudenken.

Er ging zurück zu der Stelle, wo Chung getroffen worden war, sammelte seine Waffen auf und brachte sie zum Auto, wo er sie zu Lis Körper in den Kofferraum legte. Dann ging er ins Haus. Eine geöffnete Weinflasche stand auf dem Küchentisch.

Choy hob die Flasche auf und nahm einen langen Zug daraus. Zu bitter im Vergleich zum süßen Pflaumenwein, den er mochte, aber besser als nichts. Er wischte sich über die Lippen und betrachtete den Haufen aus Plastikfetzen und Klebeband auf dem Tisch.

Irgendetwas war hier ausgepackt worden. Choy hatte ein ungutes Gefühl. Wenn das die Verpackung des Buches war, welches er beschaffen sollte, und es jetzt mit den Amerikanern begraben war, würde der Colonel sehr wütend sein.

Als er zurückdachte, wurde ihm klar, dass die Frau eine weiße Plastiktüte getragen hatte. Je mehr er darüber nachdachte, umso sicherer war er sich, dass das Buch in dem Tunnel mit zwei toten Amerikanern lag. Die ganze Mission hatte sich in ein Desaster verwandelt. Er nahm einen weiteren Schluck aus der Flasche.

Das Ganze hatte eine Menge Lärm gemacht. Das Haus war zwar auf dem Land, und jeder wusste, Amerikaner auf dem Land schießen unentwegt auf irgendwas und daher würde sich niemand viel dabei denken, aber die Granate war wirklich laut gewesen.

Zeit, zu gehen.

Choy durchsuchte das Haus flüchtig, um Colonel Wu sagen zu können, er habe nach dem Buch gesehen. Er fand eine Handtasche auf der Couch, öffnete sie und schüttete sie aus. Er nahm die Brieftasche und schaute sich den Führerschein an. Die Connor-Frau. Wer war der Mann?

Choy nahm das Geld und den Führerschein aus der Brieftasche und warf sie auf die Couch. Er nahm einen letzten Schluck aus der Flasche, ging auf die Veranda und zu dem Truck, der vor dem Gebäude geparkt war. Er öffnete das Handschuhfach und durchwühlte es. Er fand einen Versicherungsschein mit einem Namen und einer kalifornischen Adresse. Choy steckte das Papier in seine Tasche.

Er ging zurück zu dem Mercedes und schaute auf Chung. Was war, wenn er unterwegs angehalten wurde? Wie würde er den Verletzten erklären?

»Wasser«, sagte Chung.

»Du wirst bald so viel Wasser bekommen, wie du magst, mein Freund«, sagte Choy leise. Er klopfte ihm vorsichtig auf den Arm. Dann nahm er seine Pistole und schoss Chung in den Kopf. Er öffnete den Kofferraum und hob Chung hinein zu Li. Es war gerade genug Platz für die beiden. Er schloss den Kofferraum und stieg ins Auto, stellte den Sitz ein und startete den Motor.

Er würde in ein paar Stunden zurück im Konsulat sein. Das würde ihm Zeit geben, um sich eine Geschichte für den Colonel zurechtzulegen. Zumindest waren der amerikanische Mann und die Frau erledigt. Der Gedanke zauberte ein befriedigtes Lächeln auf sein Gesicht. Choy begann unmelodisch zu summen, während er auf den Highway und zurück nach San Francisco fuhr.

Es war dunkel, als er die Stadt erreichte.

Noch zwanzig Minuten, dachte er.

Dann erhellten die blinkenden Lichter eines Polizeiautos die Nacht hinter ihm.

Choy betätigte den Blinker und fuhr an den Straßenrand, den Motor ließ er laufen. Das Polizeiauto stand hinter ihm, während ein paar Fahrzeuge vorbeifuhren. Choy war nervös. Warum war er angehalten worden? Er war nicht zu schnell gefahren. Er versuchte, darauf zu kommen, was es sein könnte. Endlich stieg der Polizist aus seinem Wagen. Er näherte sich dem Auto und tippte an die Scheibe. Seine Hand war auf die Waffe im Holster gelegt und er signalisierte Choy, das Fenster zu öffnen.

»Ja, Officer. Gibt es ein Problem?«

Choy sprach passables Englisch, dafür hatte Colonel Wu gesorgt.

»Sir, wussten Sie, dass eines Ihrer Rücklichter beschädigt ist? Kann ich bitte Ihren Führerschein, den Versicherungsnachweis und die Registrierung sehen?«

»Ja, Sir. Die Papiere sind im Handschuhfach.« Choy griff hinüber und öffnete die Klappe. Er zog Registrierung und Versicherung unter einer Karte hervor. Zum Glück lag Chung nicht auf dem Rücksitz. Der Polizist leuchtete mit seiner Taschenlampe auf die Papiere.

»Führerschein bitte.«

Choy reichte ihn hinaus.

»Warten Sie hier«, sagte der Beamte und ging zurück zu seinem Wagen. Er setzte sich hinein und schrieb etwas. Dann kam er zurück.

Er reichte die Papiere und den Führerschein zurück an Choy.

»Sie erhalten eine Sicherheitsverwarnung«, sagte er. »Sie müssen das in Ordnung bringen lassen und diesen Vordruck an die Adresse auf der Rückseite schicken. Sie haben fünf Tage Zeit, um das zu erledigen.«

»Ja, Officer. Danke für Ihre Hilfe.« In Choys Innerem kochte es. Würde heute irgendetwas klappen? Zumindest würde der Polizist ihn gehen lassen.

»Sagen Sie, da läuft etwas aus, hinten, unter dem Kofferraum.«

Choy beobachtete wie das Gesicht des Polizisten sich verhärtete und sich seine Hand zur Waffe bewegte, als er realisierte, dass es sich um Blut handelte. Choy zögerte nicht. Er feuerte drei Schüsse durch das geöffnete Fenster. Der Polizist stolperte und fiel ausgestreckt zu Boden. Choy trat das Gaspedal durch und steuerte zurück auf die Fahrbahn.

Eine halbe Stunde später erreichte er das Konsulatsgelände und fuhr in die Garage. Er stellte den Wagen ab. Der Motor rasselte noch einen Augenblick und verstarb dann mit einem unregelmäßigen Husten.

Choy saß in der Stille des Parkhauses und dachte darüber nach, wie dieser Tag über jede Vorstellung hinaus schiefgegangen war. Zu schade um Li und Chung, aber das war seine geringste Sorge. Was würde er Colonel Wu erzählen? Die einzige Person auf dieser Welt, vor der Choy Angst hatte, war Wu. Wu konnte einem das Leben zur Hölle machen.

Choy schwitzte in der kühlen Dunkelheit. Ein kalter, schmieriger Schweiß, der dunkle Kreise unter seinen Achseln formte. Er roch seinen eigenen Körpergeruch. Er hasste es, wenn das passierte. Im Basistraining hatten sie ihn verspottet, ihn ein Schwein und schlimmeres genannt, wenn er so roch. Das hörte auf, nachdem er eine Chance hatte, sie mal alleine abzupassen. Bald kommentierte niemand mehr wie er roch.

Choy wischte sich das Gesicht mit dem Ärmel seiner Jacke ab. Wenn er Wu erzählte, was wirklich geschehen war, könnte er sich glücklich schätzen, als nächsten Auftrag Kamele in der Wüste Gobi hüten zu dürfen. Wenigstens hatte er den Namen des Mannes, der alles versaut hatte. Aber der Störenfried war bereits nicht mehr von Bedeutung, tot in der eingestürzten Mine.

Er stieg aus dem Auto. Ein leichter Geruch nach Kanalisation drang aus dem Kofferraum. Es war nicht Choys Schuld, dass sich Li und Chung hatten umbringen lassen. Wer hätte gedacht, dass da jemand bei dem Haus sein würde, der so schießen konnte, während seine Männer auf ihn feuerten? Es musste jemand mit ausgezeichnetem Training gewesen sein, ein Profi. Choy musste sich eine widerwillige Bewunderung eingestehen.

Der Gedanke an den Schützen, tot in der Mine, ließ ihn sich besser fühlen. Er würde sich zurückmelden, so wenig Details wie möglich mitteilen und auf das Beste hoffen. Choy begann vor sich hin zu summen. Alles würde gut werden.

Kapitel 15

Colonel Wu rauchte und dachte über den missglückten Versuch nach, die Connor-Frau zu ergreifen. Jetzt hatte er fünf tote Agenten zu erklären. Es klopfte an seiner Tür.

»Ja.«

»Choy, Sir.«

Wu drückte seine Zigarette aus und öffnete die Tür. Ein Blick sagte ihm, dass er nicht mögen würde, was er zu hören bekäme. Er winkte Choy herein und dieser betrat den Raum. Wu schloss die Tür.

»Berichten Sie, Sergeant.«

»Sir. Wir sind auf Schwierigkeiten gestoßen. Die Frau, Connor, war bei dem Haus, als wir dort ankamen, aber es war noch ein Mann bei ihr. Er war bewaffnet und wir gerieten in einen Schusswechsel. Li und Chung sind tot. Ich verfolgte die Frau und ihren Begleiter in eine verlassene Mine. Der Eingang stürzte ein und sie wurden darin begraben. Sie müssen tot sein. Ich habe das Haus durchsucht, doch das Buch war nicht da. Ich habe den Namen des Mannes, der dort war, und konnte die Identität der Frau bestätigen.«

Choy reichte Selenas Führerschein und den Zettel aus dem Auto an Wu. Er hatte sich entschieden, den Grund für den Einsturz der Mine für sich zu behalten, genau wie seine Vermutung, dass das Buch mit den Amerikanern begraben sei. Es war besser, wenn Wu dachte, es war noch irgendwo da draußen.

»Was haben Sie mit Li und Chung gemacht?«

»Sir, das war noch nicht alles. Ich habe sie in den Kofferraum des Wagens gelegt. Auf dem Weg hierher wurde ich von einem Polizisten angehalten. Es war eine Art Sicherheitskontrolle. Er war im Begriff, mich gehen zu lassen, als er Blut aus dem Kofferraum tropfen sah. Er griff nach seiner Waffe und ich habe ihn erschossen. Das war vor etwa einer halben Stunde.«

»Sie haben einen amerikanischen Polizeibeamten erschossen?«

Wus Stimme war tonlos.

»Ja, Sir. Ich hatte keine Wahl.«

»Wo ist das Auto?«

»Unten in der Garage.«

»Geben Sie mir Ihre Pistole.«

Choy händigte ihm die Waffe aus.

»Choy, Sie haben mich enttäuscht. Ich habe mehr Diskretion von Ihnen erwartet. Sind Sie sicher, dass das Buch nicht in dem Haus war? Hatte die Frau es vielleicht bei sich, als sie geflohen ist?«

»Das Buch war nicht im Haus, Sir. Wenn die Frau es bei sich hatte, dann habe ich es nicht gesehen.«

Das war die Wahrheit, er hatte tatsächlich kein Buch in ihrer Hand gesehen.

»Sie reisen heute Nacht zurück. Nach Hause, Sergeant. Ich werde eine Überfahrt auf einem unserer Frachter arrangieren. Gehen Sie auf Ihr Zimmer und warten Sie dort. Sie werden zu Ihrem Schiff begleitet. Sobald Sie in Peking eintreffen, melden Sie sich bei mir.«

Er blickte Choy streng an.

»Gehen Sie.«

»Sir!« Choy nahm Haltung an, drehte sich um und verließ den Raum. Die Tür schloss sich hinter ihm. Wu griff zu seinem Telefon und begann die Bereinigung des Schlamassels zu arrangieren, den Choy angerichtet hatte. Er war wütend. Das Buch war nicht gefunden worden. Sollte es in dieser Mine sein, wie könnte man es bergen? Wu würde noch warten, bevor er den General informierte. Yang war kein Mann, der Versagen tolerierte. Er würde darüber schlafen und morgen entscheiden, was zu tun war.

Kapitel 16

Nick sah, wie ein dunkles Objekt in den Tunnel geworfen wurde, hörte es auf den Felsboden treffen und wusste, was es war. Er sprang in den Erzwagen, direkt auf Selena, stieß sie auf den rostigen Boden und begrub ihren Körper unter sich.

Die Explosion verdrängte jegliche Gedanken. Granatsplitter prallten gegen die Seite der Lore. Der Eingang zur Mine brach mit donnerndem Getöse zusammen und sperrte das Tageslicht aus.

Das Grollen verklang in den Tiefen der Mine.

Absolute Dunkelheit.

Nick lag starr und bewegungslos und wartete darauf, dass das Klingeln in seinen Ohren nachließ.

Selena hustete. »Was dagegen, von mir runter zu steigen?«

Er presste sie unter sich zu Boden, die .45er noch in der Hand. Er steckte die Waffe ins Holster und kletterte im Dunkeln aus der Lore.

»Ich kann absolut nichts sehen.« Selena hustete erneut.

»Dagegen kann ich etwas tun.«

Nick griff in seine Jackentasche nach der Minitaschenlampe, die er immer bei sich trug. Er schaltete sie ein.

Etwas krabbelte über seinen Handrücken.

Eine große, schwarze Spinne.

Er schlug sie weg, verlor dabei fast die Taschenlampe. Etwas knirschte unter seinem Fuß.

Er half Selena aus dem Erzwagen und versuchte, nicht an Spinnen zu denken. Sie war mit Staub bedeckt und hatte Kratzer im Gesicht. Ihre seidene Designerbluse war eingerissen und mit roten Schmutz- und Rostflecken übersät, sodass sie kaum noch ihre Brust bedeckte.

Der Eingang zur Mine war von tonnenschweren Felsen blockiert. Sie reichten bis an die Decke, von welcher Staub und Schmutz rieselte.

»Dort werden wir nicht wieder rauskommen«, sagte er.

»Die ganze Seite des Hügels muss runtergekommen sein.«

Er holte sein Telefon aus der Tasche. Kein Empfang.

»Gibt es einen anderen Ausgang?« Er schwenkte den dünnen Lichtstrahl der Taschenlampe durch den Tunnel. Etwas bewegte sich am Rand des erhellten Bereichs.

»Ich glaube schon, aber ich weiß aber nicht, wo er ist. Ich habe mal eine Karte der Mine gesehen. Es gibt drei Ebenen mit Abzweigungen vom Haupttunnel und bis zu hundert Meter tiefen Schächten. Einige Bereiche sind geflutet, aber ich weiß nicht wo. Viele Tunnel wurden abgesperrt, als die Mine nach und nach geschlossen wurde.«

»Wir haben keine große Wahl. Bereit für eine Erkundung?«

»Sie zuerst«, entgegnete Selena.

Die Taschenlampe ließ zu wünschen übrig. Sie folgten dem schmalen Strahl entlang verrosteter Schienen, vorbei an Felsen, die von der Decke gestürzt waren, tiefer hinein in die Mine. Nick konnte nicht mehr sagen, ob der Tunnel gerade verlief oder Kurven machte. Die Luft war stickig und heiß und roch nach altem Wasser und noch älterem Fels. Der Adrenalinschub war verflogen. Er war müde und angeschlagen.

Dicke Holzpfosten stützten rissige Balken, die die Decke des Tunnels trugen. Sie sahen schwach und instabil aus. In den Ecken, wo sich Pfosten und Balken trafen, hingen Spinnennetze. Überall zogen sich Spinnen aus dem Licht zurück. Es waren Pfützen auf dem Boden, dunkle, feuchte Flecken an der Wand und Wasser tropfte von der Decke. Die Luft war heiß und reglos. Nick spürte die Tunnelwände näherkommen. Er sagte sich, es würde alles gut werden. In Ordnung. Eins nach dem anderen. Er schwitzte.

Der Tunnel teilte sich. Ein Abzweig führte nach rechts, der andere weiter geradeaus.

»Welchen Weg sollten wir nehmen?«

»Ihre Wahl ist so gut wie meine«, sagte Selena.

»Rechts oder geradeaus?«

»Wenn der Tunnel keine Kurve gemacht hat, dann sollte der Fluss irgendwo Rechterhand sein. Ich glaube, die Minenarbeiter folgten einer Erzader zum Fluss. Sollten sie das getan haben, dann sind sie vielleicht irgendwo am Ufer angekommen.«

»Gehen wir nach rechts. Wenn es hinausführt, dann sollte es nicht weit sein.«

Sie betraten den Schacht zu ihrer Rechten. Die Tunnelstützen waren stark verrottet und überall waren Wasserpfützen. Etwas huschte vor ihnen fort.

»Was war das?«

»Keine Ahnung, ich habe nichts gesehen.«

»Was ist das für ein quietschendes Geräusch?«

Der Schacht beschrieb eine Kurve und sie kamen um eine Ecke. Knapp zwanzig Meter vor ihnen endete der Tunnel bei einem Steinschlag und einem aufgewühlten Nest von quiekenden Ratten. Hunderte roter Augen blitzten in dem spärlichen Licht der Taschenlampe.

Nick erstarrte. Selena umklammerte seinen Arm. Die Ratten wanden sich wild durcheinander, sprangen ihnen entgegen und wieder zurück in das Gewühl.

Keiner sagte ein Wort, während sie sich zurückzogen. Nick fühlte, wie Selena erschauderte. Zurück im Hauptstollen kamen sie an einem mit Brettern vernagelten Schacht auf der Linken, und dann einem weiteren auf der Rechten vorbei. Sie sahen noch weitere versperrte Durchgänge. Eine Ratte rannte an seinem Fuß vorbei.

Sie gelangten an die Überreste eines Stalls, der in die Wand des Stollens geschlagen war. Einige Boxen standen noch und an einem rostigen Nagel hing ein Halfter aus Seil.

»Warum hatten sie einen Stall hier unten?«

Das war das Erste, was Nick seit den Ratten gesagt hatte.

»Für die Maultiere. Maultiere zogen die Loren.«

Zwanzig Meter hinter dem Stall verzweigte der Tunnel in drei Richtungen. Die Schienen endeten dort an einem verrottenden hölzernen Dreieck. Der rostige Kopf von einem Bergbau-Pickel lag auf dem Boden. Nick hob ihn auf und verstaute ihn in seiner Jackentasche.

»Mir gefällt das nicht«, sagte Selena.

»Mir auch nicht.« Er leuchtete in den rechten Schacht, dann in die anderen. Es gab keine großen Unterschiede zwischen ihnen. Sie sahen alle aus wie ein Highway in die Hölle. Nick befeuchtete einen Finger und spürte nach einem Luftzug.

Nichts. Nur ein nasser Finger.

Der Strahl der Taschenlampe wurde langsam gelb. Sollten sie kein Licht mehr haben, würden sie vielleicht niemals hinausfinden. Er mochte die Vorstellung nicht besonders, mit Ratten und Spinnen im Dunkeln zu sein. Aber die Batterien wurden immer schwächer.

»Ich werde die Taschenlampe ausschalten.«

Dunkelheit umschloss sie. Nick erinnerte sich an eine Höhle in Afghanistan, in der er beinahe lebend begraben worden war; erinnerte sich an seinen betrunkenen Vater, der ihn in einen dunklen Schrank eingesperrt hatte; erinnerte sich an einen Keller in Kolumbien, angefüllt mit dem stinkenden Geruch von Schmerz und Tod. Er verdrängte die Gedanken, wünschte sich, er hätte einen Drink oder eine Zigarette oder beides.

Selena drückte seine Hand. In der schwarzen Stille hörte er Geräusche. Zu viele Geräusche. Wasser tropfte irgendwo. Da war das konstante, leise Geräusch von Erde, die von der Decke zu Boden fiel. Die Tunnel knackten und er hörte Holz stöhnen. Etwas huschte in ihrer Nähe vorbei.

»Ich glaube nicht, dass wir weiter hineingehen sollten. Diese Tunnel führen nach unten und werden niedriger. Wir müssten kriechen. Die Schienen enden hier, das ist nicht gut. Wenn diese Schächte durchgehen würden, hätten die Minenarbeiter die Schienen die ganze Strecke weitergeführt, um das Erz zu bekommen.«

Sprechen war sonderbar. Die unerbittliche Dunkelheit saugte Worte auf wie Samt, sobald sie gesprochen wurden.

»Nick, ich habe Angst. Was, wenn wir nicht hinausgelangen können?«

»So dürfen wir nicht denken.«

»Ja, aber was, wenn wir es nicht schaffen?«

»Wir werden rauskommen.«

»Vielleicht kann uns einer der versperrten Seitengänge da hinten rausbringen.«

»Ja, aber welcher?«

»Wenn wir sie öffnen, finden wir vielleicht einen Hinweis. Die Bretter, die sie verwendet haben, sehen nicht sehr stabil aus. Wir können sie runterreißen um hinein zu gelangen.«

»Das ist ein guter Gedanke.« Er konnte ihre Angst riechen. Ein leichter, säuerlicher Kupfergeruch. Vielleicht war er es aber auch selbst.

Er schaltete die Lampe an. Das Licht war schwächer.

Ein Stück zurück im Tunnel kamen sie an einen Seitenschacht und Selena hielt die Taschenlampe, während Nick die Bretter entfernte. Er warf einen Stein durch die Öffnung und wartete auf das Geräusch. Es gab eine Pause und dann ein Platschen tief unter ihnen.

»Hast du das gehört?«

»Ja.«

»Mir ist nicht nach Schwimmen, lass uns weitergehen.«

Bei den nächsten beiden war es genauso. Vertikale Todesfallen, die fast hundert Meter in die gefluteten unteren Ebenen der Mine stürzten. Sie kamen zum nächsten Gang. Nick ließ den Lichtschein über die Wand gleiten.

»Da steht etwas«, sagte Selena.

Chinesische Schriftzeichen waren in den Fels über dem Eingang geritzt.

»Kannst du es lesen?«

»Ja, es bedeutet ›Träume‹.«

»Träume?«

»Das ist, was da steht.«

»Warum sollte jemand ›Träume‹ auf die Wand eines Minenschachtes schreiben?«

»Wie soll ich das wissen?«

Er trat die Bretter ein. Sie gingen in den niedrigen Tunnel und folgten ihm gebückt. Das Licht ließ nach. Der Schacht öffnete sich nach einer gefühlten Ewigkeit in einen großen Raum. Die Luft war besser und die Decke hoch genug, um aufrecht zu stehen.

Der Raum war etwa sechs Meter im Quadrat. An einer Wand lagen auf drei niedrigen Holzrechtecken alte, von Ratten zerfressene Matratzen, aus deren verrottetem Stoff das Stroh quoll. Am anderen Ende des Raumes lag ein zerbrochener Schemel neben einem groben Holztisch. Auf dem Tisch stand ein Kerzenstummel in einem Halter. Selena ging hinüber und nahm ihn, genau in dem Moment als das Licht erlosch.

Nick spürte die alte Angst. Die Dämonen der Kindheit, namenlose scheußliche Monster, die an Orten ohne Licht lauerten. Er holte tief Luft, beruhigte sich. Sie waren noch nicht tot.

»Jetzt brauchen wir nur noch Feuer«, sagte Selena.

»Hast du ein Streichholz?«

»Ich rauche nicht.«

»Ich auch nicht.«

»Rauchen kann tödlich sein.«

Sie begannen hysterisch zu lachen.

Als sie sich beruhigt hatten, sagte er: »Bleib da, wo du bist.«

Er durchquerte den Raum mit ausgestreckten Armen, bis er an eines der Betten stieß. Er sammelte Stroh und Stoff von der zerfledderten Matratze und tappte zurück zu Selena. Er fühlte auf dem Boden herum, bis er einen Stein fand.

Er machte einen kleinen Haufen aus den Resten der Matratze, nahm sein Messer und schlug es gegen den Stein. Nach ein paar Versuchen erzeugte er Funken. Er schlug immer wieder auf den Stein und die Funken fielen auf das Stroh. Es entzündete sich zu einer hellen Flamme.

Sie reichte ihm die Kerze und er entzündete sie. Der Raum wurde wieder sichtbar, Rauch stieg vom Feuer auf.

»Schau.« Selena zeigte nach oben.

Der Rauch verschwand in einem Loch in der Decke.

»Das ist, wo die Luft herkommt.«

»Zumindest werden wir nicht ersticken. Wäre schön, wenn es größer wäre.«

Nick sah sich um. »Was ist das für ein Ort?«

»Ich denke, es war eine Opiumhöhle. Niemand außer Chinesen wäre hier reingekommen. Die Minenarbeiter hätten die Beschriftung über dem Eingang nicht lesen können und hätten sich sowieso nicht darum gekümmert.«

»Das ist einleuchtend. Darum die Betten. Und die Beschriftung ergibt jetzt auch Sinn. Es könnte einen Weg hinaus geben. Ich glaube nicht, dass es nur einen Ausgang aus einem Ort wie diesem gibt.«

Er ging langsam im Raum herum. An der Rückwand war der Umriss eines weiteren Eingangs zu sehen. Er war zugemauert und von bröckelndem, altem Mörtel bedeckt. Nick nahm den Kopf des Pickels, den er gefunden hatte und begann die Wand zu bearbeiten. Schon bald löste sich ein Stein, dann ein weiterer. Er streckte seine Hand durch die Öffnung und griff ins Leere.

Er setzte seine Arbeit fort, bis der Durchgang groß genug war, um durchzuklettern. Sie sahen sich an.

»Ein weiterer Tunnel«, meinte er.

»Was, wenn es eine Sackgasse ist?«

»Wir haben keine Wahl, nur einen Weg, es herauszufinden.«

Dieser Tunnel war schmal, aber in gutem Zustand. An einer Stelle senkte er sich ab und führte durch Wasser, das ihnen bis zu den Knien reichte. Nick fragte sich, ob er in ein tiefes, tiefes Loch treten würde, aber der Boden stieg wieder an und sie waren zurück auf dem Trockenen. Die Kerze war fast komplett abgebrannt, als sie an einen weiteren versperrten Durchgang gelangten. Dieser war mit Ziegelsteinen zugemauert.

»Das ist mal eine Abwechslung.«

»Der Mörtel sieht alt aus. Vielleicht kann ich das ja eintreten.« Er reichte ihr die Kerze und trat kräftig zu. Dann noch einmal.

»Jetzt weiß ich, wie sich Bruce Lee gefühlt haben muss«, sagte er.

»Lass mich mal versuchen«, sagte Selena. »Geh besser aus dem Weg.«

Nick trat zur Seite. Selena schloss ihre Augen, atmete tief ein und wurde sehr ruhig. Sie öffnete die Augen, trat einige Schritte zurück, stieß dann einen wilden Schrei aus und katapultierte sich mit den Füßen voran durch die Luft. Die ganze Wand explodierte in einen Raum auf der anderen Seite.

Gegen das Licht blinzelnd betrat er den Keller von irgendjemandem. Selena war dabei, aufzustehen. Er half ihr hoch.

»Wie zur Hölle hast du das gemacht?«

»Nick.«

Sie deutete mit ihrem Kopf.

Ein stämmiger Mann mit grauem Bart stand mit offenem Mund im Pyjama am anderen Ende des Raumes und hielt mit weit aufgerissenen Augen eine Kaliber-12-Schrotflinte auf sie gerichtet.

Nick hob die Hände. »Wie läuft's?«, fragte er.

Kapitel 17

»Was macht ihr hier?«

Der Flinten-Mann war etwa sechzig. Er sah ängstlich aus. Die Kaliber-12 zitterte in seinen Händen. Ein großer Hund von unbestimmter Rasse stand mit gesträubtem Fell neben ihm und knurrte.

»Immer mit der Ruhe. Ich werde für den Schaden an Ihrer Wand aufkommen.«

»Würdet ihr mir vielleicht verraten, wo zur Hölle ihr herkommt?«

»Könnten Sie das Gewehr senken, Sir? Ich kann es Ihnen erklären. Ist eine lange Geschichte. Ich bin Nick, das ist Selena.«

»Ihr seht aus wie etwas, in dem sich mein Hund gewälzt hat. Du sagst, du bezahlst?«

»Absolut. Wir werden die Wand erneuern. Wo sind wir eigentlich?«

Er blieb misstrauisch, senkte aber seine Flinte ein paar Zentimeter. Nick atmete auf.

»Ihr seid in Smartsville, Kalifornien. Wie seid ihr hierher gekommen?«

Die Wahrheit wäre in Anbetracht der Geschehnisse wohl keine gute Idee. Nick begann zu improvisieren. »Selena hier gehört die alte Connor-Mine, nicht weit von hier. Kennen Sie den Ort?«

»Connorsville? Die größte Mine hier? Klar, jeder kennt es. Das ist deine?«

Nick wollte gerade etwas antworten, aber sie kam ihm zuvor. »Ja.« Selena lächelte den Mann an. »Es tut mir wirklich leid, Ihnen so viel Ärger bereitet zu haben. Ich habe Nick die

Gegend gezeigt und wir sind in die Mine gegangen. Ich bin gestolpert und habe mich an einem Stützpfeiler festgehalten. Der ist eingestürzt und die Decke kam herunter. Fast wären wir dabei begraben worden.«

Nick griff die Story auf. »Also konnten wir nicht hinausgelangen, wie wir reingekommen waren. Wir sind dort stundenlang rumgeirrt, bis wir den Tunnel gefunden haben, der uns hierher geführt hat. Wir haben Ihre Wand eingerissen, weil es keine andere Möglichkeit gab. Wie gesagt, ich werde für den Schaden bezahlen.«

»Na, ich werd' verrückt.« Die Waffe sank noch ein paar Zentimeter. »Ich habe immer gehört, die Chinesen hätten während des Goldrauschs geheime Tunnel gegraben.«

»Warum hätten sie denn einen hierher graben sollen?«

»Das war früher ein Freudenhaus. Vermutlich ein Grund so gut wie jeder andere. Ihr beiden hattet verdammtes Glück, den Tunnel zu finden, nachdem ihr dumm genug wart, in die alte Mine zu gehen.«

»Ich schätze, das war nicht besonders clever«, sagte Selena mit zerknirschtem Blick. Nick bemerkte, wie sie ihn aus dem Augenwinkel ansah. Sie hatte Spaß daran, das blonde Dummchen zu spielen.

»Ich schätze, ihr könnt einen Drink gebrauchen«, sagte der Flinten-Mann. Er nahm seine Waffe nun ganz runter. Der Hund hörte auf zu knurren und begann interessiert auszusehen, anstatt bedrohlich. »Kommt mit nach oben. Das wird eine großartige Geschichte fürs ›Das muss reichen‹.«

Flinten-Manns Name war Ed. Er bot ihnen einen Crown Royal an und eine Fahrt zurück zum Haus. Nick dachte sich, wer auch immer die Granate geworfen hatte, würde schon längst verschwunden sein und auch das Gemetzel beseitigt haben. Er machte sich keine Sorgen, über ein paar Leichen zu stolpern.

Kurz darauf kletterten sie in Eds Pick-up. Zehn Minuten später standen sie auf der Veranda des Hauses. Keine Spur von den Schützen weit und breit. Nicks Uhr zeigte Mitternacht.

Ed fuhr wieder davon mit dem Versprechen von Selena, dass er mit seinem Metalldetektor zurückkommen und die alte Stadt absuchen dürfte. Sie beobachteten, wie seine Rücklichter verschwanden. Hoch über ihnen in der warmen Juninacht hinterließ ein Flugzeug eine lange, silberne Spur am sternenübersäten Himmel. Eine sanfte Brise trug das Geräusch von zirpenden Grillen zu ihnen herüber.

»Fühlt sich gut an, so viel Raum über sich zu haben, oder?«

»Ich hatte nicht geglaubt, dass wir da wieder rauskommen würden«, sagte sie.

»Die Spinnen haben mich fertiggemacht.«

»Und die Ratten. Vergiss nicht die Ratten.«

Sie drehte sich zu ihm und umschlang ihn mit den Armen. Er hielt sie für einen langen Moment, spürte die Wärme ihres Körpers in der kühlen Nachtluft. »Lass uns reingehen.«

Selena schaltete das Licht ein. Der Inhalt ihrer Handtasche war über den Boden und die Couch verstreut. Die Hintertür stand noch offen.

Selena sammelte ihre Sachen wieder zusammen. Nick rief Harker an. An der Ostküste war es drei Uhr morgens, doch die Ereignisse des Tages waren Grund genug, sie aufzuwecken.

Harker ging ans Telefon. Ihre Stimme war schlaftrunken.

»Ich hoffe, es ist eine gute Nachricht, Carter.« Sie hustete.

»Könnte man sagen. Wir haben das Buch.«

Er informierte sie über das Geschehene. Es gab eine lange Pause.

»Ich werde ein Aufräumteam rausschicken, um den Tatort untersuchen zu lassen. Kein Anzeichen von den Schützen?«

»Es ist dunkel draußen, also kann ich nicht nach Leichen suchen. Aber nein, keine Spur. Ich schätze, wer auch immer die Granate geworfen hat, nahm die anderen mit. Er war im Haus und hat Selenas Handtasche durchsucht, also weiß er, wer sie ist und wo sie wohnt. Aber nach dem Einsturz müssen sie denken, dass wir beide tot sind.«

»Dieser Nachbar, glauben Sie, er vermutet irgendwas?«

»Nein. Er glaubt nur, wir sind dumm genug, um alte Minen zu erforschen. Ich habe ihm gesagt, wir würden für seinen Schaden aufkommen, und er war einverstanden. Ich sehe keine Probleme. Vielleicht ein weiterer Beitrag zur lokalen Folklore.«

»Granaten und Uzis bedeuten ernst zu nehmende Unterstützung. Konnten Sie sich irgendjemand von denen gründlich ansehen?«

»Ich bin mir ziemlich sicher, es waren Chinesen. Der Große war hässlich wie die Nacht. Den würde ich wiedererkennen, wenn ich ihn noch mal sehen sollte.«

»Vielleicht kann das FBI helfen.«

»Sollte der Hässliche irgendwas mit Wu zu tun haben, dann haben die vielleicht ein Foto von ihm.«

»Ich werde herausfinden, was sie haben. Es muss noch mehr Fotos geben als die, die wir bereits bekommen haben. Was ist Ihr weiterer Plan?«

»Habe ich noch nicht drüber nachgedacht. Erst mal schlafen, schätze ich.«

»Wie geht es Selena?«

»Ihr geht es gut.«

»Sagen Sie ihr, sie steht jetzt unter Staatsschutz und unterliegt staatlicher Weisung in Bezug auf ihre Aktivitäten.«

»Ja, Direktor.«

»Und Carter … ich bin froh, dass Sie es beide sicher überstanden haben.«

Sie legte auf.

Nick sah Selena an, die auf der Couch saß. Sie war erschöpft, angeschlagen und von Schmutz aus der Mine bedeckt. Sie sah recht mitgenommen aus und er hatte das Bedürfnis, sie in den Arm zu nehmen. Er wollte mehr als das. Es war schon sehr lange her, seit er zuletzt eine Frau in den Arm nehmen wollte.

»Harker sagte, du stehst nun unter dem Schutz der Bundesbehörde. Das bedeutet, die Regierung kontrolliert jetzt für eine Weile dein Leben, was du tun darfst und was nicht. Ist leider unvermeidbar.«

Selena nickte resigniert.

»Harker schickt ein Team, das sich hier umsieht. Was willst du jetzt machen?«

»Ich möchte mich waschen und etwas schlafen, aber ich will nicht hierbleiben.«

»Ich habe eine Unterkunft nicht weit von hier. Warum gehen wir nicht einfach da hin? Ich kann auf der Couch schlafen.«

Sie überlegte einen Moment, betrachtete ihn nachdenklich.

»Klingt besser als ein Motel. Hast du eine Dusche oder eine Badewanne?«

»Habe ich.«

»Na dann los.«

Sie stand auf, nahm das Buch und ihre Handtasche, schaltete alles aus und schloss ab. Nick öffnete ihr die Beifahrertür. Das Handschuhfach stand offen, aber er hatte es so nicht hinterlassen. Der Versicherungsschein war verschwunden. Er schloss das Handschuhfach, ohne Selena seine Gedanken mitzuteilen. Die Adresse auf dem Schein war ein Postfach, also hatten sie noch keinen richtigen Aufenthaltsort. Fürs Erste waren sie sicher.

In weniger als einer Stunde waren sie an seiner Hütte.

Während Selena sich frisch machte, legte er das Buch in einen Waffensafe an der Rückseite des Schafzimmerschrankes.

Er setzte sich und lehnte sich auf der Couch zurück, wartete darauf, dass sie fertig würde, und schloss die Augen. *Was für ein Tag,* dachte er. *Warum waren diese Leute bloß so verrückt nach diesem Buch?* Er schlief ein.

Und träumte.

Er rannte durchs Zwielicht, irgendetwas war dicht hinter ihm. Er lief durch eine trostlose Landschaft mit hohen Bergen und großen schwarzen Tieren auf einem steinigen Feld. Der Himmel hatte eine kränklich gelbe Farbe, es lag ein unangenehmer Geruch in der Luft.

Nick hörte einen Hubschrauber. Er suchte Selena, konnte sie aber nicht finden. Er sah eine Höhle an der Seite eines Berges und dann war er darin. Eine dunkle Gestalt in einer langen Robe stand im Schatten und beobachtete ihn. Die Gestalt hielt etwas Weißes in ihrer rechten Hand. Licht blitzte auf und Steine begannen zu fallen. Er würde lebendig begraben werden.

Dann stand er in einer Menschenmenge mit Megan. Er war nackt, schutzlos. Er suchte seine Kleidung.

»Ich weiß nicht, wo meine Socken sind.«

»Das ist nicht so schlimm, Nick. Aber du brauchst deinen Fallschirm.«

Dann war er angezogen und sie standen an einem Strand und schauten auf die Golden Gate Brücke.

»Ich liebe dich«, sagte er.

»Ich liebe dich auch, aber ich muss gehen. Sind die Berge nicht wunderschön?«

Riesige, schneebedeckte Berge befanden sich gleich hinter der Brücke in der Bucht. Irgendwie ergab das in dem Traum einen Sinn.

Dann wurde der Himmel dunkel und ein kalter Wind trieb Schaumkronen in die Bucht. Megan war verschwunden.

Er erwachte, ausgestreckt unter einer Decke auf der Couch. Alles tat ihm weh. Der Traum blieb im Gedächtnis hängen. Wenigstens war es nicht wieder das afghanische Dorf, nicht wieder dieses Kind.

Nicks irische Großmutter träumte manchmal von Dingen, die geschehen würden. Er hatte diese Fähigkeit von ihr geerbt. Eine psychische Eigenheit, die Türen öffnete, von denen er sich wünschte, sie würden verschlossen bleiben. Die Träume deuteten immer auf etwas, das noch nicht geschehen war, und es war niemals etwas Erfreuliches. Sie hatte es eine Gabe genannt, er hielt es für einen Fluch.

Dies war so ein Traum, aber er konnte sich nicht erklären, was er bedeutete. Diese schwarzen Tiere waren keine Kühe oder so was. Wenn das wie bei den anderen Träumen war, würde er nicht wissen, was es bedeutete, bis er mitten darin steckte.

Kapitel 18

Selena trug kurze, schwarze Laufhosen mit gelben Streifen an den Seiten, einen gelben Sport-BH mit schwarzem Nike-Logo und Laufschuhe. Ein strahlend gelbes Stirnband hielt ihre Haare aus dem Gesicht. Die einzigen Anzeichen des gestrigen Tages waren die Ringe unter ihren Augen und die Kratzer in ihrem Gesicht.

Das Outfit brachte ihren trainierten Körper zur Geltung.

»Guten Morgen«, sagte sie. »Wie fühlst du dich? Willst du Kaffee?«

»Morgen. Ja, Kaffee ist gut. Ich fühle mich, als hätte ich zehn Runden mit dem falschen Gegner hinter mir.«

Sie brachte ihm eine Tasse. Schwarz und heiß.

»Ich dachte, ich laufe eine Runde und arbeite mir damit die Mine ein wenig aus den Gliedern.«

»Wenn du zwanzig Minuten wartest, mache ich mich schnell frisch und komme mit. Es gibt hier einen klasse Laufweg in der Nähe.«

»Du gehst gerne laufen?«

»Das mache ich eigentlich nur, um fit zu bleiben.«

Nick fühlte, wie sein Gehirn wieder anfing zu arbeiten. Er trug noch sein Holster und die ruinierte Jacke. Er zog sie aus und legte die Waffe auf den Couchtisch. Dann nahm er die H-K aus dem Holster und zog den Schlitten etwas zurück. Noch eine Kugel im Lauf. Er entfernte das Magazin, setzte ein frisches ein und legte die Waffe zurück auf den Tisch.

Er ging in den anderen Raum. Sie hatte das Bett gemacht. Er zog sich aus und ging ins Bad. Das heiße Wasser linderte die Schmerzen der Blessuren und er fing an, sich wieder wie ein Mensch zu fühlen. Er dachte an Selena. Sie sah gut aus in dem Outfit. Er fühlte eine beginnende Erektion, drehte das Wasser auf kalt.

Er trocknete sich ab, wischte den kondensierten Wasserdampf vom Spiegel und rasierte sich. Dann ging er zurück ins Schlafzimmer und zog Shorts, ein T-Shirt und seine Laufschuhe an.

Nick dachte an gestern. Es schien, als würde immer irgendwo jemand mit einer Waffe auf ihn warten. Er dachte an Menschen, die einem alten Mann den Finger abschneiden würden. Irgendwer musste etwas gegen diese Menschen unternehmen. Das war es, was ihm half, weiterzumachen.

Er nahm einen 9mm-Colt aus dem Waffensafe und verbarg ihn unter seinem T-Shirt. Dieser war um einiges leichter und kleiner als die .45er. Gut zum Laufen. Nach gestern würde er nirgends mehr hingehen, ohne etwas dabei zu haben, was Löcher machen konnte.

Nick kam aus dem Schlafzimmer.

»Was ist mit deinem Bein geschehen?«, fragte Selena.

Sein Bein sah aus, als hätte jemand einen Käsehobel auf Steroiden über seinen Schenkel gezogen und dann der Vollständigkeit halber auch noch ein wenig seine Wade bearbeitet. Die Narben waren farbenfroh, rot, weiß und blau. Sehr patriotisch. Unter seiner Kleidung sah man verzogenes Narbengewebe an der Seite von Hüfte und Brustkorb.

»Afghanistan. Ein kleiner Junge warf eine Granate nach mir. Ich habe ihn erschossen.«

Sie sah ihn an und er glaubte, unausgesprochenen Vorwurf zu sehen.

»Ich hatte keine Wahl. Die Splitter haben das Knie und die Leiste verfehlt. Aber ein paar gingen ins Bein. Manchmal ist es lästig, aber nicht sehr schlimm. Ein Grund, warum ich laufen gehe, ist, es hält das Bein in Form.«

»Na, dann lass uns laufen.«

Sie gingen aus der Tür und liefen den Hügel hinauf. Der Morgen war kühl, perfekt für einen Lauf, bevor die Hitze wieder zunahm. Der Pfad war schattig und weich unter den Füßen. Vögel flogen durch die Zweige und Blätter. Ein Reh sprang vor ihnen über den Pfad. Im kühlen Schatten des Vorgebirges blühten noch immer violette und gelbe Wildblumen am Rand des Pfades.

Nicks Atmung fiel in einen leichten Rhythmus, der Klang des Laufens und das Gefühl des Pfades unter seinen Füßen füllte seinen Kopf. Er fühlte, wie der gestrige Tag langsam aus seinen Gedanken verschwand. Dann erinnerte er sich an den Mann, der auf ihn geschossen hatte und dann schrie, als er zu Boden ging.

Der Mann hatte versucht, ihn zu töten. Der hatte versagt, und Nick überlebt. Vielleicht hatte das eine tiefere Bedeutung, vielleicht auch nicht. Das war eine Frage für Menschen, die das Ergründen von theologischen und metaphysischen Mysterien wertschätzten. Er war keiner dieser Menschen.

Nick suchte nicht mehr nach einer Bedeutung. Im Ernstfall ging es letztlich einfach ums Überleben. Für ihn war ein Tag wie der andere. Das ging nun bereits fünfzehn Jahre so. Es brachte nichts, darüber nachzudenken.

Etwa zwei Meilen von der Hütte entfernt hielten sie an, um durchzuatmen.

»Du hattest recht, das ist ein großartiger Laufweg.« Selena schaute über ein weites Tal.

»Den Lauf mache ich jeden Morgen, wenn ich hier bin.«

Sie waren schweißgebadet. Selena legte ihre Hand auf seinen Arm, während sie Luft holte.

»Nick …«, begann sie und sah ihn nachdenklich an. »Oh, was soll's. Lass uns reden, wenn wir zurück sind.«

»Nach dir.«

Er deutete auf den Pfad.

Zurück in der Hütte stand Nick mit einem Wasserglas an der Spüle und schaute aus dem Fenster. Er spürte ihre Hand auf seiner Schulter.

»Nick«, sagte sie.

Er drehte sich um und sie griff hinter seinen Kopf und zog ihn zu sich. Er stellte das Wasser ab und legte seine Arme um sie. Sie strahlte Hitze aus. Er schmeckte das Salz ihres Schweißes, zog sie an sich und erforschte ihren Mund mit seiner Zunge. Ihre Hände glitten über seinen Rücken, seine Schultern.

Er unterbrach den Kuss.

»Vielleicht sollten wir ins Schlafzimmer gehen.«

»Vielleicht sollten wir das.«

Er küsste sie wieder, auf den Leberfleck auf ihrer Lippe. Sie bewegten sich gemeinsam zum Bett.

Es barg eine gewisse Verzweiflung, wie sie miteinander schliefen. Als würde das Leben verrinnen und es gäbe kaum noch Zeit, daran festzuhalten. Als sie fertig waren, wartete er darauf, dass sich seine Atmung wieder normalisierte.

»Wow«, sagte er.

Selena strich sich Haare aus der Stirn, schaute weg. Er fühlte, wie sie sich zurückzog. Sie stand auf und wandte ihm den Rücken zu.

»Ich werde duschen.«

Er lag auf dem Bett und fühlte sich unbeholfen.

Sie ging ins Bad und schloss die Tür. Er hörte die Dusche. Nick erinnerte sich daran, wie es mit Megan gewesen war.

»Glaubst du, wir werden uns noch lieben, wenn wir alt und grau sind?«

Er hatte ihre Haare gestreichelt, sie geküsst, seine Hände über ihren Körper gleiten lassen. Sie waren auf ihrem großen Kingsize

Bett miteinander verknotet, wo sie den ganzen Nachmittag verbracht hatten. Halb gepackte Kisten standen im Zimmer verstreut.

Er hatte ihre Brust geküsst.

»Wir werden niemals alt und grau werden.«

»Nicht, wenn du so weitermachst.«

»So etwa?«

Sie hatte gestöhnt, nach ihm gegriffen.

»Ja, Nick, ja.«

Megan, dachte er. *Ich konnte es nicht verhindern. Konnte das Flugzeug nicht zurück in die Luft wünschen.* Seine Gedanken wurden trostlos.

Ein Tag wie der andere.

Als Selena aus dem Bad kam, zog sie sich schnell an. Sie ging in die Küche.

Er zog sich eine Levis und ein leichtes Hemd über. Sie bereiteten wortlos das Frühstück und setzten sich mit frischem Kaffee an den Tisch.

Selena war nachdenklich. »Diese Mine war kein Spaß.«

Er nahm seine Tasse in die Hand. »Was für eine Art, sich kennenzulernen.«

»Weißt du was?«, fragte sie.

»Was?«

»Ich habe gehört, Menschen, die zusammen schwerwiegenden Stress bewältigen müssen, springen sich gegenseitig in die Arme.« Sie hielt inne. »Ich habe mich noch nie so sterblich gefühlt. Nichts ist mehr, wie es war. Der Augenblick scheint jetzt viel wichtiger, alles scheint intensiver.«

»Ich weiß. Lebendiger.«

»Selbst die Farben sind kräftiger. Ich bin froh, am Leben zu sein.« Sie schaute aus dem Fenster, dann rüber zu ihm. »Ich bin froh, mit dir hier zu sein.«

Sie trank Kaffee.

Er wusste nicht, was er sagen sollte.

Sie war eine unbekannte Kraft, mit der er nicht gerechnet hatte. Ihm fiel nichts ein, was er sagen könnte, das nicht dumm klingen würde.

Zeit, um Meldung zu machen und herauszufinden, was Harker dachte. Vielleicht hatten sie ja irgendwas beim Haus gefunden.

Kapitel 19

»Keine Leichen, viel Forensik«, sagte Harker. »Wir haben Hülsen, Blutspuren, Reifenabdrücke sowie DNA und Fingerabdrücke von einer Weinflasche.«

»Selenas und meine Abdrücke sind auf der Flasche.«

»Das wissen wir. Da sind noch andere. Wo ist das Buch?«

»In einem Safe, hier in meiner Hütte.«

»Ich will Sie beide umgehend wieder hier haben. Ich habe ein Flugzeug losgeschickt, um Sie an der Beale Air Force Basis einzusammeln. Sie wissen, wo das ist?«

»Ja. Das ist etwa eine Stunde von hier. Wann geht es los?«

»Um 1800. Eine Eskorte wird Sie um 1600 bei Ihrer Hütte einsammeln und zur Basis bringen. Ronnie wird Sie treffen, wenn Sie ankommt. Es wird spät sein. Ich möchte, dass Sie hier in dem Appartement bleiben. Wir werden uns morgen um 0700 treffen.«

Das Appartement im PROJECT-Gebäude war dafür da, jemanden zu verstecken. Nick hatte es noch nie benutzen müssen.

»Irgendwas Neues vom FBI?«

»Jordan hat noch weitere Fotos rübergeschickt. Sie können sie sich ansehen, wenn Sie ankommen. Warten Sie auf Ihren Transport. Wir sehen uns morgen früh.«

Harker legte auf.

Selena deutete auf die Veranda hinter der Gittertür. »Du hast eine Katze?«

Ein riesiger, zerfledderter, orangefarbener Kater kratzte an der Tür und schaute durch das Fliegengitter.

»Das ist Rülps. Es ist eher so, dass er mich hat. Er ist eine besondere Art von Katze. Ein Nachbar füttert ihn, wenn ich nicht da bin, was die meiste Zeit ist.«

Der Kater war teils Maine Coon und teils was auch immer. Er wog mindestens vierzig Pfund und besaß ein Paar Cojones, die viele größere Tiere stolz machen würden. Seine Ohren waren schartig und vernarbt, rosafarbene Narben durchzogen sein orangefarbenes Fell und sein Schwanz war nur halb so lang, wie er sein sollte. Er hatte einen langen, scharfen Zahn vorne, der andere fehlte.

»Groß, oder?«

»Er ist ein regelrechter Tiger. Lass uns draußen sitzen.«

Nick öffnete zwei Dosen Katzenfutter, tat alles auf einen Teller und nahm ihn mit nach draußen. Rülps begann, es runterzuschlingen. Sie setzten sich auf die Veranda. Der Kater hielt zwischen zwei Bissen inne und stieß einen lauten Rülpser aus.

»UUUURRRPP.«

»Hat er gerade getan, was ich glaube, dass er getan hat?«

»Darum nenne ich ihn Rülps.«

»Macht er das immer?«

»Andauernd.«

»Ich habe noch nie eine Katze rülpsen gehört. Es ist laut.«

»Erstklassiges Fernseh-Material. Ich überlege, ihn zu American Idol zu bringen.«

Rülps stieß noch mal auf, beendete seine Mahlzeit und kam zu ihnen rüber. Er begann, seinen Kopf an Selenas Bein zu reiben und zu schnurren. Es erinnerte Nick an eine Kettensäge.

Selena streichelte ihn hinter den Ohren. Rülps hob seine Pfote, schloss die Augen, reckte den Hals, schnurrte lauter, und Speichel begann an seinem Zahn hinunter zu tropfen.

»Er ist süß.«

Süß war nicht, wie Nick ihn beschreiben würde, aber wer war er, zu wiedersprechen? Er erzählte Selena, was Harker gesagt hatte.

»Was hast du eigentlich mit der Wand von dem Typ angestellt?«, fragte er.

»Kuk Sool Won. Ein koreanischer Kampfsport. Das mache ich seit der zehnten Klasse.«

»Welcher ist dein Rang?«

»Schwarz im siebten Grad.«

»Erinnere mich daran, mich nicht mit dir anzulegen.«

»Ich glaube, das hast du bereits getan.« Sie kratzte Rülps auf seinem Kopf. Er sprang ihr auf den Schoß und sie stöhnte. Sie zog eine Grimasse.

»Ich habe über das Buch nachgedacht. Die Sprache ist archaisch, aber die Kaligraphie ist elegant und ich kann es entziffern. Wer auch immer es kopiert hat, hat sich dabei Zeit gelassen, das ist also kein Problem. Schwieriger ist der Abschnitt in Linearschrift A. Ich muss den Teil aus dem Buch mit anderen Beispielen vergleichen und auch mit Linearschrift B. Diese Variante können wir zumindest teilweise lesen.«

»PROJECT hat einige große Cray-Computer. Steph kann dir da helfen.«

»Steph?«

»Stephanie Willits. Sie ist Harkers Stellvertreterin und ein Computer-Genie. Wir können das Buch in das System einscannen.«

»Das löst einige Probleme. Wenn es erst mal auf den Computern ist, müssen wir es nicht mehr mit uns rumschleppen. Wir hätten überall Zugang.«

Sie nahm einen Schluck aus einem Wasserglas.

»Erzähl mir von Direktor Harker.«

»Sie war Teil der Task Force nach 9/11 im Justizministerium. Sie ist vielen hohen Tieren auf die Füße getreten, da sie die Meinung vertrat, es wäre nicht so weit gekommen, wenn die rechte Hand gewusst hätte, was die linke Hand tut. Das wollte damals niemand hören. Es hat ihre Karriere ausgebremst. Als

Rice gewählt wurde, setzte er sie ein, um PROJECT zu leiten.«

»Was ist PROJECT? Ihr habt Crays, also habt ihr Ressourcen. Was tut ihr dort?«

»Es war eine Idee des Präsidenten. Ein Gegengewicht zu den großen Geheimdiensten. PROJECT ist ein Akronym. Presidential Official Joint Exercise for Counter Terrorism, die offizielle, gemeinsame Terrorismusbekämpfungsabteilung des Präsidenten. Der gemeinsame Teil funktioniert allerdings nicht besonders gut, außer mit der NSA. Harkers Aufgabe ist es, die Verschleierungstaktiken der großen Behörden zu durchschauen und dem Präsidenten mitzuteilen, was wirklich geschieht. Sie scheut sich nicht, ihre Meinung zu sagen, und sie ist eine brillante Analytikerin. Die Drei-Buchstaben-Behörden mögen sie nicht. Sie ist nur dem Präsidenten Rechenschaft schuldig, also haben sie keine Kontrolle über sie und können ihr auch nicht befehlen, was sie tun soll. Das hält sie aber nicht davon ab, es zu versuchen.«

»Du bist kein Analytiker.«

»Nein. Ronnie und ich werden losgeschickt, um Dinge herauszufinden. Manchmal auch, um etwas in Ordnung zu bringen, das gar nicht erst geschehen wäre, hätten CIA und die anderen ihren Job gemacht.«

»Darum trägst du eine Waffe bei dir?«

Er schaute auf den Verlauf der Küste in der Ferne. Die Berge bildeten blaue Erhebungen im Nebel.

»Manchmal schießen Leute auf uns.«

Selena setzte Rülps auf den Boden und stand auf. Er miaute laut, warf ihr einen beleidigten Blick zu und verzog sich unter den Verandaboden.

»Lass uns das Buch anschauen«, sagte sie.

Sie gingen hinein und er holte das Buch aus dem Safe. Am Küchentisch begann Selena zu lesen.

Nick nahm sich ein Reinigungsset und begann seine Waffe

zu säubern. Er schaute zu, wie sie die alten Seiten umblätterte. Sie konzentrierte sich, die Spitze ihrer Zunge war zwischen ihren Lippen zu sehen.

Als Megan gestorben war, hatte er jeden Gedanken daran verdrängt, jemals wieder jemanden an sich ran zu lassen. Selena brachte alte Gefühle zum Vorschein, Gefühle, die er für tot und begraben gehalten hatte. Er war sich nicht sicher, ob es eine gute Idee war, diese Art von Gefühlen wieder in sein Leben zu lassen. Er war sich nicht sicher, ob er Selena an sich ranlassen wollte. Es machte einen verletzlich, sich jemandem zu öffnen. Man verlor die Kontrolle.

Selena schaute auf. »Hier ist eine Liste mit einigen Zutaten für ein Elixier der Unsterblichkeit, zum Beispiel Zinnober und Gold. Und eine Karte zu einem Ort irgendwo in Tibet.«

»Zinnober?«

»Daraus macht man Quecksilber. Quecksilber war in vielen chinesischen Unsterblichkeitsformeln enthalten. Die meisten Anwender hat es vermutlich umgebracht. Es könnte sogar den Kaiser getötet haben. Aber China hat bekannte, hochgradige Zinnoberablagerungen. Daran wären sie nicht interessiert.«

Er leuchtete in den Lauf seiner .45er und sah hindurch.

»Es gibt einen Hinweis auf ›brennende Silbersteine‹ in der Formel, den ich nicht verstehe«, sagte Selena.

Er führte eine Reinigungsbürste in den Lauf.

Sie blätterte eine Seite weiter und studierte diese. »Glaubst du, die chinesische Regierung hat etwas mit all dem zu tun?«

»Nein. Ich glaube, es ist Yang, der allein handelt. Vielleicht ist er einfach verrückt und sucht nach einem Elixier des Lebens.«

Selena strich sich Haare aus dem Gesicht und runzelte die Stirn. »Es muss einen rationalen Grund für all das geben. Ich werde mich deutlich besser fühlen, wenn wir wissen, welcher das ist.«

Nick sah ihr zu, wie sie den Text studierte. Sie hatte sich auf vertrauten Boden zurückgezogen. Die Sprachexpertin.

Er hatte zwar schon das ein oder andere Bett mit einer Frau geteilt, aber er war noch nie ein Schürzenjäger gewesen. Abgesehen davon war die Truppe nicht gut für Beziehungen gewesen. Dann hatte er Megan getroffen und gewusst, sie ist die eine. Für ihn war es ein Wunder, dass sie das auch so empfunden hatte. Als sie starb, hatte das ein Loch in ihm hinterlassen, groß genug, um sich hineinzustürzen und darin zu verlieren, wenn er es zuließ.

Er hatte es mit Krieg gestopft. Er war gut im Krieg; das war so ziemlich alles, von dem er wusste, wie es ging. Aber mit Selena zu schlafen, hatte etwas verändert. Das Loch öffnete sich wieder. Es machte ihn nervös – die Gefühle. Das war etwas, was er nicht gewohnt war.

Kapitel 20

Harker schickte eine Gulfstream GIVSP, um sie in Beale einzusammeln. Es war ein Luxusmodell der Regierung, alles aus Leder und Holz im Innern der Kabine. Fünf Stunden später erstreckten sich die Lichter Washingtons unter dem Backbord-Flügel.

Sie verließen das Flugzeug in Andrews. Die Luft war heiß und feucht und roch nach Flugzeugbenzin und Diesel mit einem Hauch von altem Abfall und abgestandenem Wasser.

Ronnie wartete. Er trug ein weiteres Hemd aus seiner hawaiianischen Sammlung. Dieses war ein rot-orange-violettfarbener Exzess mit grünen Palmen und tanzenden Hula-Mädchen.

Sein schwarzer Hummer parkte innerhalb der Absperrung der Sicherheitszone. Unterwegs schaute Nick zu Selena, die sich mit geschlossenen Augen zurücklehnte. Vielleicht sind sie zusammen im Bett gelandet, weil sie gemeinsam unter Beschuss geraten waren. Vielleicht war es die Mine. Vielleicht war es Karma. Was auch immer es war, er wusste, er sollte besser vorsichtig mit ihr sein.

Beim PROJECT-Gebäude angekommen, brachte sie Ronnie zu dem Appartement.

»Harker meinte, ich soll euch sagen, es gibt nichts, was nicht bis morgen warten kann. Macht es euch also bequem. Es gibt zwei Schlafzimmer für die Privatsphäre.«

Ronnies Gesichtsausdruck verriet nichts über seine Gedanken, aber genau das verriet Nick alles über seine Gedanken.

»Wir treffen uns mit Harker um 0700. Ich sehe euch dann.«

»Danke, Ronnie.«

»Hey, kein Problem. Bis morgen.«

Er schloss die Tür.

Der Wohnbereich, in dem sie standen, war mit einem Schlafsofa ausgestattet, einer Lampe, einem Kaffeetisch und zwei Stühlen. Ein kleiner Küchenbereich beinhaltete eine Spüle, eine Kochstelle und einen Kühlschrank. Das Deckenlicht war einfallslos, am Boden lag ein verblasster blauer Industrieteppich. In den Schlafzimmern standen Doppelbetten.

Selena wandte sich zu ihm.

»Ich glaube, er weiß, dass wir miteinander geschlafen haben.«

»Das ist dir aufgefallen? Es gibt kein Gesetz, das besagt, wir müssten es verstecken.«

Er sah sie an und wollte sie. Er wurde hart. Sie merkte es.

»Nick.« Sie war angespannt. »Ich kann das jetzt nicht. Sex haben, meine ich. Ein Teil von mir will, aber es ist zu viel, alles geht viel zu schnell.«

Er wollte sie gegen sich pressen, aber ihre Worte brachten ein eigenartiges Gefühl der Erleichterung. Vielleicht wollte er mehr als unverbindlichen Sex mit Selena. Der Gedanke verunsicherte ihn.

»Ist okay. Es ist, wie du sagtest. Manchmal landen Menschen im Bett, nachdem etwas passiert ist.«

Die Spannung wich aus ihrem Gesicht.

»Was dagegen, wenn ich das Badezimmer zuerst benutze?«

»Nein, nur zu.«

Sie ging ins Bad und schloss die Tür. Er dachte an morgen. Harker würde einen Plan haben. Sie hatte immer einen Plan.

Kapitel 21

Sie nahmen ein mittelmäßiges Frühstück in der Cafeteria ein und waren um sieben in Harkers Büro. Stephanie war dort und saß an einer Computerkonsole, die neben Harkers Schreibtisch aufgestellt war. Steph hatte ein breites, angenehmes Gesicht und dunkle Haare mit einem Pony. Sie trug eine Kombination in Schwarz und Rot, die ein paar extra Pfunde kaschierte. Goldarmreifen klimperten an ihren Handgelenken.

Sie sah aus wie die Art von Person, die am Rand eines Fußballfeldes stand und ihre Kinder anfeuerte. Stephanie hatte keine Kinder – sie hatte eine Glock 40 in einem Schnellzugholster an ihrer Taille versteckt. Sie hatte PROJECT.

Harker sagte: »Es gibt eine neue Wendung mit Yang.« Sie schob ein Stück Papier und ihren Stift zu Selena über den Tisch. »Bevor ich damit fortfahre, brauche ich hier Ihre Unterschrift.«

»Was ist das?«

»Ich erhöhe Ihre Sicherheitsfreigabe. Wenn Sie das unterschreiben, dann landen Sie im Gefängnis, sollten Sie irgendetwas von dem hier Gehörten irgendwo weitererzählen. Sie dürfen ausschließlich mit uns darüber sprechen.«

Selena sagte nichts. Sie unterschrieb.

Harker legte das Papier in eine Schublade. »Deng Bingwen ist übergelaufen. Langley hat ihn.«

Nick war sprachlos. »Er hat seit Jahren Bomben für sie gebaut. Warum wechselt er jetzt die Seiten?«

»Yang will einen Krieg, und Deng möchte nichts damit zu tun haben. Er sagt, Yang führt eine Gruppe an, die sich die

White Jade Society nennt. Ihm zufolge verbirgt sich dahinter eine Verschwörung zur Machtübernahme. Langley hört auf seine Berichte bezüglich Chinas Nuklearwaffen, aber sie glauben ihm nicht, was den Putsch angeht. Sie glauben nicht, dass das irgendwer schaffen könnte oder überhaupt versuchen würde. Wenn er die Wahrheit sagt, dann könnte das von Yang gestohlene Geld helfen, die Übernahme zu finanzieren.«

»Die White Jade Society? Weiße Jade symbolisiert in der chinesischen Kultur Unsterblichkeit. Vielleicht wollten sie darum das Buch. Aber es ist nur eine alte Formel. Das kann doch keiner ernst nehmen.«

Nick zupfte an seinem Ohr. »Wer ist in dieser Gruppe?«

»Colonel Wu, aber er ist ein kleiner Fisch. Es war nicht schwer, eine Liste zu bekommen. Es sind große Nummern. Der Kopf ihrer Seestreitkraft, zwei ihrer Raketenbasis-Kommandanten, der Minister für Eisenbahn und einige hohe Generäle der Volksbefreiungsarmee, darunter auch zwei Panzerdivisions-Kommandanten. Und noch weitere Regierungs- und Militärchefs.« Harker spielte mit ihrem Stift. »Ein Putsch würde die gesamte Region destabilisieren. Pakistan, Indien, Russland, Iran. All die Länder die auf -stan enden.«

»Sie nennen Afghanistan stabil?«

»Seien Sie nicht anstrengend, Carter. Sie wissen, was ich meine.«

Harker war definitiv im Direktoren-Modus. Er entschied, still zu bleiben.

Ihre Gegensprechanlage summte.

»Special Agent Jordan ist hier.«

»Bringen Sie ihn hoch.«

Jordan trug einen blauen Anzug und eine blaue Seidenkrawatte mit grauen Akzenten, die zu seinem kurz geschnittenen Haar passten. Der Kragen eines strahlend weißen Hemdes schnitt in seinen dicken Hals.

Er erinnerte Nick an Bilder von Leadbelly, den berühmten Bluessänger. Groß, hart, das Leben als Schwarzer in Amerika tief in sein Gesicht geschrieben. Jordan war ein ernster Mann.

Harker lehnte sich in ihrem Stuhl zurück. »Wir haben anhand der Abdrücke auf der Weinflasche einen ihrer Angreifer in Kalifornien identifizieren können. Er ist Wus Handlanger.«

Stephanie tippte auf ihrem Keyboard. Ein Bild erschien auf dem Monitor.

»Das ist er«, sagte Nick. »Der hat die Granate geworfen. Hässlicher Kerl, oder?«

Jordan räusperte sich und zeigte auf den Monitor. »Sein Name ist Choy Gang. Der ist echt eine üble Nummer. In der Nacht, als ihr in der Mine wart, hat ein Polizist der kalifornischen Highway Patrol eine Routinekontrolle außerhalb von San Francisco gemacht. Er schrieb einen Strafzettel wegen eines Sicherheitsverstoßes. Als er ihn dem Fahrer gab, fiel ihm etwas auf und er griff zu seiner Waffe. Der Fahrer schoss ihn über den Haufen. Drei Schüsse, neun Millimeter. Die Kamera im Polizeiwagen hat alles aufgezeichnet.«

Auf dem Monitor wurde das Video gezeigt. Ein Arm und der Teil eines Gesichtes kamen aus dem Fenster auf der Fahrerseite. Es gab drei Blitze, als die Waffe abgefeuert wurde, und der Polizist ging zu Boden. Das Video war schlecht beleuchtet, aber das harte Gesicht hinter der Waffe war das von Choy.

Jordan fuhr fort. »Wir hatten Glück und fanden einen Abdruck auf einer Patronenhülse. Normalerweise brennen die weg, aber wir haben ein neues Verfahren, das sie manchmal zum Vorschein bringen kann. Wir konnten den Abdruck Choy zuordnen. Wir haben gestern Leute zum Konsulat rübergeschickt. Es wurde ihnen gesagt, Choy sei nicht mehr im Land, er sei bereits vor zwei Tagen zurück in die Volksrepublik gereist, also müsse ein Fehler bei der Identifikation vorliegen.

Der Konsulatsvertreter sagte, mehrere Waffen des Sicherheitspersonals seien letzte Woche gestohlen worden, also sei das vielleicht der Grund, warum Choys Abdrücke gefunden wurden. Er drückte sein aufrichtiges Bedauern für den Tod des Polizisten aus und sicherte uns jegliche ihm mögliche Unterstützung zu. Dann zeigte er unseren Agenten die Tür.«

Nick musste etwas sagen. »Könnt ihr keinen Haftbefehl bekommen?«

»Nicht für das Konsulat. Das ist tabu. Wir wollen keine Zwischenfälle hier.«

»Einen Polizisten zu erschießen, ist kein Zwischenfall?«

»Nicht groß genug.«

»Was ist mit Wu und Connor?«

»Es gibt keine handfesten Beweise. Wie auch immer, Choy ist weg und es gibt nichts, was wir dagegen tun könnten.«

Jordan sah Nick an, als ob das alles seine Schuld wäre. »Ich würde gerne wissen, warum die Chinesen Granaten nach dir werfen und generell jede Menge Ärger machen.«

»Erzählen Sie ihm von dem Buch, Carter«, sagte Harker.

»Welches Buch?« Jordan fuhr mit dem Finger unter seinem zu engen Kragen entlang.

»Ein altes Buch, das Selenas Onkel gehörte«, sagte Nick. »Die Chinesen suchten danach, als sie ihn getötet haben. Er versteckte es in Kalifornien. Wir sind hingefahren um es zu holen. Dann ist Choy aufgetaucht und den Rest kennst du. Sie waren hinter dem Buch her, denn warum sonst sollten sie dort rausfahren? Wir glauben, der Angriff hier in DC war der Versuch, Selena zu kidnappen um von ihr zu erfahren, wo das Buch ist.«

»Was steht denn im Buch, dass ihnen so wichtig ist?«

»Wissen wir noch nicht. Wir werden es aber rausfinden, jetzt, da wir es haben.«

»Wo ist es?«

Selena hielt das Buch hoch. »Hier.« Zwei alte Holzbretter mit vergilbten Seiten dazwischen. Es hatte bereits mindestens acht Leben gekostet und könnte noch mehr kosten.

Jordan lockerte seine Krawatte. »Ich wurde autorisiert, Sie zu informieren. Meine Einheit verfolgt asiatische kriminelle oder terroristische Aktivitäten. Es geht etwas vor sich mit der chinesischen Triade und Wu ist darin verwickelt. Wir sind ihm zu einem Treffen mit den Triadenbossen von San Francisco, Oakland, New York und Houston gefolgt. Das ist eine große Sache. Die versammeln sich nie auf diese Art.« Jordan schaute durch den Raum und dann zur Direktorin. »Warum ordnet ein hochrangiger Offizier des chinesischen militärischen Geheimdienstes Sanktionen an und trifft sich mit chinesischen Kriminellen? Wollen Sie mir da vielleicht weiterhelfen?«

Harker tippte mit Roosevelts Stift auf ihren Tisch, während sie über Zekes Worte nachdachte. Nick beobachtete sie. Er kannte den Blick. Die Analytikerin in ihr kalkulierte Möglichkeiten, wägte ab, wie viel sie sagen sollte, ob sie ihn einweihen sollte. Sie traf eine Entscheidung.

»Wir haben neue Informationen erhalten, hatten aber noch keine Zeit, sie zu analysieren. Was ich Ihnen mitteilen werde, ist Spekulation. Das müssen Sie im Hinterkopf behalten.«

Jordan nickte.

»Es ist möglich, dass eine Gruppe plant, die Macht in China zu übernehmen. Die Treffen, die Wu mit der Triade hatte, könnten etwas damit zu tun haben.«

»Ein Plan, die chinesische Regierung zu stürzen?«

»Ja. Colonel Wu ist Teil der Gruppe, um die es geht. Sie wird von General Yang angeführt, dem Kopf ihres militärischen Geheimdienstes.«

Jordan runzelte die Stirn. »Die Triade mag keine Kommunisten. Die würden einen Wechsel der Regierung dort drüben begrüßen.«

»An der Stelle könnte das Geld ins Spiel kommen«, sagte Ronnie. »Das Geld, das er von Selenas Onkel gestohlen hat. Bezahlt sie, damit sie etwas tun.«

Harker tippte auf den Tisch. »Wie könnte die Triade Yang helfen? Vielleicht in China, aber hier in den Staaten? Warum sollte er sie für irgendwas brauchen?«

Selena strich sich Haare aus der Stirn. »Wie übernimmt man ein so großes Land wie China? Wenn wir das wüssten, könnten wir vielleicht herausfinden, was Yang von denen will.«

»Wie übernimmt man China?«, fragte Jordan.

»Man beseitigt die Köpfe der Regierung, alle gleichzeitig. Man stellt sicher, dass man das Militär auf seiner Seite hat, vor allem die Armee«, sagte Nick.

»Man muss überraschen«, meinte Ronnie.

»Das ist klar.« Nick zupfte an seinem Ohr. »Nehmen wir mal an, ein Putsch sei im Gang. Zurück zu unserer ursprünglichen Frage; was könnte die Triade hier tun, um Yang dort drüben zu unterstützen?«

Jordan lockerte seine Krawatte etwas mehr. »Was braucht Yang noch außer der Überraschung, um erfolgreich zu sein?«

»Nun, er braucht Zeit«, sagte Nick. »Wenn er die Dinge erst einmal ins Rollen bringt, fängt die Uhr an zu ticken und er gewinnt oder er geht unter. Er braucht Zeit, um die Kontrolle zu festigen und um alle Fäden in seine Hände zu bekommen.«

Die Direktorin tippte mit ihrem Stift. »Was würde seine Zeitpläne durcheinanderbringen?«

»Ein Zusammenbruch der Kommunikationswege. Ein Problem mit den militärischen Einheiten. Einmischung von Nationen außerhalb Chinas wäre auch möglich. Die Reaktionen der Welt sind ein großer Faktor. Was würden wir zum Beispiel tun?«

Zeke knöpfte seinen Kragen auf, eine große Verletzung des FBI-Dresscodes. Nick stellte sich vor, wie sich J. Edgar im Grab umdrehte. Harkers Stift erreichte Höchstgeschwindigkeit auf dem Tisch. Sie merkte es und legte ihn beiseite. »China ist ein bekannter Faktor mit einer stabilen Regierung. Ein Putsch des rechten Flügels wäre gefährlich. Wir würden nicht wollen, dass das geschieht.«

»Glauben Sie, es gäbe den politischen Willen, zu intervenieren, Direktor?« Jordan lehnte sich in seinem Stuhl zurück.

»Wenn der Präsident glaubte, die nationale Sicherheit stünde auf dem Spiel. Aber das Risiko eines Krieges wäre riesig.«

»Wie könnte man uns davon abhalten, uns zu involvieren?«, fragte Jordan.

»Wenn wir es wollten? Man könnte es nicht. Es sei denn …« Nick hielt inne.

»Es sei denn was?«

»Außer, wir wären mit etwas anderem beschäftigt. Etwas, das unsere Aufmerksamkeit binden würde, während Yang putschte.«

»Das müsste ein verdammt großer Aufmerksamkeitsmagnet sein«, entgegnete Ronnie. »Es müsste etwas von nationalem Ausmaß sein, etwas, das eine Menge an Ressourcen binden würde.«

»Was wäre mit einem Terroranschlag?»

Alle schauten auf Selena.

»Jetzt seht mich nicht so an«, sagte sie. »Das ist doch, was ihr hier macht? Terroristen verfolgen?«

»Ja.» Harker beobachtete sie. »Ein Anschlag würde alle beschäftigt halten. Yang könnte die Triade nutzen, um für Unruhe zu sorgen, während er die Macht ergreift.«

Ronnie hob eine Augenbraue. »Das ist wirklich verschlagen. Erinnern Sie mich daran, nicht mit Ihnen zu pokern. Aber wir würden herausfinden, dass er es war. Wir würden etwas tun müssen.«

»Was denn? Truppen schicken? Atombomben auf China werfen?«

Der Raum war still, während jeder von ihnen darüber nachdachte. »Wie viele sind in der Triade?« Harker nahm ihren Stift wieder in die Hand.

»Einige tausend in der Bay Area, wenn Sie die Jugendgangs mitzählen. Die werden für gewöhnlich als Schläger eingesetzt. Tausende mehr über das Land verteilt, insbesondere Houston, L. A. und New York. Wir sind uns nicht sicher«, meinte Jordan.

»Wir brauchen mehr Daten«, warf Stephanie ein.

»Woher bekommen wir die?«, fragte Jordan.

Die Direktorin tippte mit ihrem Stift. »Für den Anfang wäre da das Buch. Warum will Yang es haben? Selena, ich brauche eine Übersetzung von Ihnen. Ich nehme an, Computerzeit wird helfen?«

»Wird sie. Ich habe Gemeinsamkeiten identifiziert zwischen dem, was ich lesen, und dem, was ich nicht lesen kann. Ich möchte einen Matrixvergleich durchführen. Das sollte uns auf die Sprünge helfen.«

»Gut. Stephanie, programmieren Sie es für sie ein. Während Selena an der Übersetzung arbeitet, können Sie Wahrscheinlichkeitsszenarios laufen lassen. Ich möchte sehen, was die Computer zu dem, was wir diskutiert haben, sagen.«

»Ja, Direktor.«

Harker sagte: »Alles was wir haben, sind Spekulationen und Dengs Story. Wir haben Teile von Informationen, aber wir haben keine Beweise. Wir könnten falsch liegen.«

»Das glauben Sie nicht wirklich«, sagte Jordan.

»Es spielt keine Rolle, was ich glaube. Ich kann nicht zum Präsidenten gehen und ihm sagen, dass jemand versucht, China zu übernehmen, ohne irgendwelche harten Fakten zu haben.«

Jordan schaute auf seine Uhr. »Direktor, ich kann meinem Boss mitteilen, worüber wir gesprochen haben, aber niemand wird aufgrund von Spekulation viel unternehmen.«

»Ich werde Sie auf dem Laufenden halten, während wir das weiterverfolgen.«

»Ich schätze, das muss genügen.«

Als Jordan gegangen war, sagte Selena: »Ich würde gerne zurück in mein Zimmer im Mayflower. Nichts für ungut, aber euer Appartement ist bedrückend und eng. Es ist schwer, darin zu denken. Ich brauche Platz, um rumzulaufen.«

»Das ist keine gute Idee. Es gibt keine Security in dem Hotel.«

»Sie könnte bei mir unterkommen. Ich habe ein zweites Schlafzimmer. Es wäre sehr viel komfortabler als hier unten. Es gibt eine leer stehende Wohnung gleich neben meiner. Ronnie kann sich dort einrichten und ein Auge auf die Dinge haben«, sagte Nick.

Harker sah ihn neugierig an. »Denken Sie, das ist sicherer als hier?»

»Nein, aber es ist sicher genug. Es gibt einen Sicherheitsschalter in der Lobby, Kameras. Außerdem denken die Chinesen, Selena und ich liegen tot in der Mine.«

»Selena, ist das in Ordnung für Sie?«

»Ich schätze ja.« Sie warf Nick einen nachdenklichen Blick zu. »Es gibt keinen Grund, warum diese Leute wissen sollten, dass wir noch leben.«

»In Ordnung. Aber stellen Sie sicher, dass Sie jegliche Vorsichtsmaßnahmen ergreifen.« Harker stand auf. »Na dann los.«

Kapitel 22

Selena, Nick und Stephanie gingen hinunter in den Computerraum. Breite Türen aus dickem Glas trennten diesen vom Flur. Stephanie gab Zahlen an einem Tastenfeld ein, stellte sich vor einen Gesichtserkennungsscanner, der an der Wand angebracht war. Ein Streifen aus grünem Licht fuhr über ihrem Gesicht hin und zurück. Die Glastüren glitten mit einem leisen Zischen auseinander.

Der Raum war auf arktische Temperaturen gekühlt. Ein halbes Dutzend irritierend roter Cray Supercomputer ragten rechts und links des polierten Ganges auf, der sich durch den Raum zog.

Stephanie lief an ihnen vorbei und blieb an einer großen, halbkreisförmigen Konsole vor einem weiteren Rechner stehen. Dieser war grau-schwarz. Er war auf einer hohen Kühleinheit angebracht und ragte über ihnen auf wie etwas aus einem Scifi-Film; ein großer, dunkler Block aus einer fremden Dimension. Hunderte blinkender LEDs signalisierten, dass er aktiv war.

»Das ist Freddie.« Stephanie setzte sich an die Konsole. »Es ist ein Cray XMT, modifiziert und maximiert. Freddie nutzt eine Multi-Thread-Plattform mit global geteiltem Arbeitsspeicher und Parallelverarbeitung. Es sind über achttausend CPUs in diesen Gehäusen. Wir können hier Millionen Threads gleichzeitig bearbeiten.«

»Wie viel Arbeitsspeicher?«, fragte Selena.

»Vierundsechzig Terabyte. Er ist perfekt für das Buch. Wir sind mit der NSA und dem restlichen nationalen Sicherheitsnetzwerk verbunden. Freddie wird auf alle Datenbanken zugreifen, Muster zuordnen und nach Anomalien suchen. Es gibt eine Datenbank für jede bekannte Sprache, altertümlich und modern. Wir können Wahrscheinlichkeitsszenarien mit Relevanz für den Inhalt des Buches und beliebigen anderen Faktoren entwickeln.« Stephanie sah den Computer an, als sei er ein Geliebter. »Wir haben so viel Zeit mit ihm, wie wir benötigen. Wir werden das Buch eingeben. Sie erstellen die Matrix für mich, ich programmiere sie ein. Dann lassen wir es laufen.«

Selena nahm ein Notizbuch aus ihrer Handtasche. »Ich habe bereits begonnen.«

Sie setzten sich und machten sich an die Arbeit. Nick dachte über die Diskussion zuvor nach. Alles lief auf Yang und Wu hinaus, und durch sie auf die White Jade Society.

Weiße Jade, Unsterblichkeit und die chinesische Triade. Es war wie etwas aus einem Fünfzigerjahre-Comic, aber es war nicht komisch.

Am anderen Ende des Landes signalisierte Colonel Wus verschlüsseltes Telefon einen Anrufer. Sehr wenige Menschen besaßen diese Nummer. Er hoffte, es war nicht der General in der Leitung.

»Wu.«

»Hier ist Juggler«, sagte eine Stimme auf Englisch.

Wu setzte sich in seinem Stuhl auf. Juggler war der Codename von einem seiner besten Informanten, der in Washington stationiert war.

»Ja, Juggler.«

»Die Connor-Frau ist hier in Washington. Sie reist mit einem Mann, der in einer der Anti-Terrorismuseinheiten arbeitet. Anscheinend gab es eine bewaffnete Auseinandersetzung mit Ihren Leuten? Wie auch immer, sie sind letzte Nacht angekommen.«

»Sie sind sicher, dass es die richtige Frau ist?«

»Ganz sicher. Hier herrscht Sorge. Es wird spekuliert, welche Gründe das Geschehene haben könnte, aber es gibt noch keine schlüssige Analyse. Sie sind als Beteiligter identifiziert worden und Ihre Treffen mit bestimmten Individuen in San Francisco wurden bemerkt.«

Wu lächelte. Bestätigung, dass das FBI ihm gefolgt war, aber das wusste er bereits. Es war Teil des Plans. Seine Verhandlung mit der Triade waren abgeschlossen und nun beinahe an der Zeit, nach China zurückzukehren. Aber nicht sofort. Es gab noch eine Chance, das Buch zu bekommen. Der Tag war soeben besser geworden.

»Die Frau ist bei dem Agenten untergekommen, ein Mann namens Carter. Es ist ein ungesichertes Gebäude.« Juggler gab ihm die Adresse.

»Gut. Es wird eine Zahlung auf die übliche Weise erfolgen. Informieren Sie mich über neue Entwicklungen.«

»Gern.«

Der Anruf endete.

Mit einer Adresse und einem Namen hatte Wu das Leben eines Mannes in der Hand. Wer auch immer Carter war, seine Geheimnisse würden bald Wu gehören. Dass Carter in Kalifornien gewesen war, wusste er von dem Versicherungsschein, den Choy mitgebracht hatte.

Carter war vermutlich der Mann, der die Entführung der Nichte verhindert hatte. Er hatte zwei Agenten in Kalifornien getötet und Choy gestoppt. Der direkte Weg hatte versagt. Es war nun Zeit für etwas Subtileres. Wu kannte die perfekte Person für das, was er im Sinn hatte. Er griff zu seinem Telefon und wählte eine Nummer in Washington, um Vereinbarungen zu treffen.

Jetzt konnte er den General kontaktieren und ihm ein positives Update geben. Die Dinge sahen besser aus.

Kapitel 23

In einem Eckbüro in der vierten Etage des Ministeriums für Staatssicherheit in Peking studierte der leitende Ermittler Yao Aiguo einen Ordner voller Berichte. Es war ein heißer Tag. Die Fenster standen der feuchten, mit Smog erfüllten Luft offen. Ein kleiner, schwarzer Elektroventilator bewegte die Papiere auf seinem Tisch.

Ein großes Porträt mit einem strahlenden Vorsitzenden Mao hing an einer Wand des Büros, gegenüber einem Bild des aktuellen Präsidenten und Parteivorsitzenden. Der Raum war in düsterem Gelb gestrichen. Er war spärlich eingerichtet mit ein paar Holzstühlen, dem Tisch, an dem Yao saß und einigen Aktenschränken. Ein Bild von Yao mit seinen Eltern war die einzige persönliche Note im Zimmer. Ein billiger Druck der berühmten Berge am Jangtse Fluss vor der Errichtung der Drei-Schluchten-Talsperre rundete die Dekoration ab.

Yao sah sich den jüngsten Bericht aus dem Westen an und bohrte in der Nase. Er betrachtete das Ergebnis und wischte es unter seinem Stuhl ab.

Die Berichte aus San Francisco über Colonel Wu machten ihm Sorgen.

Yao sah aus seinem Fenster auf den starken Verkehr, der auf der Allee unter ihm vorbeikroch. Motorräder und Roller schlängelten sich wie manische Eichhörnchen durch die Masse der Autos und die Abgaswolken der LKWs und Busse. Die Blätter der Bäume am Straßenrand hingen welk und schlaff in der drückenden Hitze.

Ein Agent berichtete von einem Treffen in einem Restaurant zwischen Wu und seinem Sergeant, Choy. Wu hatte Choy losgeschickt, um ein Buch zu besorgen, das einem kapitalistischen Banker gehörte. Der Banker war tot. Yao besaß eine dicke Akte über den Mann. Connor, ein großer Investor in chinesische Industrie. Laut dem Bericht war Wu für seinen Tod verantwortlich. Warum hatte Wu den Amerikaner getötet und jemanden losgeschickt, das Buch des Toten zu besorgen?

Es gab Nachforschungen beim Konsulat bezüglich Choy und dem Tod eines amerikanischen Polizeibeamten. Jetzt war Choy auf dem Weg zurück nach China. Es stand alles in den vor ihm auf seinem Tisch ausgebreiteten Papieren. Die Augen und Ohren des Te-Wu, des chinesischen Geheimdienstes, reichten genauso leicht über den Pazifik wie in den nächsten Raum.

Wu sollte in San Francisco eigentlich versuchen, von der chinesischen Community etwas über Gelder zu erfahren, die von Amerika zur Unabhängigkeitsbewegung in der autonomen Region Tibet geleitet wurden. Aber Wu bewegte sich im Schatten von General Yang.

Warum sollte sich Yang mit einem Pack von Mönchen und Bauern beschäftigen, die absolut keine Möglichkeit hatten, ihre revisionistischen Ziele umzusetzen? Die Art von Information war nicht wichtig genug, um einen hochrangigen Offizier für Nachforschungen auszusenden. Irgendetwas stimmte nicht.

Wenige Menschen in China besaßen die Autorität und die Ressourcen, die Yao als oberstem Ermittler des Geheimdienstes zur Verfügung standen. Er gab eine Untersuchung niemals auf, bevor sie abgeschlossen war. Er lebte nach den Werten von Sun Tzu, und das hatte ihn zu einem der erfolgreichsten Agenten in der zweitausendjährigen Geschichte des Geheimdienstes gemacht.

Wenn man geduldig am Ufer des Flusses wartet, hatte der Meister gesagt, werden früher oder später die Körper seiner Feinde vorbeigespült.

Wenn es so weit war, würde Yao da sein, um sie aus dem Wasser zu pflücken und sicherzustellen, dass sie tot waren.

Für Yao war es einfach. Loyalität zur Nation und der kommunistischen Partei bildete das Fundament für eine stabile Gesellschaft. Yao hielt die Gesellschaft für noch wichtiger als Familie, das Fundament chinesischer Kultur. Das Allgemeinwohl der Nation war der zu befolgende Standard. Yaos Vorname bedeutete Liebe zum Heimatland. Er hielt sich für einen Patrioten und einen Wächter des Allgemeinwohles.

Er griff nach einer anderen Akte – über General Yang. In der Volksrepublik war niemand vor einer Untersuchung gefeit. Alle hohen militärischen Führer unterlagen einer Routineüberprüfung. Wenn es keine Unregelmäßigkeiten gab, dann gab es auch keinen Grund zur Sorge. Wenn es welche gab, dann wurden Maßnahmen zur Behebung der Situation ergriffen.

Yangs Akte enthielt keinerlei Hinweis darauf, dass er irgendetwas außer einem vorbildlichen Beispiel für Professionalität der Volksbefreiungsarmee war.

Die Akte besagte, Yang habe eine soziale und kulturelle Gruppe gegründet, die sich White Jade Society nannte. Mitglieder waren hochrangige Offiziere und Regierungsführer. Solche Gesellschaften waren nicht unüblich. Zu einer Gruppe von mächtigen Kollegen zu gehören, war für jemanden in Yangs hoher Position zu erwarten. Der General war ein einflussreicher Mann im heutigen China.

Yao studierte die Akte. Yang war Chef des Militärgeheimdienstes, die mächtigste Position unter den Generälen, wichtig für die tägliche Kontrolle von Chinas erheblicher Militärmacht. Er war auch ein Mitglied der Militärkommission des Zentralkomitees der kommunistischen Partei. Alles was mit der Kommission zu tun hatte, war im höchsten Maße politisch und daher gefährlich. Yao würde seine Nachforschungen mit Vorsicht betreiben müssen.

Sein Erfolg als Ermittler basierte auf einer obsessiven Aufmerksamkeit für Details, und der hoch entwickelten Fähigkeit, wie sein Opfer zu denken. Warum wollte Yang Connors Geld? Connor war reich jenseits jeglicher Vorstellung gewesen. Yao machte eine Notiz, die Spur des Geldes zu verfolgen.

Wu würde so einen wichtigen Mann niemals ohne Anweisung töten, also musste es einen direkten Vorteil für Yang geben. Geld war schon immer ein Verführer des Menschen gewesen. Wenn Geld dahintersteckte, dann würde Yao die Mittäterschaft von Yang aufdecken, aber das fühlte sich irgendwie nicht richtig an. Yang wäre nicht in der Lage, so viel Geld auszugeben, ohne entdeckt und bestraft zu werden.

Wenn es nicht Geld war, was motivierte Yang stattdessen? Wu hatte seinen Sergeant losgeschickt, um ein Buch zu besorgen. Was stand darin? Ist er erfolgreich gewesen? Yao würde ein Team auf Choy ansetzen, wenn er Zuhause ankam. General Yang war in Peking und die Überwachung würde sofort beginnen. Colonel Wu war in San Francisco, aber das war kein Hindernis. Yao würde seinen Agent im Konsulat kontaktieren und ihm Instruktionen erteilen.

Yao sah aus dem Fenster. Er beschloss, Yang und Wu auf die Prioritätsstufe zu setzen. Bis er herausgefunden hatte, was sie taten, standen sie unter dem Verdacht, Staatsfeinde zu sein, bemerkenswerte Karriere hin oder her. Yao vertraute seinen Instinkten. Er würde herausfinden, was vor sich ging, es war nur eine Frage der Zeit.

Er verschränkte die Hände hinter dem Kopf, lehnte sich zurück und schaute hinaus in den dunstigen Himmel Pekings. Yang war im Begriff, einen Verrat zu begehen, er konnte es fühlen. Yao atmete den Smog tief ein und spürte die Erregung der beginnenden Jagd.

Kapitel 24

Selena richtete sich in dem zweiten Schlafzimmer ein. Sie hatte sich ein paar Dinge aus ihrem Zimmer im Mayflower rüberschicken lassen.

Nicks Appartement war minimalistisch dekoriert. Eine hochwertige Kopie eines Paul-Klee-Gemäldes hing über der Couch. Der Teppich war ein neutrales Braun. An einer Wand hingen japanische Holzschnitte. Die Möbel waren europäisch modern, schlicht und funktional.

Ronnie saß auf der Couch und las ein Magazin. Er hatte sich nebenan eingerichtet. Das Buch lag verschlossen bei PROJECT. Selena hatte es auf ihren Laptop gescannt und arbeitete an der Übersetzung.

Nick war in der Küche und bereitete einen Salat und Nudeln vor. Er mochte Salat und Nudeln. Es forderte seine kulinarischen Fähigkeiten nicht heraus, welche im besten Fall minimal waren. Selenas Mobiltelefon klingelte. Er hörte sie sprechen, die Stimme aufgeregt und erfreut.

Sie hielt inne, bedeckte das Telefon. »Das ist eine alte Freundin, Cathy Chen. Wir sind zusammen ausgegangen, etwas trinken, tanzen, diese Dinge. Sie ist hier in Washington und würde sich gerne mit mir treffen. Wir sollen ja nicht rausgehen, aber ich dachte, sie könnte hierher kommen und wir könnten uns unterhalten. Das macht dir doch nichts aus, oder?«

»Nein, natürlich nicht.«

Selena beschrieb ihrer Freundin den Weg und legte auf.

»Ich muss die Security unten informieren. Wann kommt sie?«

»Sie sagte, es würde ungefähr eine halbe Stunde dauern.«

»Dann sollten wir lieber essen. Es ist fertig.«

»Die beste Nachricht, die ich heute gehört habe«, meinte Ronnie von der Couch.

Nick stellte das Essen auf den Tisch und öffnete eine Flasche Pinot. Er rief die Security an und sagte dem Wachmann, dass Selenas Freundin kommen würde. Sie setzten sich.

»Wie läuft es mit der Übersetzung?«

»Ich habe das Sanskrit erledigt und mache Fortschritte mit der Linearschrift A. Es ist alles hier auf meinem Laptop. Erinnerst du dich, dass ich sagte, eine der Zutaten für das Elixier wären brennende Silbersteine?«

»Ja?«

»Der Text besagt, die Silbersteine werden schwarz. Die Anweisung lautet, die Steine sollen zerschlagen und mit vermutlich einer Art Säure ausgewaschen werden. Dadurch wird der Stein golden, oder zumindest gelb. Ich habe diese spezielle Wortkonstruktion zuvor noch nie gesehen. Das Resultat wird dann zu Pulver verarbeitet und mit den anderen Zutaten in einem flüssigen Aufguss gemischt. Oder vielleicht ist es eine Lösung.«

»Klingt wie Alchemie. Die Alchemisten haben andauernd versucht, Dinge in Gold zu verwandeln.«

»Diese Formel beinhaltet bereits Gold. Ich habe eine Idee bezüglich dieser Steine. Ich glaube, sie sind extrem hochgradiges Uranerz. Ich habe Stephanie gebeten, meine Übersetzung in ihre Szenarien zu programmieren, um zu sehen, was dabei rauskommt. Wir werden es morgen erfahren.«

»Wie kommst du auf Uran?«

»Welche Art von Stein ›brennt‹? Da steht nichts davon in dem Text, dass sie erhitzt werden sollen. Das Einzige, was mir einfiel, war etwas Radioaktives. Ich habe ein wenig nachgeforscht. Uranerz kann von silberner Farbe sein. Es oxidiert und wird schwarz.«

»China hat Uranvorkommen. Warum sollte Yang das interessieren?«

»Chinas Vorkommen sind von niedriger Qualität. Es erfordert eine Menge Verarbeitung, um irgendetwas zu erhalten, das brauchbar ist.«

»Wie für Bomben etwa?«, fragte Ronnie.

»Ja. Wenn diese Steine von einem hochgradigen Vorkommen sind, dann würde Yang wissen wollen, wo es ist. Es gibt nur ein bekanntes Vorkommen dieser Art auf der Welt, in Saskatchewan. Die Kanadier erhalten bis zu fünfundsiebzig Prozent brauchbare Ausbeute von ihrem Rohmaterial. Das normale Zeug ergibt nur etwa ein oder zwei Prozent.«

»Das würde Yang ermöglichen, Chinas Nuklearprogramm zu beschleunigen. Das scheint sinnvoller, als die Suche nach einem Lebenselixier.« Nick trank etwas Wein.

Ronnie bestrich ein Stück Sauerteigbrot mit Butter und biss ab. Krümel fielen auf die Polyester-Surfszene, die er trug.

»Was denkst du, Nick? Plant Yang hier einen Angriff? Er muss verrückt sein, wenn er denkt, wir würden nicht zurückschlagen.«

»Verrückt, vielleicht. Da die Politik ist, was sie ist, könnte es ihm sogar gelingen, indem er jemanden als Sündenbock hinstellt, eine Terrororganisation zum Beispiel oder sogar die Triade. Die sind gleich hier und viel einfacher zu verfolgen, als wer auch immer die Zügel in Peking in der Hand hält.«

»Aber die Triade würde ihn verraten.«

»Klar, aber wo sind die Beweise? Es stände ihr Wort gegen seines, und er würde am Abzug von Chinas Atombomben sitzen. Wenn du ein Haufen unserer Politiker wärst, die gerade versuchen, alle zu beruhigen, würdest du die Wahrheit sagen? Sie würden lügen, dass die Balken brechen.«

»Man müsste annehmen, Yang wäre zufrieden mit all der Macht, die er bereits hat.«

»Macht ist niemals genug«, erwiderte Selena. »Zumindest scheint es, wer Macht hat, will immer noch mehr.«

»Sie sind eine Zynikerin«, sagte Ronnie.

»Es stimmt hier bei uns. Warum sollte es im kommunistischen China anders sein?«

Nick aß eine Gabel voll Nudeln. Der Summer ertönte. Er stand auf und ging zur Gegensprechanlage.

»Ja.«

»Mister Carter, Ihr Gast ist hier.«

»Schicken Sie sie rauf.« Er schaute zu Selena. »Deine Freundin ist unten.«

»Du wirst sie mögen.«

Ronnie wischte seinen Teller mit Brot aus und trank den Rest seines Sodawassers aus. Er trank niemals Alkohol. Er hatte Familien und Freunde im Reservat gesehen, die daran zerbrochen sind. »Ich gehe nach nebenan. Lasst mich wissen, wenn ihr mich für irgendetwas braucht.«

Es gab ein leichtes Klopfen an der Tür, als Ronnie sie erreichte. Er öffnete und trat zur Seite.

Cathy Chen hatte lange, rabenschwarze Haare und war eine klassische, eurasische Schönheit. Sie trug ein burgunderrotes seidenes Cheongsam, tief ausgeschnitten und eng anliegend. Es brachte ihre schlanke Figur perfekt zur Geltung. Manche Frauen hätten darin wie hochpreisige Prostituierte ausgesehen. An Cathy Chen sorgte es für den Hauch von Eleganz und Stil, den es vermitteln sollte. Eine Kette aus delikater weißer Jade zierte ihren Hals. Sie trug eine Papiertüte mit einem teuren Logo darauf. Der Hals einer Flasche schaute daraus hervor.

»Cathy!«

»Hi, Selena.«

Sie umarmten sich. Ronnie blickte zu Nick, zuckte mit den Schultern und schloss die Tür hinter sich.

»Cathy, das ist Nick.«

Sie nahm seine Hand, ihre Berührung war kühl. Ihre Augen strahlten. Er glaubte, etwas in ihnen zu entdecken, aber dann war es verschwunden.

»Schön, Sie kennenzulernen, Nick. Das ist Ihre Wohnung?«

»Ja.«

»Klasse Aussicht.« Sie wandte sich an Selena. »Hey, Freundin. Was hast du gemacht, mal abgesehen von Nick hier?«

»Oh, nicht besonders viel. Nick und ich haben etwas Zeit miteinander verbracht. Ich arbeite an einer Übersetzung und mache etwas Beratungsarbeit.«

»Es ist höchste Zeit, dass du Zeit mit jemandem verbringst. Du warst mit niemandem mehr zusammen seit diesem Blödmann, den du in Griechenland abserviert hast – wie war sein Name …«

»Ted. Aber Nick und ich sind nur Freunde.«

»Oh, klar.« Sie schaute ihn an. »Wie auch immer, es ist schön, dich zu sehen.«

»Was ist mit dir, was machst du?«

»Ich habe gerade bei einem Beratungsunternehmen hier in Washington angefangen. Sie betreuen einen Klienten in China und haben mich als symbolische Asiatin eingestellt.«

»Ach, komm schon, Cathy, niemand stellt dich nur als Symbol ein. Wo bist du untergekommen?«

Sie begannen drauflos zu plaudern. Nach ein paar Minuten holte Cathy die mitgebrachte Flasche hervor.

»Lass sie uns öffnen. Ich weiß, du magst Wein, und der hier soll exzellent sein. Kommt aus Australien. Die machen jetzt richtig gutes Zeug.«

Nick holte einen Öffner und frische Gläser und entfernte den Korken. Cathy goss ein. Sie hielt ihr Glas in die Höhe.

»Geld, Gesundheit, Liebe und die Zeit, das alles zu genießen. Zum Wohl.«

Sie stießen an. Der Wein war gut, mit vollem Körper und sanft, mit einer leichten Geschmacksnote, die Nick nicht zuordnen konnte. Sie gingen mit den Gläsern in den Wohnbereich und setzten sich.

Cathy warf einen Blick auf Selenas Laptop, der noch geöffnet auf dem Tisch stand.

»Ist das die Übersetzung, an der du arbeitest? Worum geht es?«

»Ja. Es ist ein alter Sanskrit-Text über Medizin. Nichts sonderlich Weltbewegendes.«

»Du warst schon immer ein Ass mit diesen Dingen. Bei der Arbeit mit Originaltexten. Ich hatte schon genug Mühe, die bereits übersetzten Informationen zu erforschen.«

Nick fühlte sich schwindelig. Das Licht flackerte. Cathy sah ihn an.

»Ich fühle mich nicht besonders gut«, sagte Selena.

»Kann ich irgendwas für dich besorgen?«, fragte Cathy.

Selenas Weinglas glitt aus ihrer Hand und fiel zu Boden. Der Wein verteilte sich in einem größer werdenden Fleck über den Teppich. Nick versuchte aufzustehen, aber seine Beine versagten ihren Dienst und er stürzte zu Boden. Seine Sicht wurde verschwommen. Als Letztes hörte er Cathy Chen zu Selena sagen, es täte ihr leid.

Kapitel 25

»Nick. Nick.« Ronnies Stimme war dringend. »Nick! Wach auf.«

Er öffnete seine Augen, hatte höllische Kopfschmerzen. Ronnie beugte sich über ihn.

»Wo ist Selena?«

»Sie ist okay, bei Bewusstsein, fühlt sich nur nicht besonders gut. Mensch Nick, ich dachte, du wärst tot, als ich reinkam.«

Übertölpelt und betäubt. Er erinnerte sich an den eigenartigen Geschmack des Weins. Nick stand auf und es fühlte sich an, als hätte eine Schmiede in seinem Kopf eröffnet.

Ronnie half ihm zur Couch, wo eine bleiche Selena mit geschlossenen Augen saß.

»Bist du in Ordnung?« Nick berührte sie am Arm.

»Ich glaube schon. Was ist geschehen?«

»Wir wurden betäubt. Deine Freundin hat was in den Wein getan.«

»Nick, das tut mir leid. Ich kann es gar nicht glauben!«

Er sah sich um. Selenas Computer war verschwunden. Sonst schien alles an seinem Platz zu sein. Die Flasche mit dem »wirklich guten Zeug« stand halb leer auf dem Kaffeetisch.

»Nicht deine Schuld, kein Grund, sich zu entschuldigen. Wie hättest du wissen können, dass sie das tun würde?«

»Warum sollte sie uns betäuben?«

»Sie hat deinen Computer mitgenommen. Sie muss ein Agent für Wu sein. Keiner sonst würde wissen, dass du an dem Buch gearbeitet hast.«

Selena sah betroffen aus. »Das gesamte Buch war auf dem Computer. Das bedeutet, sie haben es. Yang hat bekommen, was er wollte.«

»Dann lassen sie uns jetzt vielleicht in Ruhe. Mach dir keine Sorgen darüber. Wir werden schon rausfinden, was zu tun ist. Ich muss die Direktorin anrufen.«

»Ich mache das.« Ronnie tätigte den Anruf. Harker würde nicht gerade begeistert sein von den Nachrichten. Eine Minute später legte er auf.

»Die Info ist raus. Ich habe Chens Beschreibung durchgegeben und es gibt Bilder von den Sicherheitskameras unten, die wir nutzen können. Wir werden sie schon finden.«

»Wie lange waren wir bewusstlos?«

»Nicht lange. Ich bin etwa eine halbe Stunde, nachdem ich rübergegangen war, zurückgekommen. Als ihr nicht reagiert habt, bin ich reingekommen.«

»Dieses Miststück.« Selena war wütend. »Ich dachte, sie sei meine Freundin. Sie war meine Freundin. Ich würde sie jetzt zu gerne in meine Hände bekommen.«

»Wir werden sie bekommen«, sagte Nick. »Ich frage mich, woher Wu wusste, dass wir in Washington sind? Das Letzte, was die Chinesen von uns gesehen hatten, waren wir – begraben in der Mine.«

»Das ist etwas, das wir werden herausfinden müssen.« Ronnie ging zur Küche und brachte ihnen zwei Gläser Wasser.

»Trinkt. Garantiert ohne Drogen.«

Nick wachte mitten in der Nacht auf. Die Schlafzimmertür war etwas geöffnet. Er hörte gedämpftes Schluchzen aus dem Wohnzimmer. Selena saß auf der Couch, ihren Kopf in den Händen. Er war im Begriff, zu ihr zu gehen, aber etwas hielt ihn zurück. Er kannte Trauer. Manchmal musste sie etwas Persönliches sein.

Er ging zurück ins Bett, aber es dauerte eine lange Zeit, bevor er wieder einschlief.

Er träumte von Megan.

Sie stand auf der anderen Straßenseite und wartete auf einen Bus. Er winkte, aber sie schien ihn nicht zu sehen. Endlose Reihen von Autos brausten vorbei und er konnte nicht zu ihr gelangen. Er sah den Bus ankommen und sie hatte ihn noch immer nicht gesehen. Er rief ihren Namen, aber es war kein Geräusch zu hören.

Dann stand er neben ihr. Sie schaute ihn an, schüttelte den Kopf, einen traurigen Ausdruck auf dem Gesicht.

»Es macht keinen Sinn, zu warten, Nick.«

»Worauf zu warten?«

»Auf den Bus. Siehst du?«

Sie zeigte auf den großen, schwarzen Bus, der sich ihnen näherte. Auf dem Bus stand FLUGHAFEN als Ziel.

Der Fahrer war durch die Windschutzscheibe zu sehen. Er hatte kein Gesicht und er hielt eine Granate in seiner Hand.

»Wohin gehst du?«, fragte Nick.

»Es macht keinen Sinn, zu warten.«

Dann war er zurück in dem Dorf, fühlte den Rückstoß des Gewehres gegen seine Schulter – eins, zwei, drei – sah die Granate auf sich zukommen, sah das Kind sterben.

Er erwachte schweißgebadet, mit rasendem Herzen, sein Kopf erfüllt von Verlustgedanken.

Kapitel 26

Am nächsten Morgen trug Harker einen schwarzen Hosenanzug, der fast schon ihr Markenzeichen war. Dazu goldene Rubinohrringe, eine für sie ausgefallene Wahl.

»Wie geht es Ihnen?«

»Als hätte ich einen grandiosen Kater.«

»Ich frage mich, woher sie wussten, dass Sie hier waren und wie sie Sie gefunden haben.«

»Das war recht einfach. Sie hatten meinen Namen. Ich hätte nur nicht gedacht, dass sie noch hinter uns her wären, denn sie hätten denken müssen, dass wir in der Mine umgekommen sind.«

»Da stimme ich zu. Wie sind sie also wieder auf Washington gekommen?«

»Jemand muss ihnen gesagt haben, dass Selena hier ist«, meinte Ronnie. »Sie könnten sie zu Nicks Wohnung verfolgt haben.«

Die Direktorin tippte mit Roosevelts Stift auf ihren Tisch, während sie nachdachte. »Nicht viele Leute wussten, dass Sie hier sind. Die Leute hier im Raum. Das FBI. Sonst ist zu diesem Zeitpunkt niemand eingeweiht. Es muss das FBI sein.«

»Ein Maulwurf beim FBI?«

»Muss so sein. Jemand verriet Wu, dass Sie lebendig und hier in Washington sind. Ihre Freundin zu schicken, war clever, Selena, denn die hätten Sie niemals verdächtigt.«

Nick rieb sich das verbundene Ohr. »Sie haben Selenas Computer, und das bedeutet, sie haben das Buch. Das ist, worauf sie es schon die ganze Zeit abgesehen hatten.«

»Daran können wir jetzt nichts ändern. Selena, wie weit waren Sie gekommen?«

»Ich habe das gesamte Sanskrit übersetzt und ich habe brauchbare Annahmen bezüglich der Linearschrift A. Es ist eine unglaubliche Geschichte.«

»Inwiefern?«

»Der erste Teil ist eine Abhandlung über das Immunsystem und den Blutkreislauf und beinhaltet einen Teil der Formel für ein Elixier der Unsterblichkeit. Nichts, was wir nicht schon wussten. Es fehlt ein Teil der Information, um die Formel fertigzustellen. Es gibt eine Referenz zu einem zweiten Buch, *Der Silberne Garuda,* das den Rest enthält. Die Formel ist aber nicht das Entscheidende. Wenn das Buch stimmt, dann verändert es die Geschichte. Es besagt, der erste Kaiser ist nicht in Li Shan begraben. Es behauptet, er wurde nach Tibet gebracht, wo ihm ein Priesterorden das Geheimnis der Unsterblichkeit geben würde. Der Text besagt, das Geheimnis ist tausende von Jahren alt.«

»Du machst Witze«, meinte Nick.

»Das ist, was da steht. Es beinhaltet eine Karte von dem Ort, an welchen der Kaiser angeblich gebracht wurde. In der Nähe von Mount Kailash in der autonomen Region Tibet.«

Harker spielte wieder mit ihrem Stift. »Wie bewerten Sie das historische Material? Enthält es irgendeine Wahrheit?«

»Ich habe keine Ahnung, aber wenn es stimmt, dass der Kaiser nicht in Li Shan liegt und jemand fände seine tatsächliche Grabstätte, das wäre eine fantastische archäologische und kulturelle Entdeckung. Kaiser Huang war von der Unsterblichkeit besessen. Er hätte alles dafür getan, sie zu erlangen. Vielleicht hat er sein Grab errichtet, um seine Gegner in die Irre zu führen. Eine der Zutaten des Elixiers ist die Kraft von ›brennenden Silbersteinen‹. Der Computer hat bestätigt, dass diese Steine sehr hochgradiges Uranerz sein müssen. Solch ein Erz würde Chinas nukleare Waffenproduktion beeinflussen.«

Harkers Stift trommelte auf ihrem Tisch vor sich hin.

»Yang will das Buch vielleicht, um herauszufinden, woher die Priester ihre Vorräte erhalten haben. Aber wie könnte er davon wissen? Wir haben es gerade erst übersetzt und niemand hat es davor gelesen.«

»Wenn er das Geschwisterbuch besitzt«, sagte Nick, »wüsste er, dass dein Buch beinhaltet, wonach er sucht. Hast du herausgefunden, woher diese Steine kommen?«

Selena strich sich eine Haarsträhne aus der Stirn. »Nein. Aber es gibt Hinweise darauf, wo der Kaiser hingebracht wurde. Der Ort ist auf der Karte markiert.«

»Wie genau ist die Karte?«

»Die Namen der Orientierungspunkte sind archaisch und wir müssten moderne Äquivalente finden. Mount Kailash ist unverwechselbar. Es sollte nicht schwer sein. Der Teil der tibetischen Hochebene ist über viereinhalbtausend Meter hoch und öde. Da ist nicht viel, außer Yaks und ein paar Dörfer.«

»Wir können Orientierungspunkte mit Satellitenbildern und GPS ausmachen«, sagte Harker. Sie schrieb sich eine Notiz. »Wir werden das heute noch bekommen. Was machen wir in der Zwischenzeit mit dem FBI? Nick, Sie kennen Jordan. Ist er unser Maulwurf?«

»Das kann ich mir nicht vorstellen. Er ist sehr engagiert. Ich glaube nicht, dass er es ist.«

»Dann müssen wir ihn auf den aktuellen Stand bringen. Wir müssen das FBI darüber informieren, dass wir glauben, es gibt eine undichte Stelle. Steph, wie weit sind Sie mit den Risikoszenarien?«

»Sie werden heute Vormittag fertig sein.«

»Gut. Wir werden uns am Nachmittag mit Jordan treffen. Gibt es sonst noch was?«

Keiner hatte etwas hinzuzufügen.

Kapitel 27

Es gab keine Anzeichen von Cathy Chen. Selena, Ronnie, Stephanie und Nick waren mit Jordan im Büro der Direktorin. Harker berichtete ihm von dem Diebstahl von Selenas Computer. Sie äußerte auch die Schlussfolgerung, es müsse einen Maulwurf beim FBI geben.

»Das glaube ich nicht.«

»Haben Sie eine bessere Erklärung? Jemand hat die Information an Wu weitergegeben. Eure Leute und unsere sind die Einzigen, die wussten, dass Nick und Selena überlebt haben. General Hood bei der NSA weiß jetzt auch Bescheid. Es ist nicht er und auch keiner von uns. Es muss jemand beim FBI sein.«

»Bin ich dann also ein Verdächtiger?« Jordan wurde wütend.

»Nein.«

»Was Sie da sagen, gefällt mir nicht.«

»Ich sage es auch nicht gerne. Sollte ich aber richtigliegen, dann müssen wir den Informanten ausfindig machen. Wenn ich mich täuschen sollte, dann entschuldige ich mich bei Ihnen. Was ich wissen möchte, ist, ob ich mich darauf verlassen kann, dass Sie uns helfen, das aufzuklären.«

Jordan atmete tief ein. »In Ordnung, Direktor. Aber ich denke, Sie liegen falsch.«

»Dann helfen Sie uns, das zu beweisen.«

»Ich bin mir nicht sicher, wo wir anfangen sollen.«

»Kommunikation«, sagte Nick. »Unser Maulwurf muss Wu kontaktiert haben. Überprüft die Telefonate von den Nummern der Leute in eurer Einheit und berücksichtigt dabei Wus Nummern von den abgefangenen Gesprächen, vielleicht gibt es eine Verbindung. Die NSA macht das ständig.«

»Ich würde Wu oder seinen Kontakt nicht von meinem eigenen Telefon anrufen, wenn ich der Maulwurf wäre.«

»Menschen werden übermütig. Sie machen Fehler. Es ist einen Versuch wert.«

Jordan nickte. »Okay.«

»Finanzdaten«, warf Ronnie ein. »Wir überprüfen jeden in der Einheit für asiatische kriminelle Unternehmen, und schauen ob einer reicher wird, als er sollte.«

»Dafür kann ich die Erlaubnis bekommen«, sagte Jordan. »In Ordnung, ich werde es tun. Aber ich möchte das intern klären. Wenn einer von uns Dreck am Stecken hat, dann müssen wir auch diejenigen sein, die ihn hochnehmen. Einverstanden?«

Harker nickte. »Einverstanden.«

Nick empfand Mitleid mit ihm. Wer wollte schon hören, dass er möglicherweise mit einem Verräter zusammenarbeitete?

»Gibt es sonst noch etwas, Direktor? Ich werde in der Zentrale zurückerwartet.«

»Nein. Ich weiß, das ist nicht einfach.«

»Nein, das ist es nicht. Ich denke, Sie liegen falsch, aber mit einer Sache haben Sie recht: Wir müssen Gewissheit haben.« Jordan stand verärgert auf.

Stephanie begleitete ihn hinaus. Als sie zurückkam, fuhr die Direktorin mit dem Meeting fort.

»Wir werden das FBI bei dem, was wir tun, nicht länger involvieren, bis wir wissen, wer Wu informiert hat. Ich wollte nicht, dass Jordan den nächsten Teil unserer Diskussion hört. Stephanie, was zeigen die Szenarien?«

»Wie wir schon dachten. Eine hohe Wahrscheinlichkeit einer Verschwörung zur Übernahme der Kontrolle in China. Der Computer hat die Interviews mit dem Überläufer einkalkuliert, sowie jegliche anderen Informationen, die wir in den letzten Monaten aus China erhalten haben – die Sorgen des FBI bezüglich der Triade, Wus Handlungen, alles.

Selena war neugierig bezüglich einer Referenz der brennenden Steine. Der Computer bestätigt mit über siebenundneunzigprozentiger Wahrscheinlichkeit, dass es sich auf hochgradiges Uranerz bezieht. Der in dem Buch beschriebene Prozess entspricht dem der Gewinnung von Yellowcake. Dies wird zu Uranoxiden verarbeitet. Man jagt das durch Zentrifugen, um das angereicherte Uran zu erhalten, das man für Bomben benötigt. Man kann Yellowcake aus minderwertigem Erz gewinnen, aber das ist langwierig. Qualitativ hochwertiges Erz ergibt wesentlich mehr bei gleichem Aufwand.«

»Das würde die Passage im Text über die Veränderung von Silber zu Gelb oder Gold erklären«, meinte Selena.

Die Direktorin legte ihren Stift zur Seite. »Was ist mit dem Unsterblichkeitselixier? Was sagt der Computer darüber?«

Stephanie richtete die Goldarmreifen an ihrem Handgelenk. »Der Computer ist absolut unvoreingenommen, was die Möglichkeit der Existenz eines Elixiers der Unsterblichkeit angeht. Er prognostiziert, das Elixier könnte entdeckt werden.«

»Wie hoch ist die Wahrscheinlichkeit für einen Erfolg?«

»Dafür, die komplette Formel und den Ort, wo es hergestellt wurde, zu finden, sechsundachtzig Prozent. Genauso dafür, das Uran zu finden. In Bezug auf den Putsch sieht es etwas besser aus. Es gibt bestenfalls eine fünfzig-fünfzig Chance, dass Yang erfolgreich sein könnte.«

»Was passiert, wenn er das Elixier nicht findet?«

»Immer noch fünfzig-fünfzig. Da besteht kein Zusammenhang.«

»Unterstützt der Computer unsere Ideen bezüglich der Triade?«, fragte Nick.

Stephanie nickte. »Ja. Für Ablenkung sorgen, während Yang die Panzer in Position bringt. Ich habe darauf geachtet, unsere

Schlussfolgerungen nicht einzuprogrammieren. Der Computer hat dieselben Informationen analysiert wie wir, und seine Schlussfolgerungen sind ähnlich. Das Szenario deutet auf eine hohe Wahrscheinlichkeit für Ziele an der Westküste in der Bay Area hin, aber es könnte auch Angriffe auf nationaler Ebene geben. Der Schwerpunkt liegt auf der Störung der grundlegenden Infrastruktur, die Golden Gate und die Bay Brücken, das Transportsystem, die Wasserversorgung und vor allem die Stromversorgung.«

»Was glauben Sie, wird passieren, wenn wir richtigliegen?« Nick zupfte an seinem Ohr.

Harker griff nach ihrem Stift. »Es könnte zu einem Krieg führen.«

»Mal sehen, ob ich das richtig verstanden habe, Steph«, sagte Ronnie. »Wenn es hier einen großen Terroranschlag geben würde, dann gäbe es jede Menge Spekulation und Gerede, richtig? Die Aufmerksamkeit der gesamten Welt?«

»Ja.«

»Und das würde die chinesische Regierung und alle anderen beschäftigt halten?«

»Ja.«

»Während die Welt also in die andere Richtung schaut, macht Yang seinen Zug und übernimmt China.«

Stephanie nickte zustimmend. »Genau so sieht es aus.«

Harker tippte mit dem Stift gegen ihre Oberlippe. »Die große Frage lautet: Wann? Es muss bald sein, warum sonst der Schlag gegen Connor und die Übernahme seiner Konten? Carter, wenn Sie das machen würden, wann würden Sie es tun?«

»Ich würde einen Zeitpunkt wählen, an dem wir abgelenkt sind, wenn Leute an etwas anderes denken. Ein Feiertag zum Beispiel.«

»Der vierte Juli«, kam von Selena. »Das ist in fünf Tagen. Es ist der einzige Feiertag in der nächsten Zeit. Große Menschenmengen bei Feuerwerken, Staus, jede Menge Durcheinander. Wenn sie demnächst etwas planen, dann würde ich darauf setzen.«

»Das klingt schlüssig.« Tap, tap, tap auf Harkers Tisch. »Ich werde Homeland Security informieren müssen. Ich kann noch nicht zum Präsidenten gehen.«

»Aber wie viel können wir denen mitteilen?«, fragte Nick. »Was auch immer wir denen sagen, wird irgendwie durchsickern. Yang wird rausfinden, dass wir ihm auf der Spur sind.«

»Ich muss ihnen nur genug mitteilen, um ihre Aufmerksamkeit zu erregen. Das kann ich tun, ohne zu viel preiszugeben. Das Wichtigste ist, sie befassen sich damit. Das wird kompliziert werden.«

Elizabeth fürchtete den Albtraum der Washingtoner Bürokratie. Wenn die verschiedenen Behörden sich zu Wort meldeten, würden sie darüber diskutieren, was zu tun ist, wie es zu tun ist, wer die Leitung übernehmen sollte, und dann würden sie eine gemeinsame Task Force bilden. Es würde nächstes Jahr sein, bevor irgendwas passierte. Dafür war keine Zeit.

Sie traf eine Entscheidung. »Es ist die Aufgabe von Homeland Security auf einen eventuellen Angriff zu achten. Wir können sie warnen, aber das ist alles, was wir tun können, und auch alles, was wir tun müssen. Wir sind beweglicher als die anderen, und wir müssen aktiv werden. Ich will etwas haben, um unsere Analyse zu untermauern.«

»Wie bekommen wir das?» Nick griff unter seine Jacke und justierte sein Holster. Er fühlte beginnende Kopfschmerzen. Er wusste, was kommen würde.

»Es ging vom ersten Moment an immer um das Buch. Yang wollte, was darin ist, und nun hat er es. Er hat dieselben Hinweise und Informationen wie wir. Seine beste Chance noch mehr herauszufinden ist, nach dem Ort zu suchen, an den der Kaiser gebracht wurde. Das ist Tibet. Wir müssen vor ihm dort hingelangen, alles was wir finden, dokumentieren und Yang daran hindern, irgendwas zu bekommen.«

»Die Gegend ist ganz schön abgelegen«, entgegnete Nick. »Wir könnten ohne großes Risiko, entdeckt zu werden, hingelangen, aber wie lange wird es dauern, diesen Ort zu finden? Wir wissen noch nicht einmal mit Sicherheit, dass er existiert.«

»Wir werden Satellitenbilder mit der Karte aus dem Buch vergleichen. Wenn wir eine brauchbare Vermutung haben, wo es ist, gehen wir hin.«

»Und wer geht?«

»Keine Sorge, Ronnie, du bist im Team.«

»Ihr braucht mich dabei«, sagte Selena.

»Du hast keine Ahnung, wonach du da verlangst«, erwiderte Nick.

»Du glaubst nicht, dass eine Frau die harten Dinge tun kann?«

»Das meine ich nicht.«

»Was meinst du dann?«

»Wir müssen mit dem Fallschirm abspringen. Das Terrain ist zerklüftet und in großer Höhe. Wenn die Chinesen da sind, kann es schnell sehr unschön werden.«

»Ich mache seit Jahren Fallschirmsprünge, ich bin qualifiziert. Ich habe über siebzig Sprünge hinter mir. Keiner von euch spricht die Sprachen, und ihr könntet auch nichts mit irgendwelcher Schrift anfangen, die ihr vielleicht findet. Ihr braucht mich.«

»Es ist kein verdammter Acker. Es ist der Himalaja, Himmelherrgott noch mal.«

Selena schaute ihn bloß an.

Harker sagte: »Alle im Team müssen bewaffnet sein, Selena.«

»Pistolen machen mir nichts aus.«

»Das sind keine Pistolen, das sind Waffen. Wie stehen Sie dazu, auf jemanden zu schießen? Glauben Sie, das könnten Sie tun?«

Selenas Herz begann zu schlagen. Sie holte tief Luft. »Wenn ich müsste.«

»Die Sprachbarriere ist ein berechtigter Einwurf.« Tap, tap.

Es herrschte Stille. Nach einem Moment sagte Nick: »Wie würden wir hingelangen?«

»Ich denke, eine für Spezialeinheiten modifizierte B-1B, von Dyess aus. Das Flugzeug ist perfekt für das Eindringen in großer Höhe. Chinesischer Radar wird es nicht entdecken. Mit einem kleinen Team können wir euch ein Fahrzeug mitgeben, Ausrüstung, alles was ihr braucht. Wie viele Leute wollen Sie?«

»Weniger ist besser«, sagte Ronnie. »Wenn wir auf Widerstand stoßen, helfen uns mehr Leute auch nicht aus den Schwierigkeiten und wir verlieren Mobilität. Also klein halten.«

»Carter?«

»Ich stimme Ronnie zu. Ein Fahrzeug, Waffen, Vorräte für ein paar Tage. Leicht rein und so schnell wie möglich wieder raus. Aber ich möchte genau wissen, worauf wir uns da einlassen, bevor wir in das Flugzeug steigen.«

»Wir werden so viele Informationen wie möglich sammeln.« Harkers Stift tippte, hielt inne. »Selena, ich bin bereit, Sie zum Team zu geben, aber Carter muss Sie vorher mit den Waffen, die Sie tragen werden, vertraut machen.«

»Ist für mich in Ordnung.«

»Einen Augenblick mal«, sagte Nick. »Selena hat keine Kampferfahrung.«

»Dann schätze ich, Sie sollten sie besser schnell in Form bringen. Sie ist dabei. Wir haben nicht viel Zeit. Yang und seine

Leute werden so schnell sie können, dort hingelangen. Wir müssen schneller sein als sie.«

»Sie bringen uns in Gefahr.«

»Sie ist dabei.« Harkers Stimme hatte einen Unterton bekommen. Nick hatte ihn bereits gehört. Es war ihre *Reiz-mich-bloß-nicht*-Stimme.

Er gab nach. »Wann brechen wir auf?«

»Wir müssen Transport und Versorgung organisieren und ein eindeutiges Ziel ausmachen. Wenn alles klappt, morgen Nacht. Das gibt Ihnen Zeit, mit Selena auf dem Schießstand zu trainieren. Ronnie, kümmern Sie sich um die Logistik. Stellen Sie sicher, dass nichts auf uns zurückzuführen ist und dass Sie reichlich haben, von was auch immer Sie brauchen. Besser auch Kletterausrüstung. Es wird kalt sein, dünne Luft. Also auch Sauerstoff.«

»Was ist mit Strahlung? Wenn es welche geben sollte, müssen wir es wissen.«

»Guter Einwand. Nehmen Sie einen Zähler und ein Dosimeter für jeden mit.«

»Werden Sie den Präsidenten informieren?«, fragte Nick.

»Nein. Noch nicht. Er muss in der Lage sein, es abzustreiten.«

Sie sprach nicht aus, was sie alle dachten. Wenn Rice es abstreiten musste, dann war etwas danebengegangen. So richtig daneben.

Und so waren sie auf dem Weg nach Tibet.

Kapitel 28

Colonel Wu tätigte den Anruf auf seinem verschlüsselten Satelliten-Telefon.

»Yang.«

»Sir. Ich freue mich, Erfolg verkünden zu können. Ich habe eine vollständige Kopie des Buches in meinem Besitz.«

»Sind Sie sicher, dass es das richtige Buch ist?«

»Ja, Sir.«

»Ist es das Original?«

»Nein, Sir. Es ist eine Computertranskription mit einem kompletten Scan des Originals und einer Übersetzung. Nach dem Anruf werde ich es an Ihr privates Terminal senden.«

»Wo ist das Original?«

»Soweit ich das sagen kann, ist es nicht greifbar.«

»Wie ist der Status Ihrer Verhandlungen mit der Triade?«

»Es wurde allem Ihren Wünschen entsprechend zugestimmt. Sie sind bereit, Summer Wind am amerikanischen Feiertag auszuführen. Ich habe vierhundert Millionen amerikanische Dollar geboten und die komplette Unabhängigkeit Taiwans, mit gegenseitigem Sicherheitsabkommen. Wie Sie vorhergesagt haben, wäre das Geld alleine nicht ausreichend gewesen. Taiwan anzubieten, war aber unwiderstehlich. Die Bosse sind, was die Amerikaner High-Roller nennen. Spieler. Sie konnten nicht widerstehen, um ihren Anteil an der Welt zu spielen.«

»Das ist ein Spiel, das sie verlieren werden. Sehr gut, Senior Colonel Wu. Sie werden umgehend nach Hause zurückkehren.«

Wu errötete vor Stolz. Senior Colonel! Der schwere Sprung in der militärischen Hierarchie.

»Ja, Sir. Vielen Dank, Sir.«

»Sie haben gute Arbeit geleistet, Wu. Wenn Sie ankommen, melden Sie sich direkt bei mir.«

»Ja, Sir. Haben Sie noch weitere Instruktionen?«

»Im Moment nicht. Übertragen Sie die Daten.« Yang beendete den Anruf.

Ein paar Tasten auf seinem Computer gedrückt und die Daten waren unterwegs. Wu holte einen Koffer hervor und begann zu packen. In vier Stunden ging ein Flug.

In Peking legte General Yang das Telefon zur Seite und erlaubte sich einen Moment der Zufriedenheit.

Das Elixier der Unsterblichkeit. Das Ziel von tausenden Jahren chinesischer Tradition. Es könnte ihm gehören. Aber vermutlich war es nur ein weiteres altes Rezept, das Tod brachte und nicht Leben.

Bei einer Razzia in Tibet wurde ein Sanskrit-Text über den ersten Kaiser gefunden. Er hieß ›Der Silberne Garuda‹. Es war bekannt, dass Yang alles über den ersten Kaiser und seine Suche nach Unsterblichkeit sammelte. Das Buch hatte seinen Weg zu ihm gefunden.

Das Elixier der Unsterblichkeit war ein bestimmendes Element im Leben von Kaiser Huang gewesen. Für Yang war der Kaiser eine verwandte Seele, ein Vorbild zum Nacheifern und Überflügeln. Huang hatte aus einem riesigen Land, das von verfeindeten Kriegsfürsten regiert und von Barbaren belagert wurde, ein Imperium geschaffen. Er hatte den Grundstein für Chinas Größe gelegt. Alles, was auch nur entfernt mit ihm zu tun hatte, war von Interesse.

Als Yang die Übersetzung gelesen hatte, sah er die Möglichkeiten. Es war klar, dass die Formel stark radioaktive Materialien nutzte. Dem Text zufolge war der Ursprung dieser Materialien in einem zweiten Buch zu finden, jenem Buch, das nun auf seinem Computer war.

Die Qualität von Chinas Uran machte die Gewinnung zeitaufwendig und kostspielig. Mit der Lage von hochwertigen Uranvorkommen hätte er alles, was er für die Produktion von hunderten neuer Sprengköpfe benötigte. Leichter, tödlicher. Die Entwürfe standen.

Das ließ ihn an Deng denken, den verräterischen kleinen Hund. Es war ärgerlich, dass Deng übergelaufen war. Früher oder später würde Deng eliminiert werden. In der Zwischenzeit führten andere seine Arbeit fort.

Es würde eine Weile dauern, die Raketen fertigzustellen. Vielleicht zwei Jahre, aber Yang war geduldig. Das Elixier würde er an Gefangenen testen, sobald er die vollständige Formel hatte. Das Buch wurde in Tibet gefunden. Er würde Tibeter für die Testläufe benutzen. Die Winkel seines froschartigen Mundes zogen sich zu einem Lächeln nach oben.

Er ging zu seinem Computer und öffnete die Nachricht. Yang war schockiert, als er erfuhr, dass der Kaiser nicht in Li Shang war. Umso mehr, als er sah, wo er hingebracht worden war. Die Stelle war auf der Karte im Buch markiert. Wenn Colonel Wu zurück war, würde Yang ihn dort hinschicken.

Seine Gedanken wanderten zu dem Plan. Der amerikanische Feiertag war nah. Es war an der Zeit, Summer Wind zu aktivieren. Die Operation, die Chinas Schicksal für immer verändern würde. Eine neue Dynastie würde geboren.

Yang griff zu seinem Telefon und rief die anderen an. Es war immer dieselbe Nachricht, die er zwischen belangloser Konversation übermittelte. Der Frühling ist vergangen, der Sommer steht vor der Tür. Die Flugzeuge würden am Boden bleiben, außer er gab sie frei. Die Panzer waren bereit. Die U-Boote mit ihren Raketen würden seine sein. Ebenso die auf den Westen gerichteten Interkontinentalraketen. Das würde die Amerikaner und andere ausländische Hunde im Zaum halten. Die Eisenbahnen würden stillgelegt sein. Divisionen, die von Mitgliedern der White Jade Society geführt wurden, würden Peking besetzen.

Er würde den gesamten Ständigen Ausschuss des Politbüros und den Präsidenten verhaften, den Kopf der jetzigen Führung abschlagen und selbst ersetzen. China würde die mächtigste Nation werden, die jemals existiert hat, und seine rechtmäßige Position einnehmen. Yang war sich sicher, der erste Kaiser würde seine Ambition verstehen, wenn er heute lebte.

Ohne jeglichen Grund erinnerte er sich daran, wie er die große Keramikschüssel zerbrochen hatte, die seine Mutter zu besonderen Anlässen hervorholte. Sie war mit Blaureihern bemalt, die im Schilf standen, schlank und schön wie seine Mutter. Er war was – acht Jahre alt gewesen? Er wollte sie nur mit Wasser füllen und sein Spielzeugboot segeln lassen. Sie war ihm aus seinen kleinen Händen gerutscht und auf den Fliesen des Küchenbodens in tausend Stücke zersprungen.

Seine Mutter kam in den Raum gerannt. Als sie sah, was er angerichtet hatte, fing sie an zu kreischen und ihn zu schlagen. Sie schlug ihn wieder und wieder mit dem schweren Holzlöffel, den sie sonst für den großen Wok benutzte. Er schrie, sie fluchte und schlug ihn bis der Löffel zerbrach und ein Nachbar hereingerannt kam und sie von ihm wegzog.

Er hat das Gefühl von Machtlosigkeit und Scham nie mehr vergessen. Nun, jetzt war es anders. Was seine Mutter anging – sie hatte schon längst für seine Erniedrigung bezahlt. Yang hatte dafür gesorgt.

Er öffnete ein Schränkchen aus geschnitztem Teakholz auf seinem Tisch und drückte auf eine Drachenverzierung. Ein geheimes Fach öffnete sich. Er nahm eine Pfeife, eine Lampe und eine kleine Kugel klebrigen Opiums heraus. Yang ging zu der Couch, zündete die Lampe an und lehnte sich auf einem Arm zurück. Er zündete die Pfeife an, sog den seligen Rauch tief in seine Lunge und driftete in einen angenehmen Traum von einer riesigen blauen Ebene mit endlosen Reihen von sich tief vor ihm verbeugenden Menschen:

Kaiser.

Kapitel 29

Selena und Nick waren auf dem Schießstand im Keller von PROJECT.

»Was zur Hölle war das denn gerade?«, fragte sie.

»Du hast doch gehört, was ich gesagt habe. Du hast so etwas noch nie gemacht, daran ändern auch deine bisherigen Absprünge nichts. Du bist verdammt noch mal nie aus so großer Höhe abgesprungen.«

»Du glaubst, ich bin dazu nicht in der Lage?«

Er sah sie an. »Willst du die Wahrheit hören? Nein, glaube ich nicht. Ich will nicht, dass du ums Leben kommst. Ich glaube, du könntest vermutlich alles schaffen, wenn du darin geübt bist. Für das bist du aber nicht vorbereitet.«

»Dann solltest du wohl besser mit meiner Vorbereitung anfangen.«

Nick sah ein, dass er diesen Kampf nicht gewinnen konnte. Erst Harker, jetzt sie. Maulesel waren nichts gegen Frauen, wenn es um Sturheit ging. Megan war genauso gewesen, wenn sie sich etwas in den Kopf gesetzt hatte.

»In Ordnung.» Er ließ zwei Zielscheiben in der Form eines menschlichen Umrisses ans Ende des Schießstandes fahren.

»Fangen wir mit unserer Handfeuerwaffe an. Mit welchen Pistolen bist du vertraut?«

»Ein .22er Revolver, als ich gelernt habe. Dann bin ich zu einem .357er Colt Python übergegangen. Nachdem ich mich an den Rückstoß gewöhnt hatte, gab mir mein Ausbilder eine Glock. Automatik oder Revolver, ich habe mit beidem geschossen.« Ihre Stimme war neutral. Waffenruhe.

Er legte zwei Pistolen auf den Tisch, nahm eine, entfernte das leere Magazin und zog den Schlitten zurück. »Was ist die erste Regel?«

»Mm. Stelle sicher, dass die Waffe nicht geladen ist. Oder, dass sie es ist.«

»Richtig, und stelle sicher, dass sie nicht auf das falsche Ziel gerichtet ist.« Er ließ den Schlitten wieder nach vorne gleiten. »Diese Pistole ist ein wenig schwer, das hilft aber beim Rückstoß. Sie wurde für das US Special Operations Command, SOCOM, entwickelt. Hohe Durchschlagskraft und für engen Raum gemacht, mit dem Laserpointer aber auch auf bis zu 30 Meter noch sehr präzise. Das ist diese Vorrichtung hier, unter dem Lauf.«

Während Nick in die Ausbilderroutine verfiel, entspannte er sich langsam wieder. Er zeigte ihr, wie man den Laser einschaltete, und zentrierte den roten Punkt auf einem der Ziele am Ende des Schießstandes.

»Da, wo der Punkt ist, landet auch die Kugel. Ziele immer auf die Körpermitte, nicht der Quatsch, den man in Filmen sieht. Wir werden die Visiere im Verlauf anpassen, dann triffst du mit Sicherheit, worauf du schießt. Die Sicherung ist beidhändig bedienbar. Du kannst diese Pistole gespannt und gesichert tragen.«

»Vielleicht müssen wir ja auf nichts schießen.«

»Vielleicht. Zeig mir mal deine Haltung.«

Selena nahm ihre Schießhaltung ein, guter Griff, beide Hände, Körper geduckt und abgewendet, um ein minimales Ziel zu bieten. Jemand hatte sie gut unterrichtet. Nick nahm eine kleine Veränderung an ihrem Ellenbogen vor.

»Gute Haltung. Lass uns die Magazine laden.«

Sie luden vier 15-Schuss Magazine und setzten Schutzbrillen und Schallschutz auf. Annehmlichkeiten, die es im Einsatz nicht geben würde.

»Sichern und laden.« Er setzte ein Magazin ein und Selena tat es ebenso, dann zogen sie die Schlitten zurück.

»Ziele auf die Körpermitte und schieße, wenn du bereit bist.«

Sie feuerte, dann noch einmal. Sie leerte das ganze Magazin. Nick folgte ihrem Beispiel. Sie legten ihre Waffen auf den Tisch und er die Zielscheiben zurückfahren. Auf Selenas Scheibe waren alle Treffer sauber in der Mitte platziert.

Sie verbrachten eine weitere Stunde mit der H-K und er war zufrieden. Es war eine Erleichterung. Sie sagte zwar, sie könne schießen, aber das hatte er auch schon von Leuten gehört, die noch nicht mal einen Elefanten treffen konnten, wenn der direkt neben ihnen stand.

»Jetzt haben wir noch ein weiteres Spielzeug. Mit dieser hast du noch keinerlei Erfahrung.«

Er griff zu einer weiteren H-K, der MP-5N Maschinenpistole.

»Das ist unsere Primär-Waffe. Sie wiegt nur etwa dreieinhalb Kilo und hat jede Menge Feuerkraft. Das ist auch eine H-K, für die Navy Seals entwickelt. Sie hat eine Sicherung, genau wie die .45er, du kannst sie also schussbereit bei dir tragen. Unsere werden für .40er Smith ausgelegt sein, die haben eine höhere Durchschlagskraft als die regulären neun Millimeter. Dreißig Schuss Magazin, hier einlegen, so wird geladen.«

Er zeigte ihr, wie es gemacht wurde.

»Sie hat einen versenkbaren Ausklapp-Schaft. Du kannst sie kurz tragen oder als Sturmgewehr nutzen.« Er zog den Schaft aus, bis er einrastete. »Lass uns das zuerst versuchen, es ist leichter zu lernen.«

Sie luden ihre Waffen. Nick zeigte ihr, wie der Wählschalter funktionierte, ließ sie halbautomatisch schießen und dann mit Dauerfeuer. Sie lernte das Abgeben einer Drei-Schuss-Salve mit Leichtigkeit. Dann versuchten sie es ohne den ausgeklappten Schaft. Das war schwerer, aber Selena meisterte auch dieses.

Er war beeindruckt. Sie traf, worauf auch immer sie schoss. Er hoffte, sie würde es nicht tun müssen, während jemand zurückschoss. Das war ganz und gar nicht wie beim Üben. Wenn das Adrenalin einsetzte, war es vorbei mit gezieltem Schießen und acht von zehn Schüssen gingen daneben. Es war nicht dasselbe.

Er zeigte ihr, wie sie eine Ladehemmung beheben konnte, aber sie brauchte nicht zu lernen, wie man die Waffe zerlegte. Sie würden nur für kurze Zeit in Tibet sein. Ronnie und er würden sich um die Waffen kümmern.

»Wir werden außerdem auch die hier dabeihaben«, sagte er, »aber du wirst sie nicht bei dir tragen. Ich denke trotzdem, du solltest wissen, wie sie funktionieren.« Er öffnete eine Kiste mit M-67 Granaten.

»Das ist eine Splittergranate. Mit denen werden wir hier nicht üben.«

Er lächelte, aber der Witz ging an ihr vorbei. Der Ernst des Vorhabens wurde ihr langsam bewusst. Pistolen waren eine Sache, Maschinengewehre und Granaten eine ganz andere.

»Das ist ein Sicherungsclip. Den musst du zuerst entfernen. Er hält den Hebel unten, sollte der Stift versehentlich gezogen werden.«

Er tat so, als würde er den Clip entfernen.

»Jetzt ist die Granate bereit zum Einsatz, aber sie ist nicht scharf, bis du den Stift ziehst. Sie hat einen Tötungsradius von 15 Metern und richtet auch darüber hinaus noch erheblichen Schaden an. Um sie zu werfen, achte auf einen sicheren Stand, halte diesen Hebel mit der rechten Hand gedrückt und stecke den Zeigefinger der anderen Hand durch den Ring an dem Stift.«

Er zeigte ihr die entsprechende Haltung.

»Dann ziehst du den Stift. Solange der Hebel gedrückt ist, kann sie nicht explodieren. Du kannst den Stift wieder zurückstecken, wenn nötig. Halte sie beim Entsichern vor dem Bauch.« Er machte es vor. »Den Stift ziehst du, indem du die Granate wegziehst, nicht anders herum. Es bedarf eines festen Zuges. Dann werfen und ducken. Du hast etwa vier Sekunden, bevor sie explodiert. Solltest du das jemals tun müssen, achte vor allem darauf, dass sie weit weg von dir landet.«

»Glaubst du wirklich, ich werde Granaten werfen?«

»Nein. Ich denke aber, du solltest wissen, wie es geht. Nur für den Fall.«

»Hast du auch noch ein Messer für mich?« Ihre Stimme hatte einen seltsamen Unterton.

»Ja, du wirst auch ein Messer bekommen.«

»Zeigst du mir noch, wie man jemandem die Kehle durchschneidet? Oder ihm in die Nieren sticht, oder so was?«

»Selena …«

»Vielleicht sollte ich einen Flammenwerfer bekommen. Hast du einen für mich, Nick?«

»Selena, was ist los?«

»Nichts. Ich will nicht darüber reden.«

»Wie kannst du nicht über nichts reden wollen?«

»Sind wir fertig, Nick?«

»Ja, aber …«

Selena drehte sich um und lief hinaus. Die Tür zum Schießstand knallte hinter ihr zu.

Er versuchte zu begreifen, warum sie verärgert war. Sie hatte sich bestens mit der Pistole und der MP-5 geschlagen. Sie hatte ohne mit der Wimper zu zucken fünfzehn Schuss rüstungsbrechende .45er in der Mitte einer mannsgroßen Silhouette versenkt. Die Tricks im Umgang mit der MP-5 hatte sie sich in Rekordzeit angeeignet und die Silhouetten fröhlich zu Konfetti zerlegt, was war nun an einer Granate so anders?

Er dachte darüber nach. *Eine Granate kompromittiert unsere Menschlichkeit. Sie ist ein Symbol für alles, was uns von dem abbringt, was Abe Lincoln die besseren Engel unseres Wesens nannte. All das in einer netten, olivgrünen Verpackung.* Selena war nicht wie er zum Töten ausgebildet worden. Sie hatte nicht gelernt, Zivilisation und Gewissen beiseitezuschieben, da Selbsterhaltung und das Erreichen des Missionszieles dies erforderten.

Du wirfst eine Granate und in einem fünfzehn Meter Radius ist alles tot. Eine Granate ist kompromisslos. Nicht wie eine Pistole. Mit einer Pistole gab es die Illusion von Kontrolle, durch das Anvisieren eines spezifischen Zieles.

Nick dachte an den Jungen in Afghanistan, der unmöglich verstanden haben konnte, was er tat. Gibt es etwas Böseres als Granaten in den Händen von Kindern? Wie konnte irgendjemand glauben, das würde Gott wollen?

Der Nachmittag hatte sich in ein schwarzes Loch verwandelt. Er fing an, die Waffen zu zerlegen, um sie zu reinigen. Ronnie kam herein.

»Was ist mit Selena los?«

»Was meinst du?«

»Sie lief gerade an mir vorbei, ohne ein Wort zu sagen, und sah angepisst aus. Habt ihr euch gestritten?«

»So würde ich das nicht nennen.«

»Wie war sie mit den Waffen?«

»Sie war gut. Sollten wir in eine entsprechende Situation geraten, glaube ich, dass sie treffen würde, worauf sie schießt. Granaten mochte sie nicht besonders.«

»Denkst du, sie sollte mitkommen? Es könnte ganz schön haarig werden da draußen.«

»Du glaubst nicht, sie sollte dabei sein?«

»Sie ist eine Frau und sie ist Zivilistin. Sie ist nicht für den Einsatz ausgebildet. Sie könnte ihren oder unseren Tod verursachen, wenn wir auf Gegenwehr treffen.«

»Wir brauchen sie. Ohne sie sind wir vielleicht nicht dazu in der Lage, herauszufinden, wie wir in den Komplex hineingelangen können. Sie ist nun schon zweimal unter Beschuss geraten und hat dabei nicht den Kopf verloren. Selena kann schon für sich sorgen.«

»Ja, aber sie hat noch nie so was wie das hier gemacht. Wenn wir irgendwelche Schwierigkeiten bekommen, dann könnte sie zu einem Problem werden.«

»Ich schätze, wir werden dafür sorgen müssen, dass das nicht passiert.«

»Wirst du es schaffen, deine Gefühle für sie da raus zu halten?«

»Fang nicht damit an. Du solltest mich besser kennen.«

Ronnie rollte mit den Augen, atmete tief ein. Schweigend fingen sie an, die Waffen zu reinigen.

Nach einer Weile fragte Nick: »Wie kommst du mit der Logistik voran?«

»Alles fertig. Ich habe uns ein Fahrzeug besorgt und was wir so brauchen. Wir werden uns von Andrews nach Dyess begeben, dort wechseln, und uns auf den Weg machen, sobald Harker die Anweisung gibt.«

»Das wird eine interessante Reise werden.«

»Ganz deiner Meinung, Kumpel. Ich wollte immer schon mal Tibet sehen.«

Nick ging nach oben, wo er Selena fand. Sie liefen raus zum Parkplatz und stiegen in ihr gemietetes Auto. Die Rückfahrt zum Appartement war schweigsam. Ein Blick verriet ihm, dass er sich besser zurückhalten sollte.

Kapitel 30

Im Appartement angekommen, verschwand sie erst mal im Badezimmer. Nick hörte, wie sie sich ein Bad einließ. Er goss sich einen doppelten Jameson ein und setzte sich. Sein Telefon klingelte.

»Ich bin es, Nick. Shelley.«

Seine Schwester rief nur an, wenn es ein Problem gab oder wenn sie etwas wollte.

»Wir müssen über Mom reden.«

»Wie geht es ihr?«

»Sie hat gestern beinahe ihre Wohnung in Brand gesetzt. Ich kam bei ihr an und sie hatte die Suppe auf dem Herd vergessen. Die Pfanne war durchgebrannt, die Küche voller Rauch und sie saß im Wohnzimmer vor dem Fernseher. Sie hatte keine Ahnung, was vor sich ging.«

»Ich dachte, diese neuen Medikamente würden helfen.«

»Ich denke, die Medikamente sind reine Abzocke. Zweihundertfünfzig Dollar pro Monat, und du bekommst verbrannte Suppe. George sagt, das ist ein Verbrechen, du kannst es nicht mal von der Steuer absetzen.«

»Die Suppe oder die Medikamente?«

»Oh, wirklich witzig, Nick. Du musst ja nicht hinter ihr herräumen.«

Sie ließ sich über seine generellen antisozialen Tendenzen aus und seine mangelnde Verantwortung gegenüber der Familie. Egal, dass er Geld schickte, um auszuhelfen. Egal, wie oft er schon ins Flugzeug gesprungen war, um bei seiner Mutter zu sein und zu sehen, ob er etwas tun konnte, um zu helfen. Egal, dass er sich um seine Mutter mehr Sorgen machte als

Shelley, trotz ihrer selbstgerechten Empörung. Er hatte es alles schon mehrfach gehört.

Er unterbrach sie. »Was willst du, Shel?«

»Wollen?« Sie wurde langsam wütend, wie meistens, wenn sie miteinander sprachen. »Ich will, dass du sie in einem Heim unterbringst. Irgendwo, wo sich Leute um sie kümmern. Ich kann das nicht mehr machen. George sagt, es ist an der Zeit für dich, eine größere Rolle zu übernehmen.«

Ihr Ehemann, der Buchhalter. Nick hielt ihn für einen Wichtigtuer.

»Und was glaubt George, was das wäre?«

»Du solltest dir mal eine Weile von deinem dämlichen Job freinehmen, zu uns kommen und einen Platz für sie finden.«

Shelley dachte, Nick wäre ein Papiertiger, der für eine obskure Regierungsabteilung arbeitete und bedeutungslose, bürokratische Dinge tat, die sie nicht verstehen wollte. Er ließ sie glauben, was sie wollte.

»Was will Mom?«

»Es spielt keine Rolle, was sie will. Sie ist nicht in der Verfassung, zu entscheiden, was sie will. Was sie braucht, ist, dass du endlich mal das Feld betrittst.«

Jetzt fing sie mit Sportklischees an.

»Ich kann jetzt nicht nach Kalifornien kommen. Wie wäre es, wenn du und George nach einem geeigneten Platz sucht?«

Das brachte sie noch mehr auf. Nick hielt das Telefon von seinem bandagierten Ohr weg, während sie am anderen Ende der Leitung brüllte. Er ging zum Sideboard und goss sich einen weiteren Drink ein. Er war versucht, ihr zu sagen, wo George sich seine Ideen hinstecken könnte.

Während seine Schwester damit beschäftigt war, zu schreien, dachte er an seine Mutter. Sie war in den frühen Stadien der Alzheimer, noch nicht weit genug fortgeschritten, um zu vergessen, dass sie ein Haus hatte oder wo sie wohnte.

Meistens wusste sie, wer sie war. Sie wusste auch, dass sie zunehmend weniger gut beisammen war. Es verunsicherte sie sehr. In ihrem Haus zu wohnen, war wichtig für sie, auch wenn Shelley das nicht glaubte. Es war noch nicht an der Zeit, sie umzuquartieren.

»Halt mal für eine Minute die Klappe, okay?« Sie hielt mitten im Satz inne. Er vernahm eine tiefe Stille am anderen Ende. »Sie braucht nicht auszuziehen. Besorgt ihr eine Pflegekraft, die bei ihr wohnt.«

»Daran haben wir auch schon gedacht. George sagt, das verzögert nur das Unvermeidliche. Warum es nicht einfach hinter uns bringen? Ihr Haus würde einen guten Preis am Markt erzielen. Das würde ihre Versorgung decken.«

Jetzt verstand er die Dringlichkeit. Guter alter George, eine Lösung für alles, mit einer netten runden Summe für sein Konto. Der Whiskey war stärker als das Bedürfnis nach Familienharmonie.

»Sag George, er kann sich ins Knie ficken, Shelley. Sorg dafür, dass sich jemand vernünftig um sie kümmert und ich helfe mit den Kosten. Aber denk nicht mal daran, ihr Haus auf den Markt zu werfen und sie rauszudrängen. Du und das Arschloch, das du deinen Ehemann nennst, versucht das, und ich mache eine Menge Ärger.«

»So kannst du nicht mit mir sprechen!«

»Habe ich gerade getan.«

Er knallte das Telefon auf den Küchentresen, goss sich noch einen Drink ein, setzte sich und dachte an seine Schwester.

Sein Vater war nie auf Shelley losgegangen, wenn er betrunken war. Sie verteidigte ihn immer noch. Das war einer der Gründe, warum sie nicht miteinander auskamen.

Er hatte sich wieder beruhigt, als Selena in einen weichen, weißen Bademantel gehüllt aus dem Bad kam und sich die Haare mit einem Handtuch trocknete.

»Mit wem hast du gesprochen?«

»Meine Schwester. Sie rief wegen unserer Mutter an.«

»Was hat sie gesagt? Du hast geschrien.«

»Nichts. Ich möchte jetzt nicht darüber reden.«

»Siehst du?«

»Was sehe ich?«

»Wie einfach es ist, über nichts nicht reden zu wollen?«

Sie warf das Handtuch zur Seite, setzte sich auf die Couch und begann, Knoten aus ihren Haaren zu kämmen.

Nach einer Weile sagte sie: »Das Ding mit der Granate hat mich irgendwie erwischt. Nichts ist mehr normal. Letzte Woche hielt ich einen Gastvortrag an der UCLA. Jetzt ist Onkel Williams tot, mein Auto Schrott, jemand hat mindestens zweimal versucht, uns umzubringen, und ich wurde von einer meiner besten Freundinnen betäubt und betrogen. Dann zeigst du mir, wie man Granaten wirft. Was zur Hölle geht hier vor sich, Nick?«

»Du bist mit den Füßen voran in einem riesigen Haufen Scheiße gelandet. Jetzt musst du damit klarkommen.«

Sie hörte auf, sich zu kämmen, und sah ihn an. »Dein Umgang mit Worten ist echt beeindruckend.«

»Würde es irgendeinen Unterschied machen, wenn ich es rosig verpacke? Für mich ist das was anderes. Ich wurde ausgebildet, alles zu tun, was nötig ist, um die Mission zu vollenden. Du hattest kein solches Training. Aber Fakt ist, du bist eine Schlüsselfigur. Du musst mitkommen und dranbleiben.« Er trank einen Schluck. »Es hilft, zu wissen, dass du Optionen hast, Fähigkeiten, wenn du sie brauchst.«

»Wie zum Beispiel?«

»Sich mit seinen Waffen auskennen und wissen, dass man sie nutzen kann.«

Selena legte den Kamm auf ihren Beinen ab. »Ich wollte eigentlich nicht so auf dich losgehen, vorhin auf dem Schießstand. Ich mochte die Vorstellung nicht, eventuell jemanden in die Luft sprengen zu müssen.«

»Niemand, der bei Sinnen ist, mag die Vorstellung.«

Er wollte seinen Arm um sie legen. Er tat es nicht. Er wollte nichts beginnen, was sie ihn nicht beenden lassen würde.

»Yang hatte noch keine Zeit, Leute dort hinzubringen. Wir werden schnell dort und schnell wieder weg sein. Wir starten nicht, bevor wir wissen, wo die Formel oder der Kaiser oder was auch immer versteckt ist. Wir werden wieder weg sein, bevor jemand weiß, dass wir da waren.«

»Glaubst du das wirklich?«

»Das ist die einzige Art, daran zu denken.«

»Bei dem Haus, als diese Männer auf uns geschossen hatten, da habe ich nicht darüber nachgedacht, ich bin nur zum Fluss gerannt.« Sie hob ihren Kamm auf. »Erst später wurde mir klar, ich hätte auch erschossen werden können.« Sie kämmte sich weiter. »Ich habe gehört, was du in Harkers Büro gesagt hast. Ich habe Angst, ich werde etwas falsch machen und für den Tod von jemandem verantwortlich sein.«

Sie kam mit, ob er es nun mochte oder nicht. Jetzt war nicht der Moment, um Zweifel zu äußern.

»Du hast bereits bewiesen, dass du handeln kannst ohne dabei irgendwas zu vermasseln.«

»Was meinst du?«

»Das Auto, als die Chinesen uns verfolgten. Kalifornien. Wenn du eine Waffe gehabt hättest, dann hättest du zurückschießen können. Es hilft, zu wissen, dass du zurückschießen kannst. Wenn du damit nicht klarkommen würdest, dann würdest du auch nicht mitkommen, Sprachkenntnisse hin oder her. Harker weiß das. Und ich ebenso.«

»Ich habe darum gebeten, mitzukommen, oder etwa nicht?«

»Keine Sorge, du machst das schon. Nicht jeder bekommt die Chance, im Himalaja abzuspringen.«

»Du klingst wie ein Reiseführer.«

Er hielt es locker, aber er wusste, es würde kein Bergurlaub werden, was auch immer sonst passierte.

Sie fragte: »Macht es dir denn nichts aus? Die Leute, die du getötet hast?« Kaum hatte sie das gesagt, wünschte sie, sie könnte es zurücknehmen.

»Was zum Teufel ist das denn für eine Frage? Ich habe gelernt, nicht darüber nachzudenken. Es hilft nichts, mich selbst infrage zu stellen.« Kopfschmerzen setzten hinter seinem linken Auge ein. »Die Leute, die ich getötet habe, versuchten, mich zu töten. Dumm gelaufen. Also fühle ich mich nicht besonders schlecht deswegen.«

Bis auf den Jungen. Er stand auf, ging in sein Schlafzimmer und schloss die Tür.

Selena saß auf der Couch und sah zu, wie sich die Tür hinter ihm schloss.

Wo hatte sie sich da hineinmanövriert? Harker hatte gefragt, ob sie in der Lage wäre, auf jemanden zu schießen. Sie hatte ja gesagt, aber konnte sie es? Würde sie es tun müssen?

Wenn der Kaiser wirklich in Tibet war, wenn die Minoer irgendwie irgendwas damit zu tun hatten, dann wollte sie dort sein. Es war das Abenteuer ihres Lebens. Kein Abenteuer von Wert, war ohne Risiko. Risiko störte sie nicht – Menschen zu töten eventuell schon.

Dumm von ihr, zu Nick zu sagen, was sie gesagt hatte.

Nick war eine andere Art Risiko. Wovor hatte sie Angst?

Er war noch wach, als sich seine Tür öffnete. Selena kam herein, schlüpfte aus ihrem Bademantel und krabbelte zu ihm ins Bett. Sie war nackt.

»Es tut mir leid.«

Er drehte sich zu ihr um. »Ich dachte, du sagtest, das sei zu viel im Moment. Sex. All das.«

»Ich habe meine Meinung geändert.«

Plötzlich klammerten sie sich aneinander, ihre Hände glitten über einander, versuchten, miteinander zu verschmelzen. Als er eindrang, griff sie nach seinem Gesäß, zog ihn hinein, soweit es ihr möglich war, und schlang ihre Beine um ihn.

»Jesus, Selena.«

»Nick.«

Schlaf kam später.

Kapitel 31

PROJECT war Elizabeths Leben. Sie verbrachte hier mehr Zeit als bei sich Zuhause in Georgetown. Niemand wartete dort auf sie. Die Vorstellung, dass das jemals anders sein würde, hatte sie aufgegeben.

Es sollte einfach nicht sein. Sie war eine Weile verheiratet gewesen, als sie noch jung und idealistisch war und dachte, sie könnte eine Karriere im Justizministerium und einen Ehemann und Familie gleichzeitig jonglieren.

War das nicht das neue Rollenbild für eine gebildete Frau? Die gläserne Decke der Macht durchbrechen, viel Geld verdienen, in einem Prada Outfit zu fabelhaften Orten gehen, mit einem großartigen Mann, der ihren Intellekt genauso bewunderte wie ihren Körper, ein paar Kinder haben und in einem BMW pendeln?

Der amerikanische Mythos, alles haben zu können. An dem Mythos gab es nichts auszusetzen, wenn man dafür nicht seine Seele verkaufen musste. Aber Menschen und Ereignisse kooperierten nicht immer. Sie hatte nie Kinder gehabt. Vielleicht hätten Kinder einen Unterschied gemacht, aber Elizabeth vermutete, sie hätten die Lage nur noch verschlimmert. Ihr früherer Ehemann war beim ATF gewesen. Er war immer noch beim ATF. Er war auch immer noch mit der Frau zusammen, mit der er sie betrogen hatte, bevor Elizabeth ihn verließ. In letzter Zeit hatte sie gehört, es lief nicht mehr besonders gut. Es war eine kleine Befriedigung, aber die Wahrheit war, es kümmerte sie nicht wirklich.

Sie fuhr einen Audi, keinen BMW. Sie hatte Macht, der Präsident hörte ihr zu, sie hatte Geld, sie hatte ein sehr schönes

Zuhause im Herzen des eleganten Georgetown. Sie hatte sogar einige Prada Outfits in ihrem Schrank. Nichts von alldem spielte eine besonders große Rolle. Wichtig war für Elizabeth, einen Unterschied zu machen, und das tat sie. Das Bild der Twin Towers auf ihrem Schreibtisch erinnerte sie daran, warum sie es tat.

Ihr Leben war zu einer Studie in Schwarz und Weiß geworden. Sie bevorzugte die Einfachheit von schwarz-weißer Kleidung, aber es war mehr als das. Sie konnte Leute nicht verstehen, die glaubten, ein Kompromiss wäre immer die richtige Lösung, dass es möglich wäre, mit dem Bösen zu verhandeln. Die Ironie, mit dieser Einstellung in Washington zu arbeiten, entging ihr nicht.

Politisch korrekte Rationalisierungen darüber, warum Terroristen gute Gründe für ihre Taktiken von Angst und Mord hatten, und dass Verhandeln die Antwort wäre, schienen ihr naiv und gefährlich. Die Terrororganisationen waren ein politisch und religiös fanatischer Feind, der keinen Raum für Kompromisse oder Frieden ließ. Soweit es Elizabeth betraf, wäre die Welt ein besserer Ort, wenn sie alle vernichtet wären. Wäre ihr Vater noch am Leben, er hätte ihr zugestimmt.

Richter Harker war beliebt gewesen in der kleinen Stadt, in der sie aufgewachsen war. Traditionelle Werte, wie harte Arbeit und Ehrlichkeit, florierten noch am westlichen Hang der Rockies. In der privaten Welt ihres Vaters war das Wort eines Mannes seine Verpflichtung, ein Handschlag, eine in Stein gemeißelte Vereinbarung. Als Richter war er unparteiisch und fair. Welche Zweifel er auch immer gehabt haben mochte bezüglich der Urteile, die ihn das Gesetz zu fällen zwang, er ließ sie im Gerichtssaal.

Elizabeth erinnerte sich, wie der Richter auf seinem großen grünen Stuhl in seinem Arbeitszimmer saß als sie aufwuchs, ein Glas Bourbon neben ihm auf dem Tisch, und ihr Geschichten von einem verschwundenen Amerika erzählte. Geschichten von der Revolution, den Gründern, dem Bürgerkrieg. Geschichten von Aufopferung, Heldenmut und Weisheit. Sie sog die Geschichte auf, und mit ihr eine Liebe zu ihrem Land. Sie glaubte noch immer an das essenzielle Gute in Amerika, befleckt wie es auch war. Vielleicht war das aus der Mode geraten, aber es half ihr, wenn die eigennützige Natur der Washingtoner Politik anfing, sie zu zermürben.

Der Richter glaubte an harte Fakten, konkrete Beweise und Fairplay. Er hätte die Schattenwelt, in der sie lebte, nicht gemocht, aber die Notwendigkeit gesehen, das Land zu beschützen, und er wäre stolz auf sie gewesen, dass sie dies tat. Sie fragte sich, was er von dieser neuesten Bedrohung halten würde. Eine Bedrohung am Horizont, noch nicht klar zu erkennen, mögliche Probleme mit einer Nation, die einen großen Teil Amerikas auslöschen könnte.

Nick und Ronnie kamen ins Büro und unterbrachen ihre Gedanken. Zeit, sie zu instruieren. Ein Satellitenfoto vom westlichen Tibet füllte den großen Schirm hinter ihrem Schreibtisch. Als sie sich gesetzt hatten, nutzte sie den Laserpointer, um Orientierungspunkte zu zeigen.

»Den Hinweisen im Buch folgend haben wir uns auf die Gegend in der Nähe von Mount Kailash konzentriert.« Sie zeigte mit dem roten Punkt des Pointers auf den Berg.

»Das ist ein Kohlebergbaudorf mit dem Namen Moincer.«

Der Punkt verharrte auf einer Ansammlung von Gebäuden westlich des Berges, bewegte sich dann weiter.

»Das ist Kyunglung, ein Höhlenkomplex, der für religiöse Rituale genutzt wird. Die Höhlen werden auf der Karte angezeigt und sind als der ›Silberne Palast des Garudas‹ bekannt. Zuerst dachte ich, wonach wir suchen, könnte vielleicht dort sein, aber es sind nur Höhlen, nichts weiter. Sie wurden jahrhundertelang von Bon Magiern genutzt.«

»Wer sind die Bon?« Nicks Ohr begann zu jucken.

»Bon war die Religion in Tibet, die vor dem Buddhismus praktiziert wurde. Sie wird auch heute noch praktiziert, aber mit buddhistischen Elementen.«

Harker tippte auf ihrem Keyboard. Die Szene änderte sich und zeigte das Satellitenfoto eines trostlosen Hügels, der von der Ruine einer kleinen Stadt bedeckt war. Die Kamera zoomte an einen geweißten Komplex heran, der in die Seite des Hügels gebaut war.

»Das Gebäude ist Gurugem, ein Bon Kloster. Die Ruinen darüber sahen vielversprechend aus, sie wurden aber schon jahrelang durchstöbert. Dort gibt es nichts. Wie auch immer, ich glaube, ich habe gefunden, wonach wir suchen. Etwa fünfzig Kilometer nördlich befinden sich noch weitere Ruinen.«

Das Satellitenbild verschob seinen Fokus auf die Reste einer altertümlichen, quadratischen Festung auf einer Hügelspitze. Die Außenmauern waren auf jeder Seite etwa so lang wie ein Fußballfeld. Zerstörte Gebäude und Schutt umgaben einen quadratischen offenen Bereich mit einem großen Gebäude in der Mitte.

»Ein Tiefensonar-Scan zeigt eine Höhle unter diesen Ruinen, die etwas beinhaltet. Meine Vermutung ist, dort wurde der Kaiser hingebracht. Es deckt sich mit der Karte in dem Buch. Sollte noch irgendetwas übrig geblieben sein – das ist der Ort, an dem es zu finden ist. Es gibt keine Militärpräsenz in der Nähe. Das sind die guten Nachrichten. Die schlechten sind: Die Lage ist exponiert und das Terrain ist zerklüftet.

Ihr werdet im Schutz der Dunkelheit dort eintreffen, um nicht vom Kloster aus gesehen zu werden. Ihr tragt Uniformen und Rangabzeichen, aber weder Abzeichen einer Einheit noch Namensschilder. Carter, ich mache Sie zu einem Colonel für diese Unternehmung. Ihr Berechtigungsstatus wird Umbra sein. Niemand wird Sie infrage stellen. Ihre Mission ist es, in den Bereich einzudringen, Zugang zu dem Untergrundkomplex zu finden, was immer Sie dort an wichtigen Informationen finden können sicherzustellen, zu dokumentieren und dann mit zurückzubringen.«

»Sie haben den Teil mit dem selbstzerstörenden Tonband am Ende vergessen.«

»Wie bitte?«

»Mission Impossible. Erinnern Sie sich?«

»Sehr witzig, Carter.«

Ronnie strich sich mit der Hand über den Stoppelhaarschnitt. »Wo ist das Abwurfgebiet?«

»Es ist zu gefährlich, direkt über den Ruinen abzuspringen. Die Berge und Luftströmungen dort machen es für Sie und für das Flugzeug zu einem hohen Risiko.«

Zurück zur Gesamtaufnahme, der Laserpunkt wanderte nach Westen zu einem Tal zwischen den Höhlen und dem Bon Kloster.

»Wir werden Sie hier abwerfen. Es ist flach, es ist nicht zu weit zum Ziel und Sie können hingelangen und sich in Deckung begeben, bevor irgendwer bemerkt, dass Sie da sind. Sobald Sie nördlich des Klosters sind, sollten Sie niemanden antreffen.«

»Wie werden wir in diesen Untergrundkomplex gelangen?«

»Es ist unmöglich, das zu sagen, bevor Sie nicht dort sind. Selena und Stephanie arbeiten in diesem Moment an der Übersetzung und suchen nach allem, was helfen könnte. Selena wird sie bei sich haben. Irgendwas muss in dem Buch oder vor Ort sein, das Ihnen zeigen kann, wie man hineingelangt, jetzt, wo wir wissen, dass es dort ist.«

»Der Eingang könnte unter tonnenweise Felsen begraben sein. Wir könnten dort ankommen und wie Touristen herumwandern, bis Yang vorbeikommt. Das ist nicht gut, Direktor.«

»Es hat niemand behauptet, es würde einfach, Ronnie. Sie

fliegen heute Nacht von Andrews nach Dyess. Ich habe eine 24/7 Überwachung der Umgebung und werde Sie sofort informieren, wenn sich etwas Militärisches nähert. Ich beobachte die Mission über Live-Satellit und bleibe in Funkkontakt.«

»Wie kommen wir da weg, wenn wir fertig sind?«

»Helikopter Extraktion aus Indien. Es ist nicht weit zur indischen Grenze, aber der Weg zu Fuß über den Lipu Lehk Pass ist beschwerlich. Es ist hilfreich, dass es Sommer ist, aber das Plateau ist hoch, die Luft dünn, und es ist kalt dort oben. Ist schließlich der Himalaja.«

»Und wenn wir auf Widerstand treffen?«

»Kümmern Sie sich darum. Es gibt keine Regeln für den Einsatz. Wir werden die Helis hinter der Grenze auf Abruf halten, aber Sie sind auf sich selbst gestellt.«

Auf uns selbst gestellt, dachte Nick. Das bedeutete: abstreitbar.

»Wenn Sie so weit sind, fordern Sie die Extraktion an. Erledigen Sie es, so schnell Sie können. Yang wird jemanden dort runterschicken, sobald er es entschlüsselt hat.«

»Das müsste er inzwischen getan haben«, sagte Nick.

»Bis jetzt sehen wir noch keinerlei Aktivitäten in der Gegend, aber das könnte sich jederzeit ändern.«

»Wonach suchen wir?«

»Alles, was die Existenz oder den Ort eines möglichen Uranlagers bestätigt. Wenn Selenas Übersetzung richtig ist, dann sollte irgendwo eine Karte sein oder Aufzeichnungen, die anzeigen, wo die Zutaten für das Elixier gefunden werden können. Ich denke nicht, dass Sie das Geheimnis der Unsterblichkeit finden werden, halten Sie aber nach allem Ungewöhnlichen Ausschau. Sie werden es nicht wissen, bis Sie dort sind und es selbst sehen können. Noch irgendwelche Fragen? Ronnie?«

Er schüttelte seinen Kopf. »Ich habe keine.«

»In Ordnung. Aufbruch um 1800. Viel Glück.«

Draußen im Flur warteten sie auf den Aufzug.

»Was denkst du, Nick?«

»Worüber?«

»Über die ganze Angelegenheit.«

»Ich denke, wir haben das vor uns, was unsere chinesischen Freunde interessante Zeiten nennen würden.«

Kapitel 32

Um 23 Uhr waren sie in einer C-130J Super Herkules in der Luft, eine überarbeitete Version des häufigsten Zugpferds der Air Force. Ein Humvee mit pakistanischen Armeemarkierungen sah in dem höhlenartigen Laderaum verloren aus. Das Team saß auf orangefarbenen Bänken an den Seiten des Rumpfes, das Dröhnen der Rolls-Royce-Motoren in den Ohren. Sie waren in Kampfmontur, ausgestattet für das kalte Wetter des Himalaja. Es würde später keine Zeit mehr geben, sich noch mal umzuziehen.

Nick erklärte Selena die militärische GPS Einheit. Sie würde sie zur Landezone leiten. Selena hatte Erfahrung mit Fallschirmsprüngen, aber das hier war etwas ganz anderes. Sie sprangen in großer Höhe und das hatte sie vorher noch nie getan. Wind und Thermik konnten alles versauen. Es gab keinen Raum für Fehler.

Ihr Gepäck lag zu ihren Füßen, mit Verpflegung, Wasser, Munition, ihren MP-5Ns, medizinischen Kits und weiterer Überlebensausrüstung. Selena hatte eine Digitalkamera mit Videofunktion, um zu dokumentieren, was sie finden würden. Von den H-Ks abgesehen war das Gesamtgewicht gerade mal bei etwa 30 Pfund. Bei über viertausend Metern war jedes Gewicht eine Belastung.

Alle drei hatten Pistolen links am Brustkorb und ein Ka-Bar Messer am rechten Oberschenkel. Sie trugen Körperpanzerung, die weit über die normalen militärischen Spezifikationen hinausging. Die war zwar schwer, konnte aber eine .308er abfangen und einen am Leben halten. Sie besaßen Helme mit stimmaktivierter Kommunikation und konnten damit sowohl das Team als auch die Satellitenverbindung nach Washington hören. Der Rest ihrer Asurüstung war im Humvee. Fallschirme, und alles was sie für den Sprung brauchten, würden sie in Dyess erhalten.

Ronnie deutete auf die Abzeichen an seinem Kragen.

»Ich hätte nie geglaubt, die noch mal zu tragen.«

»Steht dir, Gunny.«

»Dir auch, Nick. Genau wie früher.«

Nick fand, in Tarnkleidung, Kampfausrüstung und bis an die Zähne bewaffnet, sah Selena höllisch gefährlich aus. Sie hatte ihr Laptop auf dem Schoß und arbeitete an dem minoischen Text. Nick fragte über den Lärm der Motoren: »Wie kommst du voran?»

»Ich denke, ich habe es. Es gibt noch Teile, die ich nicht übersetzt habe, aber ich glaube, ich weiß, wonach ich Ausschau halten muss.«

Er wartete.

»Wenn ich das richtig lese, dann markiert eine Labrys den Weg.«

»Was ist eine Labrys?« Ronnie lehnte sich vor und sah an Nick vorbei zu Selena.

»Eine doppelköpfige Axt. Sie war ein Symbol der Macht für die Minoer und später für die Griechen. Es ist uralt und niemand weiß, wann es zuerst aufgetaucht ist. Die Labrys markierte den Eingang zum Labyrinth.«

»Wo der Minotaurus lebte.«

»Richtig, das ist der Mythos. Wenn du das Labyrinth einmal betreten hattest, bist du nie wieder herausgekommen. Es gibt einige alte Minen und Höhlen auf Kreta, die möglicherweise das ursprüngliche Labyrinth gewesen sein könnten. Ich war dort. Sie sind gespenstisch.«

»Was ist mit den Minoern geschehen?«

»Die aktuelle Theorie besagt, als die Insel Santorini ausgebrochen ist, entstand ein Tsunami, der alles in Kreta auslöschte. Das könnte der Ursprung für die Geschichten über Atlantis sein. Santorini war wie eine explodierende Wasserstoffbombe.«

»Ich verstehe nicht, wie irgendwelche Minoer nach Tibet gelangt sind.« Nick beugte sich runter und passte seinen Rucksack an.

»Laut dem Buch gab es einen geheimen Kult von Priesterinnen in Knossos. Man hat ihre Lehren über Unsterblichkeit bis nach Indien verfolgt. Vedische indische Priester könnten in Tibet gelebt und ihren Weg zu den Minoern gefunden haben. Oder vielleicht hat jemand zu eigenen Zwecken die Geschichte verändert.«

»Frauen waren die Wächter des Elixiers?«

»Ja. Der Kult glaubte, Menschen könnten sich im unsterblichen Leben zu den Göttern gesellen, wenn sie Opfer vollzogen und die richtigen Tränke zu sich nahmen. Viele Kulturen benutzen Tränke oder Kräuter, um mit Göttern oder Geistern zu kommunizieren. Hier denkt man dagegen, man könnte Unsterblichkeit im eigenen physischen Körper erlangen.«

»Glaubst du, das ist es, worauf Yang aus ist?«

»Jemand, der China übernehmen möchte, hat ein so großes Ego, er würde denken, Unsterblichkeit stünde ihm zu, falls sie existierte. Ich würde aber auf das Uran-Szenario wetten.«

»Hast du noch mehr über die Formel gefunden? Zutaten, Zubereitung, irgendwas?«

»Nein. Sie ist nicht vollständig. Du müsstest verrückt sein, um sie einzunehmen.«

»Nicht, wenn du sie vorher testen würdest«, sagte er. »Sie mit modernen Techniken erforschen würdest.«

»Wie an Mäusen?«

»Das tun sie bereits. Es gibt Mäuse, die erheblich länger leben, nachdem Wissenschaftler ihre Gene manipuliert haben.«

»Das ist was anderes. Die Mäuse trinken kein Gold und Quecksilber mit noch etwas radioaktivem Feenstaub oben drauf.«

»Da hast du recht«, gestand Nick ein.

Selena wandte sich wieder ihrem Computer zu.

Er verbrachte die restliche Zeit des Fluges nach Texas damit, über die Mission nachzudenken. Es war kein großer Unterschied zu seiner Zeit in Afghanistan. Wie auch damals, begab er sich mit fragwürdigen Informationen in feindliches Gebiet.

Alles hing davon ab, unbemerkt in den chinesischen Luftraum einzudringen und in diese unterirdische Kammer zu gelangen. Das setzte voraus, dass der Sonarscan fehlerfrei war, es auch wirklich eine unterirdische Kammer gab und sie den Zugang finden konnten. Sollten sie tatsächlich hineingelangen, wussten sie noch lange nicht, was sie dort finden würden. Er fühlte beginnende Kopfschmerzen.

Kapitel 33

Selena schaute von ihrem Computer auf. Es gelang ihr nicht, das Brüllen und die Vibration der Motoren auszublenden. Sie betrachtete den Frachtraum des riesigen Flugzeuges, Stahl und Aluminium, unverkleidete Streben, die orangefarbenen Bänke. Alles war funktionell und für Kriegszwecke konstruiert. Nicht gerade, wie mit der ersten Klasse nach Rom oder Paris zu fliegen.

Die Anderen waren daran gewöhnt. Die Crew war gelangweilt, das war klar zu sehen, es war ja ein regulärer Job für sie. Ronnie las etwas und Nick hatte seine Augen geschlossen. Sein Gesicht sah angespannt und müde aus. Er und Ronnie waren vermutlich schon auf hunderten solcher Flüge gewesen.

Selena war nervös, dabei waren sie noch nicht mal bis Texas gekommen. Sie wollte verdammt sein, wenn sie das die Anderen spüren ließe.

Sie betrachtete die grün-grau-schwarzen Muster auf ihrer Uniform, berührte die Pistole an ihrer Brust. Das Messer drückte an ihrem Bein. Der harte Funkhelm war eine ungewohnte Irritation auf ihrem Kopf. Sie war in Rüstung verpackt.

Selena fühlte sich, als sei sie durch einen Spiegel gefallen und in der Fantasywelt eines Kriegsspieles gelandet, aber das war kein Spiel. Das war real.

Vor drei Wochen hatte sie auf einem Podium in Stanford gestanden und einen Vortrag über indo-europäische Sprachen gehalten. Das Leben war vorhersehbar und sicher gewesen, wenn auch ein wenig langweilig. Jetzt war sie ausreichend bewaffnet, um eine kleine Siedlung auszulöschen. Dafür gab es einen Grund, nämlich, dass sie die Waffen möglicherweise gebrauchen musste, was bedeutete, jemand würde vielleicht Waffen gegen sie einsetzen. Sie war sich absolut nicht sicher, ob sie damit umgehen konnte.

Und als wäre das nicht genug, war sie im Begriff, im Himalaja abzuspringen, um nach einem zweitausend Jahre alten Kaiser und dem Elixier der Unsterblichkeit zu suchen.

Wie war sie nur an diesen Punkt geraten?

Sie schaute zu Nick. Sie wusste nicht, was sie mit ihm anstellen sollte. Sie wollte ihn, aber sie kannte sich. Sie könnte sich in ihn verlieben. Sie wusste genug über ihn, um zu wissen, dass er in einer emotionalen Rüstung steckte, durch die nicht mal ein Panzer gelangen konnte. Sie könnte versuchen durchzubrechen, aber dabei würde sie sich höchstens selbst verletzen.

Er liebte immer noch seine verstorbene Verlobte. Es wäre dämlich, zuzulassen, ihn zu lieben. Aber verdammt, sie wollte ihn.

Kapitel 34

Auf der Dyess Air Force Base wurde ihr Flugzeug von einer bewaffneten Sicherheitseskorte empfangen. Strahlende Lichter erhellten den Asphalt. Eine B-1B Lancer wartete in der Nähe.

Männer luden ihre Ausrüstung unter den wachsamen Augen eines Sergeants um. Die Luft roch nach Gummi, Flugzeugbenzin und Texas-Salbei. Der Kommandant der Einheit war ein junger Leutnant mit einem Pilotenabzeichen an seinem Kampfanzug. Auf seinem Namensschild stand Markham. Er salutierte.

»Willkommen beim 7th Bomb Wing, Colonel. Sie werden innerhalb einer Stunde zum Aufbruch bereit sein.«

Nick erwiderte den Gruß. »Danke, Sergeant. Wir freuen uns auf die Reise.«

»Schon mal in einer B1 gewesen?«

»Nein.«

»Das ist ein großartiges Flugzeug, mit ausgezeichneter Avionik und Abwehrmaßnahmen. Höchstgeschwindigkeit ist Mach 1.2, aber wir können bei hundertzwanzig Knoten in geringer Höhe präzise Ziele erfassen. Sie werden in einer für Kampfabwürfe von Personal und Ausrüstung modifizierten Variante fliegen.« Er sah sich um. »Wo ist der Rest Ihres Teams?«

»Sie haben das gesamte Team vor sich. Nur wir drei.«

Nick sah, dass der Sergeant die Abwesenheit von Abzeichen an ihren Uniformen bemerkte. Sie hatten keine Sprungabzeichen, keine Abzeichen einer Einheit, keine Namensschilder, lediglich ihre Ränge waren zu erkennen, und bei Selena nicht mal das. Sergeant Markham setzte an, etwas sagen, überlegte es sich aber noch mal.

»In Ordnung, Sir. Ihr Sprungmeister ist Senior Master Sergeant Johannsen. Sobald Sie im Flugzeug sind, ist er Ihr Boss. Er wird sicherstellen, dass Sie überprüft werden und alles bereit für den Sprung ist. Sind Sie alle schon mal abgesprungen?«

Er blickte zu Selena.

»Sind wir. Ist das Sergeant Johannsen, der da kommt?«

Ein kompakter, etwa einsfünfundsiebzig großer und gute siebzig Kilo schwerer Mann näherte sich ihnen. Er war in Flugmontur gekleidet und trug einen Funkhelm. Johannsen bewegte sich mit Präzision, ohne dabei irgendwelche Energie zu verschwenden. Er hatte Augen aus hellblauem Eis und das Aussehen, das viele Jahre im Dienst mit sich bringen. Nick entspannte sich ein wenig. Sie waren in den Händen eines Profis. Johannsen salutierte und musterte sie kurz. Seine Augen verengten sich, als er Selena ansah, aber er schwieg.

Leutnant Markham sagte: »Sie sind bereit, Sergeant. Colonel, kommen Sie sicher zurück.«

Markham salutierte, stieg in seinen Jeep und fuhr weg. Sergeant Johannsen deutete auf den Bomber.

»Folgen Sie mir.«

Sie gingen zum Flugzeug und kletterten hinein. Es war heiß und die Luft war feucht in Texas, aber die Dinge würden sich früh genug abkühlen.

Der Humvee war an einer Palette festgezurrt und stand nahe des konvertierten Bombenschachtes. Der Fallschirm wurde von vier Männern in Flugmontur angebracht. Johannsen nahm drei Fallschirme aus einem Gepäckfach.

»Die habe ich selbst gepackt, Colonel. So einen haben Sie bis jetzt vielleicht noch nicht benutzt.«

»Sieht irgendwie anders aus.«

»Das ist ein Präzisions-Fallschirmsystem für große Höhen. Es ist das Tarnmodell, Sie werden vom Boden aus nicht zu sehen sein.«

»Es sieht wie ein normaler Fallschirm aus, aber es ist mehr Zubehör daran angebracht.« Das war Selena.

Johannsen musterte die fehlenden Sprungabzeichen an ihrer Uniform. »Sie sind schon mal gesprungen?«

»Über siebzig Absprünge. Zweiundsiebzig, um genau zu sein. Aber vielleicht könnten Sie mir den Umgang mit dieser Einheit demonstrieren.«

Nick sah, dass sich Johannsen etwas entspannte. Es war mehr als selten, eine Frau bei einer Special Ops Mission zu sehen. Männlichen Chauvinismus mal außen vor gelassen, alle fühlten sich für den Erfolg verantwortlich, auch wenn sie nicht wussten, worum es bei der Mission ging. Johannsen wäre in seinen Pflichten nachlässig, wenn er nicht besorgt wäre. Seine Aufgabe war es, alle sicher aus dem Flugzeug zu befördern. Danach waren die drei auf sich gestellt.

Sie legten die Fallschirme unter seiner Anweisung an. Er prüfte jeden einzelnen und zog die Gurte stramm. Als er bei Selena war, zögerte er.

»Die Gurte sind ganz schön stramm. Sie könnten sich etwas beengt fühlen … ähm … auf Ihrer Brust.«

»Machen Sie nur.«

Er zog die Gurte fest und Selena schnappte nach Luft.

»Das ist Ihre Hauptleine. Das Ihre Reserveleine, hier. Der Schirm ist komplett lenkbar. Sauerstoff haben Sie hier.«

Er befestigte Sauerstoffspender an den Schirmen. Dann holte er etwas aus einem Fach, das aussah wie Armbanduhren.

»Legen sie die an. Das ist der MA3-30 Höhenmesser. Er zeigt Ihnen alles an, was Sie wissen müssen. Er hat einen Lichtschalter und Sie justieren ihn hier und hier.«

Ronnie und Nick hatten ihn bereits benutzt, aber für Selena war er neu.

»Stellen Sie Ihre Höhe ein, bevor Sie abspringen, und wir bringen Sie mit Fluggeschwindigkeit und Timing ins Abwurfgebiet. Ihr Fahrzeug zuerst, dann Sie drei. Wir werden Sie aus siebentausend Metern abwerfen. Das gibt Ihnen etwa zweieinhalbtausend Meter, bevor Sie den Boden erreichen, Sie werden also nicht zu lange in der Luft sein.«

»Ein Kinderspiel.«

»So sieht es aus, Gunny. Warten Sie fünf Sekunden, nachdem Sie rausspringen, und ziehen Sie die Leine, dann werden Sie sanfter als ein Ballon bei einem Kindergeburtstag runterschweben. Sie werden in kürzester Zeit am Boden sein. Fehlt nur noch das Gepäck.«

Sie schnürten sich das Gepäck vor den Bauch. Nachdem er mit dem Gurtzeug zufrieden war, griff er erneut hinunter in das Fach und holte Masken und isolierte Handschuhe hervor. Der Pilot wärmte die Motoren auf. Johannsen hielt seine Hand für einen Moment an seinen Helm.

»Zwei Minuten. Zeit, sich bereit zu machen.«

Er geleitete sie zur Mitte des Flugzeugs. Der Rumpf war von den typischen Bänken aus Nylongewebe gesäumt. Die vier Crewmitglieder saßen bereits Backbord. Das Team nahm Steuerbord Platz und schnallte sich an. Johannsen schnallte sich ihnen gegenüber an und sagte etwas in sein Mikro. Der Lärm der Triebwerke nahm zu und das Flugzeug setzte sich in Bewegung.

Party Time.

Kapitel 35

Nick döste vor sich hin, als Johannsen ihn mit einem Stups aufweckte. »Eine Stunde, Colonel. Vorbereitende Atmung in fünfzehn Minuten.«

Ronnie saß schweigend auf seinem Platz. Selena hatte ihr Laptop eingepackt. Nick legte seine Hand auf ihren Arm. »Bist du bereit für das hier?«

»Ich schätze ja. Ich bin noch nie aus so großer Höhe abgesprungen.«

»Es ist dasselbe, aber die Luft ist dünner, du wiegst mehr mit dem Gepäck und du kommst schneller runter. Das Schwierige daran ist, die Windgeschwindigkeit und die Richtung auszugleichen. Aber du weißt, wie das geht. Mit dem GPS wirst du die Landezone nicht verfehlen. Auch wenn wir sehr hoch abspringen, wir landen ebenfalls in großer Höhe. Das macht es einfacher. Bleib locker, und alles wird gut.«

Sie nickte.

»Freier Fall für fünf, dann die Leine ziehen. Denk daran, dein Kinn auf die Brust zu pressen, sobald du draußen bist, und lass deine Hand an der Reserve, bis der Schirm aufgegangen ist. Halte deine Beine fest zusammen. Der Ruck ist recht heftig, wenn sich der Schirm öffnet. Denk daran, bei der Landung mit den Fußballen aufzukommen.«

Nick schaute auf seine Uhr. »Wir fangen gleich mit der vorbereitenden Atmung an.«

»Vorbereitende Atmung?«

»Bei der Höhe müssen wir den Stickstoff aus unserem Blut bekommen. Wenn wir da ohne vorbereitende Atmung rausgehen, dann könnten wir durch unser eigenes CO2 ohnmächtig werden, und es ist ein langer Weg nach unten. Keine Sorge, das ist das ganz normale Prozedere. Ich habe so etwas schon mitgemacht. Außerdem, von dem Sauerstoff fühlst du dich super. Wenn wir auf die Flaschen umsteigen, die wir beim Sprung nutzen, achte darauf, keine Kabinenluft mehr zu atmen. Nur puren Sauerstoff. Okay?«

»Okay.«

»Fünfundvierzig Minuten.« Johannsen Stimme erklang in ihrem Helm. »Beginnen Sie das vorbereitende Atmen.«

Sie setzten ihre Masken auf. Johannsen schloss die Sauerstoffversorgung des Flugzeugs an. Nick fühlte das alte Vor-dem-Sprung-Gefühl. Er war dann immer etwas aufgekratzt. Für einen Sprung in das größte, übelste, höchste und kälteste Gebirge auf dieser Erde galt das umso mehr. Er sah die Anspannung bei Ronnie, aber der machte das auch nicht zum ersten Mal. Nick wusste, dass Ronnie still sein traditionelles Navajo-Ritual des gesegneten Weges rezitierte. Er machte sich keine Sorgen um ihn. Nick legte seine Hand auf Selenas Schulter und spürte, wie sie sich entspannte, ein wenig zumindest.

Ein weiterer typischer Tag bei den Special Ops, dachte er. Allerdings bin ich jetzt Zivilist, was zur Hölle mache ich also hier? Er merkte, wie seine Gedanken umherirrten, und fokussierte sich wieder. Der Sauerstoff tat seine Wirkung und er fühlte sich klar und stark.

Johannsens Stimme knisterte in seinem Helm. »Zehn Minuten. Wir werden jetzt den Druck ablassen. Wechseln Sie zu Ihrem persönlichen Sauerstoff.«

Nick spürte die Veränderung im Laderaum und es knackte in seinen Ohren. Das Flugzeug wurde langsamer und flog zwischen Bergen hindurch. Sein Höhenmesser zeigte fast sechseinhalb Tausend Meter an. Die meisten Gipfel in diesem Teil des Himalajas waren deutlich höher als das Flugzeug. Er wusste, die Flügelspitzen waren hier nur einen winzigen Fehler vom Desaster entfernt. Er hoffte inständig, dass der Pilot sich wohlfühlte zwischen den Gipfeln.

»Fünf Minuten. Wir werden die Türen bei zwei Minuten öffnen. Es herrscht sehr starker Wind, passen Sie auf sich auf. Zuerst das Fahrzeug, dann Sie drei. Welche Reihenfolge?«

»Ich zuerst, dann Selena, dann der Gunny hier.«

Johannsen hob seinen Daumen. »Verstanden. Zwei-Sekunden-Intervalle.«

Das Flugzeug stieg höher. Die Türen schwangen auf und ein eiskalter Windstoß vertrieb die letzte Wärme aus dem Frachtraum. Die Crew machte sich bereit, den Humvee abzuwerfen. Der Wind fegte durch den Rumpf.

»Ich hoffe, wir landen in der Nähe von dem Ding.« Ronnies Stimme knisterte in Nicks Helm.

»Die Männer sind gut. Sie werden ihn genau ins Schwarze setzen.«

»Stellt eure Höhenmesser auf siebentausend.« Johannsens Stimme kam über den Helm.

Sie begaben sich zu der Öffnung. Der Klang der Motoren änderte sich, als der Pilot den Antrieb reduzierte, das große Flugzeug wieder in die Waagerechte ging und noch langsamer wurde.

»Machen Sie sich bereit«, sagte Johannsen. Ein grünes Licht blitzte auf und die Palette mit dem Humvee verschwand in der Nacht über dem Himalaja. Johannsen hielt seinen Arm für einen Augenblick hoch, warf ihn nach vorne. Nick sprang ins Nichts, die Arme weit ausgebreitet.

Kapitel 36

Der Schirm öffnete sich sauber und hart. Er schaute nach oben und sah zwei Schirme über sich aufgehen. Das Flugzeug war ein dunkler Pfeil, der vor dem Nachthimmel abdrehte. Sie waren auf sich gestellt.

Ein Dreiviertelmond streute reines, silbernes Licht über die scharfen Spitzen des Himalajas. Die schneebedeckten Berge glänzten in einer Tapisserie aus Licht und Schatten, die sich bis hinter den Horizont hinzog. In der Ferne streckten sich Everest und Annapurna nach dem tiefschwarzen, mit Sternen bedeckten Himmel.

Der Wind war schlimm. Schwer, die Kontrolle zu behalten. Nick kam vom Kurs ab, checkte sein GPS, nahm eine Korrektur vor. Sein Höhenmesser zeigte fünftausend Meter an. Nick schaute nach dem Humvee und sah die Schirme unter sich, sehr weit rechts, fast unten.

Viertausendachthundert Meter und der Boden kam schnell näher. Er zog an den Leinen und steuerte auf eine flache Stelle zu. Eine starke Böe ließ ihn nach links ausscheren. Er schoss über die Stelle hinaus, die er ausgewählt hatte, und kam hart in einem mit Felsen übersäten Bereich auf. Der Schock lief wie elektrische Nadeln durch sein rechtes Bein, hinauf bis in seine Wirbelsäule.

Er blieb einen Moment liegen, während der Schirm versuchte, ihn über das raue Terrain zu ziehen. Der Schmerz war wie ein Messer in seinem Rücken. Er fragte sich, ob er in der Lage sein würde, aufzustehen.

Das war kein guter Start. Er erhob sich und erneut schoss ihm der Schmerz in den Rücken und strahlte hinunter in sein Bein. Er kämpfte mit seinem Schirm gegen die Windböen.

Geisterhaftes Mondlicht ließ das unebene Terrain in Schattierungen von Grau und Schwarz erscheinen. Tiefe Schatten lagen zwischen den Felsen. Er humpelte zurück zur Landezone. Selena zog knapp hundert Meter entfernt ihren Schirm zu sich heran. Als er zu ihr gelangte, nahm sie ihre Maske ab. Sie atmete tief in der dünnen Luft.

»Das war ganz schön heikel, dieser Wind ... Nick, du humpelst.«

»Nicht schlimm. Siehst du Ronnie?«

»Ich glaube, er ist dort drüben runtergekommen.«

Sie deutete auf eine kleine Erhebung, als Ronnie über diese gestapft kam. Nick empfing ihn mit einem High-Five. Ronnie zuckte.

»Bist du in Ordnung?«, fragte Nick.

»Nur eine Schulterprellung. Ich bin etwas hart runtergekommen. Nicht weiter schlimm.«

Nun mussten sie das Fahrzeug finden.

»Hat jemand gesehen, wo der Humvee gelandet ist?«

»In dieser Richtung.« Ronnie deutete über seine Schulter. »Ich habe ihn bei meiner Landung gesehen. Vielleicht vierhundert Meter von hier. Dieser Wind hat einiges erschwert.«

Sie mussten zwanzig Minuten über grobe Steine kraxeln, um ihn zu finden. Nicks Rücken schmerzte höllisch. Die Palette war zersplittert und der Humvee bereits halb runtergerutscht. Er schien unbeschädigt. Sie lösten die Befestigungen. Der Motor keuchte und startete. Ronnie fuhr ein paar Meter zur Seite. Sie zogen ein Tarnnetz über die Palette und die Fallschirme, gut genug für die kurze Zeit, die sie hier sein würden.

Nick breitete eine Karte auf der Motorhaube des Humvees aus und holte das GPS hervor. In seinem Rücken pochte ein stetiger Schmerz. Er lehnte sich gegen die Seite der Motorhaube, um sein Bein zu entlasten.

»Wir sind hier.« Er tippte auf die Karte. »Etwa achtzehn Klicks westlich der Bergbaustadt. Die Straße ist dort unten, auf der anderen Seite der Erhebung. Hier ist das Kloster, unser Hauptorientierungspunkt, und hier sind die Ruinen, zu denen wir unterwegs sind.«

»Dieser Pilot wusste, was er tat.«

»Gibt einem ein gutes Gefühl, oder? Ich könnte auf das Mondlicht verzichten, aber das wird bald verschwunden sein. Wir haben etwa sieben Stunden bis zur Dämmerung. Mit etwas Glück erreichen wir die Ruinen noch, bevor es hell wird, und können dort Deckung finden. Ich werde Meldung machen.«

Eine codierte Nachricht an Harker ließ sie wissen, dass sie sicher runtergekommen waren und sich nun zu ihrem Ziel bewegen würden.

»Ronnie, du fährst.«

Nick zeigte auf einen Punkt auf der Karte, an dem sich ein Tal in die Berge wand, bevor die Straße das Gurugem Kloster erreichte.

»Wir schlagen uns nach Norden, bevor wir zu nah an das Gebäude geraten, und steuern dann direkt die Ruinen an.«

Sie verstauten ihr Gepäck hinten im Wagen und stiegen ein. Sie fuhren von dem Hang auf die Straße. Sie war in gutem Zustand, grau und flach im Mondlicht. Der Humvee vibrierte beim Fahren.

Ronnie sagte: »Die Steuerung ist nicht wirklich gut. Irgendwas hat sich bei dem Aufprall verzogen.«

»Nicht viel, was wir dagegen tun könnten.«

»Na, wir kommen trotzdem gut voran. Aber ich würde es nicht übertreiben wollen.«

Jetzt mussten sie nur noch ihr Ziel erreichen und einen Weg hinein finden.

Kapitel 37

In Washington studierte Elizabeth Harker die Live-Satellitenübertragung aus dem nächtlichen Tibet. Sie hatte die DIA dazu gebracht, ihr einen geostationären Satelliten für die Dauer der Mission zur Verfügung zu stellen. Bei Tageslicht konnte er die Abzeichen an einem Uniformkragen aus über dreihundertfünfzig Kilometern Höhe identifizieren. Nachts ließ sich durch die neueste Infrarot-Technologie jede beliebige Wärmequelle, bis hin zur Größe einer Zigarette, verfolgen.

Elizabeth beobachtete die Wärmesignatur des Fahrzeugs, das ihr Team transportierte. Nicks codierte Nachricht bestätigte, was sie mit eigenen Augen sehen konnte. Sie waren sicher am Boden angelangt und auf dem Weg zu den Ruinen.

Sie zoomte heraus und scannte die Umgebung nach Anzeichen chinesischer Aktivität. Die Stadt Moincer war westlich des sich bewegenden Humvees als giftgrünes Leuchten zu erkennen. Es gab keine Anzeichen von Fahrzeugen, die die Stadt verließen und sich in Richtung des Teams bewegten. So weit, so gut.

Elizabeth gab sich keinen Illusionen darüber hin, was passieren würde, wenn etwas schiefginge. Politische Vergeltung wäre schnell und unbarmherzig. China war tabu für bewaffnete Geheimmissionen. Es war von Vorteil, dass sich das Team in einer sehr abgelegenen Gegend befand und es nicht in Yangs Interesse war, die Aufmerksamkeit dorthin zu lenken, wenn etwas passieren sollte.

Es war ein weiter Weg bis nach Tibet, aber Yang war dort hinter etwas Wichtigem her. Was auch immer es war, vor ihm dorthin zu gelangen, würde seine Pläne komplizierter machen. Alles, was Yangs Pläne komplizierter machte, war zu begrüßen, also hatte sie das Team losgeschickt. Sollte die Politik doch zum Teufel gehen.

Sie fragte sich, ob bei diesem Einsatz die Beziehung zwischen Nick und Selena zu einem Problem werden würde. Es bedurfte keines geübten Auges, um zu sehen, dass etwas zwischen den beiden vor sich ging. Elizabeth dachte, sie würden vermutlich miteinander schlafen, aber da war auch eine unausgesprochene Spannung zwischen ihnen. Ihr erster Impuls war gewesen, Nein zu sagen, als Selena mit auf die Mission wollte. Aber sie hatte Fähigkeiten, welche die Wahrscheinlichkeit für den Erfolg erhöhten. Elizabeth entschied immer zugunsten des Ausmaßes und der Wahrscheinlichkeit des Erfolgs.

Bis jetzt hatte Homeland Security die Warnstufe noch nicht erhöht. Das war immer ein kompliziertes Problem. Die Warnstufe anheben, ohne die Gewissheit eines Angriffs? Oder auf mehr Informationen warten und riskieren, die Chance, etwas zu unternehmen, zu verpassen.

Harker war froh, diese Entscheidung nicht treffen zu müssen. Ihr Bauchgefühl sagte, ein Angriff stehe bevor. Sie hatte Alarm geschlagen; jetzt waren andere zuständig. In der Zwischenzeit versuchte sie, so gut es ging, Yangs Pläne zu durchkreuzen.

Früher am Tag hatte sie das Außenministerium angerufen, um sie vorzuwarnen. Nach dem üblichen Hin und Her landete sie bei der stellvertretenden Außenministerin für ostasiatische und pazifische Angelegenheiten, Cheryl Wilson.

»Sie behaupten, es wird gerade ein Putsch geplant?«

»Darauf deuten unsere besten Informationen hin.«

»Was ist die Quelle dieser Informationen?«

»Das kann ich Ihnen leider nicht sagen, Ma'am.«

»Wollen Sie sagen, ich hätte keine Berechtigung für diese Informationen?«

»Das ist korrekt.«

Am anderen Ende der Leitung war ein deutliches Einatmen zu vernehmen. Es erinnerte Elizabeth an das Zischen einer Schlange, bevor sie zubiss. Wilsons Stimme war eisig, als sie weitersprach. »Alles in China deutet auf eine sichere Kontrolle der Macht durch die Parteispitze hin. Ich kann mir einen Versuch, das momentane Regime zu stürzen, nicht vorstellen. Ihre Informationen müssen fehlerhaft sein.« Wilson sprach *Informationen* aus, als würde das Wort einen schlechten Geschmack in ihrem Mund hinterlassen.

»Dennoch ist nach bestem Ermessen ein Putsch in Vorbereitung.« Harker hielt ihre Verärgerung aus ihrer Stimme.

»Nun, Direktor, vielen Dank für Ihren Anruf, aber ich glaube, Sie sind auf dem Holzweg. Es besteht absolut keine Möglichkeit für eine radikale Veränderung der Führung in der Volksrepublik China. Ich empfehle, Sie bewerten Ihre Quellen neu und halten sich an Ihr Inlandsmandat. Ich habe jetzt ein Meeting. War sonst noch irgendetwas?«

Nein, sonst nichts, Sie Idiotin, dachte Elizabeth. »Nein, Ma'am.«

»Dann verabschiede ich mich an dieser Stelle.« Wilson legte auf.

Elizabeth widerstand dem Drang, zu schreien. Die Arroganz einiger hochrangiger politischer Beamter vermochte sie immer wieder zu beeindrucken. Sie waren nicht alle so, aber mit Leuten wie Wilson in der auswärtigen Politik war es ein Wunder, dass das Land mit überhaupt irgendwem auskam.

Auf dem Bildschirm war zu erkennen, dass der Humvee angehalten hatte. Schwache Lichtflecken in der Nähe deuteten auf geringe Aktivität. Das musste das Gurugem Kloster sein, dachte Harker, und das Team denkt über den besten Weg nach, um es zu umgehen. Sie schaute auf die diversen Uhren an der Wand. Mit noch fast sechs Stunden bis Tagesanbruch auf der anderen Seite der Welt war noch ausreichend Zeit, um vor der Dämmerung zu den Ruinen zu gelangen.

Kapitel 38

Während der Humvee im Leerlauf tuckerte, betrachtete Nick die durch sein Nachtsichtfernglas geisterhaft grün gefärbte Landschaft. Die Straße, der sie folgten, verschwand auf dem Weg zum Kloster hinter dem Fuß eines großen Hügels. Zu ihrer Linken verlief ein breites Tal um den Hügel und führte nach Norden. Ein kalter, harter Wind blies ohne Unterlass gegen das Fahrzeug.

Nick legte das Fernglas zur Seite.

»Das hier sollte uns in die Nähe unseres Ziels bringen.« Er fuhr auf der Karte das Tal entlang. »Ich denke, wenn wir auf keine Hindernisse treffen, dann können wir in vier oder fünf Stunden dort sein.«

Selena sagte: »Ich muss pinkeln.«

Ronnie und Nick fingen an zu lachen.

»Was ist so witzig?« Sie spürte, wie ihr Gesicht sich rötete.

»Nichts«, sagte Nick. »Bloß Anspannung, das ist alles. Ich muss auch mal. Sucht euch jeder eine Ecke.»

Ein paar Minuten später setzte Ronnie das Fahrzeug wieder in Bewegung und sie fuhren in das Tal.

Die Gipfel auf beiden Seiten waren größer als die höchsten Berge in den Vereinigten Staaten. Und sie stellten bloß das Vorgebirge der massiven Giganten dahinter dar. Die Hänge waren frei von Vegetation und mit Schutt und Geröll bedeckt. Lebloser Fels erstreckte sich mit kalter Gleichgültigkeit in alle Richtungen. Es war, als würden sie auf einem fremden Planeten sein.

Der Mond war fast untergegangen. Die Sterne funkelten strahlend über ihnen. Nick hatte noch nie so viele Sterne gesehen. Da waren Sternenwolken, hell genug, um Schatten auf den Talboden zu werfen. Der tiefschwarze, sternenübersäte Himmel schien auf etwas ungreifbares, mysteriöses hinzudeuten. Unter diesem Himmel, umgeben von glänzenden, schneebedeckten Gipfeln, war es leicht nachzuvollziehen, warum die hier lebenden Menschen glaubten, die Berge seien die Heimat der Götter.

»Wie geht es dir, Selena?«

»Ich habe Kopfschmerzen, aber abgesehen davon, gut. Ich bin froh, dass ich jetzt hier nicht wandern muss.«

»Gönn dir etwas Sauerstoff. Wir wollen hier oben nicht krank werden. Wir sind an die Höhe nicht gewöhnt, aber wir bleiben auch nicht lange.«

»Ich frage mich, was wir entdecken werden.«

»Das finden wir bald genug heraus«, sagte Ron. »Wir sind etwa vier Klicks von den Ruinen entfernt.«

Der Humvee holperte über eine Ansammlung rauer Felsen. Plötzlich war ein lautes Krachen von brechendem Metall zu hören. Sie schlitterten nach rechts, lose Felsen sprühten um sie herum, dann krachten sie hart nach unten auf einen tiefer gelegenen Felsblock, ehe Ronnie anhalten konnte. Er schaltete den Motor ab.

»Was war das?«

»Ich weiß nicht«, sagte Ronnie. »Klang nicht gut. Die Lenkung hat sich verabschiedet.«

Sie stiegen aus. Der Humvee hing auf dem Felsblock, das rechte Rad ragte in die Luft. Ronnie holte seine Taschenlampe heraus und schaute unter den Wagen.

»Kann nicht viel sehen, mit der ganzen Panzerung.« Er griff nach dem Reifen. Das Rad schwang ganz leicht vor und zurück. »Sieht aus, als müssten wir laufen. Ich schätze, eine Zugstange oder ein Kontrollarm ist gebrochen.«

»Verdammt. Okay, dann lass ihn uns verstecken.«

Sie zogen das Gepäck aus dem Heck und deckten das Fahrzeug mit einem Tarnnetz ab. Der Humvee wurde zu einem Teil der Landschaft. Nicks Höhenmesser zeigte fünftausend Meter.

Sie schulterten ihr Gepäck und begannen zu klettern. Sie folgten einer steilen Schneise, um riesige Feldbrocken und Steinschläge herum. Der Wind war unerbittlich und kalt. Lose Steine rollten wie ungleichmäßige Murmeln unter ihren Füßen. Nick rutschte immer wieder aus. Sein Rücken schmerzte wie verrückt. Sein Gepäck fühlte sich an, als wäre es aus Blei.

Der Himmel zeigte erste Anzeichen des Morgengrauens. Er sah zu den anderen. Selena schwitzte in der kalten Luft. Ronnie schaute verbissen.

»Lasst uns eine Pause einlegen«, sagte er.

Sie stoppten. Nick musste etwas gegen die Schmerzen tun. Er holte die Medizintasche hervor, entnahm ein paar Schmerztabletten, dachte darüber nach und legte eine zurück. Hier war kein guter Ort, um Fehler in der Urteilsfähigkeit zu riskieren.

Drei Stunden, nachdem sie den Humvee verlassen hatten, erklommen sie die letzte Erhebung. Eine kalte Sonne tauchte die Berge in ein blechernes, ominöses Licht, das keinerlei Linderung gegen den eisigen Wind verschaffte. Der Ausblick vor ihnen war überwältigend.

Die Ruinen bedeckten die Kuppe des Hügels in einem Wirrwarr aus Steinen. Die Außenmauern waren sechs Meter hoch und aus flachen Steinen zusammengefügt. Sie erstreckten sich etwa hundert Meter in jede Richtung und bildeten ein äußeres Quadrat. Eingestürzte Lücken klafften in den Mauern. Ein Gebäude mit einem hohen, gestuften, pyramidenförmigen Dach dominierte den Mittelpunkt der Anlage.

Nick stellte sich vor, diese Mauern zu Fuß mit Speeren, Schwertern und Pfeil und Bogen anzugreifen. In jener Zeit wäre die Festung uneinnehmbar gewesen.

Die Stille war immens. Das einzige Geräusch war das konstante Wehklagen des Windes in den Ruinen.

Der Berg fiel von der Stelle ab, an der sie standen, und bot ihnen eine weitläufige Aussicht auf schneebedeckte Berge und Täler. Ein Wasserfall stürzte etwa 600 Meter vor ihnen hinab zu einem Fluss, der sich am Talboden entlang wand. Eine Yakherde graste in der Ferne an der Seite eines Berges, dreißig oder vierzig winzige schwarze Punkte. Ein einsamer Steinadler glitt unter ihnen vorbei.

Nick hatte noch nie solche Weite gesehen. Es war nicht nur die Größe der Berge. Es war die Weite um sie herum, die Art, wie sie sich in den dünnen Himmel drängten. Das Ausmaß der Natur war überwältigend. Er fühlte sich so klein wie eine Ameise.

Er konsultierte sein GPS und zeigte auf einen Punkt des Satellitenbildes.

»Wir sind hier, an der südwestlichen Ecke der Außenmauern. Diese vier Linien sehen aus wie Straßen zwischen Gebäuden. Wir werden uns entlang dieser Mauer bewegen und dann einer der Straßen nach innen folgen.«

»Sie laufen alle in der Mitte zusammen«, sagte Selena, »an dem Gebäude mit dem großen Platz darum.«

»Ist die Mitte hier in der Gegend nicht von großer Bedeutung?«

»Ja. Mount Kailash dort drüben galt als das Zentrum der Welt. Das Gebäude ist das Zentrum dieser Anlage und die Höhle befindet sich darunter.«

Ronnie meldete sich zu Wort. »Warum fangen wir dann nicht dort an?«

Eine weitere codierte Nachricht an Harker ließ sie wissen, dass sie angekommen waren und nach Plan verfahren würden. Nick steckte das Telefon zurück in seine Tasche und sie machten sich entlang der westlichen Mauer auf den Weg. Auf halber Strecke gelangten sie an die Überreste eines Torbogens. Das Tor selbst war schon lange nicht mehr da. Eine breite, unebene Allee aus grauen Steinen, die sich durch den Frost an vielen Stellen gehoben hatten, führte direkt zu dem Gebäude mit dem Pyramidendach.

Sie gingen hinein. Graue Steinwände und Schutthaufen säumten die Straße. Selena wies auf einen riesigen, gemeißelten Vogel auf einer großen, verwitterten Steinsäule hin.

»Das ist ein Garuda, wie der Name des Buches.«

»Wofür waren alle diese Gebäude da?«

»Geschäfte, Unterkünfte, Ställe. Das hier ist eine kleine Stadt.«

Der Wind stöhnte durch die verlassenen Steine und wirbelte dabei dünnen Staub in die Luft. Selena hielt an einem Gebäude am Rand des Platzes an. Das Dach war noch intakt. Sie trat ein, in die Ruine eines breiten Atriums.

Der Boden des Atriums war etwa neun Meter im Quadrat. Unterschiedlich gefärbte Kacheln formten ein kunstvolles Bild auf dem Boden. Flechten wuchsen zwischen den Kacheln und viele Teile fehlten, aber das Design war noch klar zu erkennen.

In den Ecken wachten Leoparden. In der Mitte lehnte sich eine Frau auf einem Sitzmöbel zurück. Sie trug eine blaue Robe. Sie hatte langes, schwarz gelocktes Haar, das von einem goldenen Band gehalten wurde. Drei Frauen in weißen Roben waren bei ihr. Eine spielte auf einer Flöte, eine andere trug einen Korb mit Früchten und die dritte goss Wein aus einem Krug. Alle drei hatten schwarze, lockige Haare, die von einem Stirnband gehalten wurden und lebensechte Augen, die aus schwarzen und goldenen Fliesen gemacht waren. Über der Szene fuhren zwei Frauen mit wehenden blonden Haaren in einem Streitwagen. Der Streitwagen wurde von zwei geflügelten Greifen gezogen. Über allem flog ein großer Vogel.

»Das ist kretisch«, sagte Selena. »Erstaunlich. Die Frau mit dem Wein gießt aus einer Amphore. Das ist definitiv minoisch. Ähnliche Gemälde wurden in einer minoischen Grabkammer in Nord-Kreta gefunden. Die Frauen in dem Streitwagen sind wahrscheinlich Göttinnen, vielleicht eine Eskorte, um die Seele ins Jenseits zu geleiten.«

»Dann waren die Minoer also tatsächlich hier.«

»Sieht so aus. Dieser Stil von Mosaiken kommt nur in der Ägäis vor. Entweder die Minoer, oder jemand, der mit ihnen Kontakt hatte, muss es gemacht haben. Das hier in Tibet zu finden, ist unglaublich.« Sie holte ihre Kamera hervor.

Nachdem sie einige Bilder gemacht hatte, traten sie wieder hinaus auf den Platz. Die Mauern des Gebäudes im Zentrum des Komplexes waren durch den endlosen Wind erodiert, der alte Stein dunkel und fleckig. Schmale Öffnungen befanden sich in den unteren Mauern und im Dach.

»Das ist ein früher Stil vedischer Tempelarchitektur«, sagte Selena. »Das Pyramidendach war typisch. Ich würde schätzen, so um 1800 vor Christus. Vielleicht etwas später.«

»Das war ein Tempel?«

»Es muss einer gewesen sein. Der gesamte Komplex ist angelegt wie ein Mandala, mit Eingängen zum Zentrum aus den vier Richtungen.«

»Was ist ein Mandala?« Ronnie rieb sich das Gesicht mit seinem Handschuh.

»Ein Hilfsmittel, ein Bild zur Unterstützung beim Fokussieren des Geistes. Durch das Betrachten des Bildes und das Meditieren darüber entwickelt man die Fähigkeit, eine spirituelle Dimension zu betreten.«

»Glaubst du das?«, fragte er.

»Es scheint für die Leute, die damit üben, zu funktionieren.«

Nick schaute sich auf dem breiten Platz um, stellte sich vor, wie es gewesen sein musste, als Menschen hier lebten.

»Dieser Platz war wirklich ein Mandala?« Er rieb an seinem Ohr.

»Das wäre die Idee gewesen. Alles konstruiert, um die Menschen an ihre spirituelle Natur zu erinnern und die Vergänglichkeit des Lebens.«

»Warum sind wir dann hier und suchen nach etwas, das einen unsterblich macht?«

»Unsterblichkeit ist in vielen Religionen eine Belohnung. Sie nimmt nur für unterschiedliche Menschen verschiedene Formen an. Im Osten erlangst du die Erleuchtung. Im Endeffekt wirst du unsterblich. Im Westen lebst du für immer im Himmel.«

»Oder in der Hölle«, entgegnete Nick.

»Daran glaube ich nicht«, sagte Selena.

Der Platz war weitestgehend frei von Trümmern. Sie gingen auf das Gebäude zu, hielten inne und betrachteten es gründlich.

Zwei massive Säulen stützten einen gewölbten Eingang. Über dem Bogen war ein großer, wilder Vogel in den Stein gehauen. Auf beiden Säulen war noch das Zeichen der Labrys zu erkennen, die doppelköpfige Axt des altertümlichen Kreta.

Kapitel 39

Der leitende Ermittler Yao wartete im Vorzimmer des Ministers für Staatssicherheit. Er war nervös. Es war kein gutes Zeichen, so lange warten zu müssen. Uniformierte Wachen standen mit Sturmgewehren am Eingang zum Büro des Ministers auf ihrem Posten.

Yao beruhigte sich selbst. Seine Untersuchung von General Yang war umfassend und gründlich gewesen. Man beschuldigte jemand, der so mächtig wie Yang war, nicht ohne guten Grund und noch bessere Fakten. Es stand fest, dass sein Bericht kritisch aufgenommen und einer genauesten Prüfung unterzogen würde. Yao hatte Vertrauen in das System, aber das hier war explosiv.

Der Sekretär des Ministers trat aus dem Büro. Er winkte Yao heran.

»Der Minister wird Sie nun empfangen.«

Yao konnte nichts aus dem Tonfall des Sekretärs herauslesen. Nun gut, jetzt konnte er eh nicht mehr zurück. Gleich würde er wissen, wie der Minister über die Angelegenheit dachte.

Minister Deng saß hinter seinem Tisch und schrieb. Der Sekretär geleitete Yao bis vor den Schreibtisch und nahm dann an einem kleineren Tisch an der Seite des Raumes Platz. Deng schrieb weiter. Yao stand stramm und zwang sich, ruhig zu bleiben. Schließlich legte der Minister für Staatssicherheit der Volksrepublik China seinen Stift zur Seite und sah auf.

Er lächelte nicht.

»Leitender Ermittler Yao. Ich habe Ihren Bericht gelesen.« Deng hielt einen Ordner hoch. »Sie haben schwerwiegende

Anschuldigungen gegen General Yang getätigt.« Er sah Yao an, als würde er von ihm erwarten, dass er zugab, das alles sei ein dummer Fehler gewesen.

»Ja, Minister.«

»General Yang ist eines der Bollwerke unseres Militärs. Er hat dem Volk seit vielen Jahren gut gedient. Sie sind sicher, dass Sie den Bericht nicht zurückziehen wollen?«

Yao atmete tief ein. »Ja, Minister.«

»Ich habe Ihre Akte überprüft. Sie haben sich ebenfalls im Dienst der Partei und des Volkes ausgezeichnet. Wem sollte ich in dieser Angelegenheit Glauben schenken, Ihnen oder General Yang, wenn ich ihn frage?«

»Minister, Sie sollten mir glauben!«

Deng überraschte die Kühnheit der Antwort. Es war selten, dass jemand einen der mächtigsten Männer Chinas mit solcher Direktheit ansprach.

Yao fuhr fort. »General Yang ist korrupt. Er heckt einen Plan aus, der die Amerikaner betrifft, und die dortigen Triaden sind involviert.«

»So steht es in Ihrem Bericht.«

Deng sah Yao für einen längeren Moment nachdenklich an. Er signalisierte dem Sekretär. »Bringen Sie dem leitenden Ermittler Yao einen Stuhl. Blocken Sie für die nächste Stunde alle Termine. Und bringen Sie Tee.«

Yao atmete innerlich erleichtert auf. Bis zu diesem Augenblick war er sich nicht sicher gewesen, wie sein Bericht aufgenommen würde. Nun würde sich die Macht des Ministeriums auf Yang konzentrieren, bis die Wahrheit ans Licht kam. Nach einem auffordernden Nicken des Ministers setzte er sich auf den vom Sekretär gebrachten Stuhl.

»Geben Sie mir alle Fakten Ihres Falls, Yao. Ich möchte erfahren, was eventuell nicht in diesem Bericht zu finden ist. Da gibt es immer etwas.«

Yao entspannte sich ein wenig mehr. »Ich wurde misstrauisch, nachdem ich einen Bericht von einem unserer Agenten aus Amerika erhielt. Er beschattete Colonel Wu und belauschte dessen Konversation über den Amerikaner Connor.«

»Ihr Bericht besagt, dass mehrere hundert Millionen Dollar von Connor zu Yang transferiert wurden und dann zurück nach Amerika?«

»Ja Minister, das ist korrekt. Die Konten in Amerika werden von den dortigen Triaden kontrolliert. Das erhöhte meine Besorgnis.«

»Es hat auch meine Besorgnis erhöht. Wie ist der aktuelle Status Ihrer Untersuchung? Was wird getan?«

»General Yang wird rund um die Uhr überwacht und seine Kommunikation wird seit einigen Tagen abgefangen und aufgezeichnet. Wu ist nach Peking zurückgekehrt und wird beschattet. Wus Sergeant ist gestern nach Hause gekommen und ich lasse ihn von Agenten verfolgen.

Wir haben Anrufe von Yang bei den Offizieren und Beamten aus dem Bericht aufgezeichnet. Alle Telefonate beinhalteten eine Phrase, die ich für einen codierten Hinweis an diese Männer halte. Minister, hier geht es um mehr als einen Korruptionsfall. General Yang plant etwas gegen die Partei und lässt sich von den amerikanischen Triaden bei der Durchführung helfen.«

Deng trank von seinem Tee. »Die Triaden unterstützen die nationalistischen Revisionisten. Wir tolerieren sie, da sie bei ihren kriminellen Aktivitäten bleiben und sich nicht in die Politik einmischen. Wenn Yang ihre Hilfe in Anspruch nimmt, dann muss es eine subversive Bedeutung haben.«

»Das war auch mein Gedanke, Minister.«

»In Ihrem Bericht erwähnen Sie ein Buch, das Yang erlangen möchte. Haben Sie noch weitere Informationen darüber?«

»Nein, Minister. Aber ich bin an der Sache dran. Der Schlüssel zu diesem Rätsel liegt in Amerika. Meine Agenten suchen nach weiteren Informationen, aber bis jetzt gibt es nichts zu berichten.« Er hielt inne. »Sir, für die Amerikaner sehen alle Chinesen gleich aus. Was auch immer die Triaden tun, es wird ein schlechtes Licht auf uns alle werfen. Wir werden vor der Welt das Gesicht verlieren, wenn ihre Aktionen öffentlich sind.«

Deng nickte. »Sie waren gründlich, Genosse Yao. Ich war zuerst skeptisch, als ich Ihren Bericht gesehen habe. Ich wollte Sie sehen, um ein Gefühl für den Mann zu bekommen, der ihn verfasst hat.«

Minister Deng schaute Yao an. Was er sah, schien ihn zu befriedigen. Er traf eine Entscheidung.

»Sie haben mich überzeugt, dass Yang eine Gefahr ist. Was schlagen Sie vor? Glauben Sie, wir sollten ihn verhaften?«

Yao war schockiert und erfreut, dass der Minister ihn bei einer so delikaten Angelegenheit um Rat fragte.

»Das ist natürlich Ihre Entscheidung, Minister. Da Sie mich nach meiner Meinung fragen, schlage ich vor, noch etwas länger zu warten, bis wir uns ein besseres Bild davon machen können, was Yang plant. Ich habe die Überwachung aller Mitglieder der White Jade Society und der anderen von Yang kontaktierten Personen angeordnet. Alle ihre Kommunikationen werden überwacht.«

»Diese Männer sind geehrte Führer unseres Militärs und einiger unserer kritischsten Regierungsministerien.«

»Ja, Minister. Gerade das beunruhigt mich.«

»Sie glauben, alle diese Männer haben sich gegen die Partei verschworen?«

Yao wurde ganz erregt, als er an mögliche Verräter dachte.

»Ja, Minister, das glaube ich. Reaktionäre Elemente versuchen ständig, das Gute unserer Gesellschaft zu untergraben. Handelt es sich dabei um Männer von hohem Rang und Stand, so ist der Verrat umso schlimmer. Sie müssen ausgemerzt werden, egal, wer sie sind.«

Deng nickte zustimmend. »Das ist richtig. Sie haben die Befugnis, diese Untersuchung weiter zu verfolgen, wie Sie es für das Beste halten. Sie waren bis jetzt diskret. Achten Sie darauf, dass es so bleibt. Halten Sie mich auf dem Laufenden.«

Das Meeting war beendet. Yao stand auf. »Danke für Ihr Vertrauen, Minister. Es ist nicht fehlgeleitet.«

Deng entließ Yao mit einer Handbewegung und wartete, bis er aus der Tür war. Dann wendete er sich an seinen Sekretär. »Sorgen Sie für seine Überwachung. Manchmal ist es notwendig, den Beobachter zu beobachten. Ich will wissen, was er tut.«

»Ja, Minister.«

Deng dachte über das Gespräch nach. Dann griff er zum Telefon und rief den Präsidenten und Vorsitzenden der Volksrepublik an.

Kapitel 40

»Das ist das Gleiche wie in Kreta.«

Selena sah zu dem Symbol der Doppelaxt auf, das in die Säulen vor dem Tempel gemeißelt war.

»Genau davon hat das Buch gesprochen. Ich hätte nie gedacht, es in diesem Teil der Welt zu sehen.«

»Das ist ganz schön weit weg vom Ägäischen Meer.«

Im Inneren des Gebäudes war es dunkel. Etwas Großes stand in der Mitte des Raumes, eine Form, die Nick nicht richtig erkennen konnte. »Was steht sonst noch in dem Buch, Selena? Gibt es weitere Hinweise?«

»Nach dem Teil über die Labrys folgt eine Warnung. Geh da nicht hinein, schlimme Dinge werden geschehen und nur Eingeweihte können passieren. Ziemliches Standardzeugs.«

»Das wären dann Priester?«

»Priester und Angehörige des Kults. Es könnte Fallen geben, um Eindringlinge aufzuhalten. Das Buch warnt davor, dass die Suche nach dem Leben zum Tod führen wird. Sehr dramatisch.«

»Ja, und nicht sonderlich hilfreich.« Ronnie sah zu dem steilen Pyramidendach auf, das sich in den kalten tibetanischen Himmel erhob.

»Der Text besagt, nur wer die Vision des großen Vogels sieht, wird in der Lage sein, zu passieren. Das ist so ziemlich alles, soweit ich es übersetzen konnte.«

Nick betrachtete die Äxte auf den Säulen am Eingang und den Garuda darüber. »Die Vision des großen Vogels. Das muss sich wieder auf den Garuda beziehen. Was bedeutet das?«

»Könnte alles Mögliche sein. Es könnte sich auf spirituelle Visionen beziehen. Oder auch nicht.«

Sie betraten den Tempel. Das Pyramidendach hatte Lücken und sah aus, als könnte es jeden Moment einstürzen. Der Boden war aus glattem, behauenem Stein. Es war still und eiskalt. Sie schalteten ihre Lampen ein. Doppelköpfige Äxte waren ringsherum in die Wände gemeißelt, etwa drei Meter voneinander entfernt und genauso hoch über dem Boden.

In der Mitte des Raumes erhob sich eine riesige Statue des Garuda beinahe zehn Meter in die Höhe. Es waren noch Farbspuren zu erkennen, wo sie rot, gelb und silbern bemalt worden war. Vom Sockel der Statue aus verliefen vier tiefe Kanäle im Boden nach außen. Nick vermutete, sie würden die Himmelsrichtungen anzeigen. Ein kurzer Blick auf sein GPS bestätigte dies. Der Kopf der Statue schaute nach Osten, in Richtung der aufgehenden Sonne.

Die Details der Statue waren mit meisterlicher Kunstfertigkeit gefertigt. Jede einzelne Feder der riesigen Flügel sah aus, als würde sie jeden Moment im Wind erzittern. Eine riesige Schlange wand sich qualvoll unter seinen Klauen. Der furchteinflößende Schnabel war geöffnet und der Vogel hatte sich mit weit gespreizten Flügeln und zurückgeworfenem Kopf auf seine Hinterbeine gestellt, bereit, sich in die Luft zu erheben. Er sah lebendig aus. Und gefährlich.

Die Sonne schien durch eine östliche Öffnung im Dach und tauchte die Füße der Statue in einen schmalen Lichtfleck.

»Ich sehe nichts, bis auf die Statue.« Nick stellte sein Gepäck auf dem Boden ab. Der Schmerz in seinem Rücken war zu einem dumpfen Pochen geworden. Er verdrängte ihn aus seinen Gedanken.

»Es muss einen versteckten Eingang zur Höhle unter uns geben.« Selena leuchtete mit ihrer Lampe durch den dunklen Raum. »Wir sollten nach Unregelmäßigkeiten in den Wänden Ausschau halten, oder vielleicht auch am Boden.«

Sie fingen an, nach etwas Ungewöhnlichem zu suchen.

Nick untersuchte den Sockel der Statue, während Selena und Ronnie langsam die Wände abgingen. Danach untersuchten sie den Boden. Zeit verging. Sie fanden nichts. Keine versteckten Türen. Keine Öffnungen.

Die Sonne wanderte an der Statue hinauf, erleuchtete den altertümlichen Stein. Plötzlich glänzten die Augen des Garuda golden, als sie von der Sonne getroffen wurden.

»Warum leuchten die Augen so?« Ronnie lief zu der Statue und schaute zum Kopf des Vogels hinauf. »Sieht aus, als wären sie aus Gold gemacht. Das will ich mir genauer ansehen.« Er kletterte auf den Rücken der Statue, bis er auf Höhe der Augen war.

»Was siehst du?«

»Das ist ziemlich sicher Gold. Moment mal. Da ist eine Öffnung.«

Er platzierte seine Lampe hinter dem Kopf des Vogels. Zwei sehr helle Lichtstrahlen ergossen sich aus den goldenen Augen und fielen auf eine der ringsherum in die Wand gemeißelten Äxte.

»Sieh dir das an!«, sagte Nick. »Wie haben sie das Licht dazu gebracht, sich so zu fokussieren?»

»Dann wohl eher der Blick und nicht die Vision des großen Vogels«, sagte Selena.

»Glaubst du, es ist so einfach?«

»Keine Ahnung.«

Ronnie kletterte wieder herunter und klopfte sich den Staub von der Kleidung. Sie gingen hinüber zur Wand und schauten hinauf zur Labrys, die im Lichtstrahl aus den Augen des Vogels gelegen hatte. Sie sah aus wie alle anderen, eine von vielen.

»Wie gelangen wir da rauf?«, fragte Helena.

»Ich kann dich hochheben«, sagte Ronnie. »Schau mal nach, ob irgendwas Ungewöhnliches mit der Axt ist.«

Selena stellte sich auf seine Schultern und stützte sich an der Wand ab, während Ronnie sich aufrichtete. Sie fuhr mit dem Licht ihrer Lampe über die Axt, streckte sich und tastete sie mit den Händen ab.

»Nichts.«

»Versuche mal, sie zu drücken.« Sie stemmte sich mit beiden Händen dagegen.

»Ich glaube, sie hat sich ein wenig bewegt.«

»Drück fester.«

Sie drückte. Das Relief glitt in die Wand, Stein auf Stein. Es gab ein hartes, schleifendes Geräusch. Etwas Schweres bewegte sich rumpelnd unter dem Boden. Die Statue des Garuda bewegte sich in einem schwerfälligen Halbkreis, bis sie nach Westen blickte. Sie verharrte für einen Moment und glitt dann entlang des Kanals nach vorne, bis in der Mitte des Tempelbodens eine dunkle Öffnung freigelegt war.

Nick ging zu der Öffnung und schaute ins Dunkel. Eine schmale Steintreppe führte hinab. Der abgestandene Geruch von altem Staub und Verfall drang nach oben. »Ich würde sagen, wir haben soeben den Eingang gefunden.«

Selena schauderte. »Das erinnert mich an einen Albtraum, den ich mal hatte.«

»Haben wir denn eine Wahl, ob wir da runtergehen?«

»Nein, schätze nicht. Was, wenn die sich wieder zurückbewegt und den Zugang versperrt?«

»Wenn der Eingang zu war, dann mussten sie eine Möglichkeit gehabt haben, ihn von unten wieder zu öffnen, oder es gibt noch einen anderen Ausgang.«

»Klar«, sagte Ron, »aber das ist uralt. Was ist, wenn es nicht mehr funktioniert?«

»Dann sprengen wir es auf.« Nick klopfte auf seinen Rucksack. Er hatte genug C-4 dabei, um den gesamten Tempel zu zerlegen.

Sie begannen, die Treppe hinunter zu steigen. Die Stufen waren steil und schmal. Sie führten ins Ungewisse. Schwarzer, kalter Stein absorbierte das Licht.

Am Ende der Treppe gelangten sie auf einen Vorsprung über einem bodenlosen Abgrund. Zur Linken war eine breite Passage in den Berg gehauen. Sie war gerade und quadratisch und wurde von weißem Stein gesäumt. Eine weitere Labrys war über der Öffnung in den Fels gemeißelt. Hölzerne Fackeln ragten in Intervallen entlang der Wand aus schweren, dunklen Halterungen aus Eisen oder geschwärzter Bronze. Ihre Enden waren mit einer klebrigen, braunen Substanz überzogen.

»Die können wir vielleicht benutzen«, sagte Nick. Er holte Streichhölzer hervor und griff sich eine Fackel von der Wand. »Spart Batterien.«

Die Fackel entzündete sich mit Leichtigkeit. Sie brannte mit hellem Licht und verursachte wenig Rauch. Die Flamme reflektierte einen unheimlichen, flackernden Schein von den weißen Wänden des Ganges. Nick reichte sie an Selena und griff sich noch zwei weitere. Eine für Ronnie, eine für ihn selbst. Er war gerade im Begriff, den Gang entlang zu gehen, aber Selena stoppte ihn.

»Das wäre eine gute Stelle für eine Falle.«

»Warum?«

»Es ist zu einfach. Jeder, der es an der Statue vorbei und die Treppen hinunter geschafft hat, würde glauben, der schwere Teil sei vorbei. Das ist ein guter Moment für eine Überraschung.«

»Ok, welche Art von Falle denn?«

»Speerfallen waren im Altertum beliebt. Du trittst auf den Auslöser und ein Mechanismus schleudert Speere oder Pfeile nach dir. Bevor du weißt, was mit dir geschieht, bist du tot. Manchmal gibt es auch falsche Böden. Sie fallen weg und du landest in einer Grube voller vergifteter Spitzen oder so was.

Eine andere Falle lässt etwas Großes und Schweres auf dich fallen oder über dich rollen oder es sperrt dich irgendwo ein. Die Ägypter mochten diese Art. Wir würden zerquetscht wie Insekten.«

»Was schlägst du vor?« Er betrachtete den Gang.

»Die Speerfallen sollten recht einfach zu erkennen sein. Es muss Öffnungen in den Wänden oder der Decke geben, oder sogar im Boden. Allerdings könnten sie verborgen sein. Die Falltüren, und was auch immer auf uns herunterstürzen könnte, bereiten mir Sorgen. Wenn wir eine Falle sehen, dann können wir sie vermutlich auslösen oder einen Weg daran vorbei finden. Wenn nicht, dann sollten wir lieber verdammt vorsichtig sein. Haltet nach Rampen Ausschau, wo etwas herunterrollen könnte, oder irgendwelchen Veränderungen in den Wänden, der Decke oder dem Boden.«

»Das klingt ja so, als müssten wir durch ein 3D-Minenfeld laufen.«

»Das ist gar kein schlechter Vergleich.«

Sie betraten vorsichtig die Passage. Durch ihre Schritte wurden weiße Staubwölkchen aufgewirbelt und Ronnie musste niesen. Das Echo hallte durch den uralten Gang.

Nick war sehr angespannt. Er hatte einen sauren Geschmack im Mund. Er fühlte sich wie in Afghanistan, allerdings war der Feind seit tausenden von Jahren nicht mehr da und die Technologie war aus einer anderen Zeit. Sie war zwar alt, aber sie konnte einen genauso schnell töten wie irgendeine Spielerei aus den heutigen Arsenalen.

Sie bewegten sich langsam, suchten Boden, Decke und Wände nach Anzeichen von Fallen ab. Alle fünfzehn Meter entzündete Nick eine Fackel, um das Gefühl zu vertreiben, er würde in einem dunklen Traum wandeln.

Der Gang machte eine Biegung. »Glaubst du, wir haben eine Falle?«, fragte Ronnie.

Zwei Skelette lagen vor ihnen auf dem Boden. Fragmente von altem Stoff und Leder hingen an vergilbten Knochen, die von dünnen Holzspeeren durchbohrt waren. Weitere Speere lagen zersplittert am Boden verstreut. Diese Knochen lagen schon eine lange Zeit an diesem Ort.

Selena deutete auf die Wand. »Man kann die Öffnungen sehen, aus denen die Speere gekommen sind. Sie sind alle auf Kniehöhe oder darüber.«

»Was hat es ausgelöst?« Ronnie ließ sich auf alle viere nieder und krabbelte näher heran. »Wenn man genau hinsieht, dann kann man einen Unterschied am Boden erkennen. Da ist eine dünne Linie im Stein. Ich denke, sie sind auf diese Steine getreten und das hat es ausgelöst.«

Er legte sich hin, griff nach vorne und drückte auf den Boden. Der Stein bewegte sich. Ein halbes Dutzend scharfer Holzschäfte pfiff aus der Wand und zersplitterte an der gegenüberliegenden Seite. Ein dumpfes, klackendes Geräusch erklang hinter der Wand.

Ronnie kroch zurück. »Automatisches Nachladen. Ganz schön pfiffig.«

»Wenn diese Beiden hier herein gefunden haben, wie kommt es dann, dass die Statue den Eingang wieder bedeckte?«, fragte Selena.

»Vielleicht hat sie jemand wieder zurückbewegt und die Körper als Warnung liegenlassen. Um die Statue machen wir uns später Sorgen, wenn das nötig werden sollte.«

Sie krochen unter der Todeszone hindurch und an dem Auslöser vorbei, umrundeten eine weitere Biegung. Vor ihnen lag eine schwarze Öffnung, das Ende des Ganges.

»Wir nähern uns langsam.« Nick deutete auf die Öffnung.

Er ging zwei Schritte weiter und der Boden fiel unter seinen Füßen weg.

Kapitel 41

Elizabeth winkte Zeke Jordan zu einem Stuhl.

»Wir haben Cathy Chen«, sagte er. »Sie hatte einen Flug von LAX nach Hongkong gebucht.«

»Sehr gut. Wo ist sie jetzt?«

»In Los Angeles. Sie stritt nicht ab, bei Nick gewesen zu sein. Sie sagte, sie hätte eine alte Freundin besuchen wollen, und als sie ankam, waren Nick und Doktor Connor betrunken und high von irgendetwas. Sie behauptete, Connor habe auf der Couch das Bewusstsein verloren und Nick hätte versucht, sie zu begrapschen, und sei dabei über den Couchtisch gestolpert und auf dem Boden gelandet. Sie sagte, sie wisse nichts von einem Computer und sie wäre gleich nach Nicks Annäherungsversuch gegangen. Sie war geschäftlich nach Hongkong unterwegs. Hätte sie gewusst, dass wir sie suchen, dann hätte sie sich freiwillig gestellt.«

»Natürlich hätte sie das. Was für eine Geschichte. Vielleicht helfen ja ein paar Tage in Isolationshaft ihrem Gedächtnis auf die Sprünge.«

»Das ist der Plan.«

»Sind sie bei der Suche nach einem möglichen Informanten weitergekommen?«

Jordan sah unglücklich aus. »Wir haben tatsächlich jemanden. Wir beobachten ihn, um zu sehen, ob er mit irgendwem in Kontakt tritt. Er hat eine Menge Geld auf einem ausländischen Konto zur Seite geschafft. Ich gebe es nur ungern zu, aber Sie hatten recht.«

»Wann werden Sie zuschlagen?«

»Sobald wir ihn mit den Chinesen in Verbindung bringen können. Bis dahin überwachen wir alles, was er tut.« Jordan zupfte an seinem Kragen. »Gibt es irgendwas Neues über das Buch, oder warum die Chinesen es so dringend haben wollen?«

»Sie sind sicher, dass es diese Person war, die Wu gewarnt hat?«

»Warum beschleicht mich das Gefühl, Sie verschweigen mir etwas, Direktor? Ja, ich bin mir sicher. Das ist unser Mann.«

»Ich wollte Sie nicht informieren, bevor Sie den Informant ausfindig machen konnten. Wir glauben zu wissen, warum Yang das Buch haben will. Es könnte die Informationen enthalten, wo eine neue Quelle an Rohmaterialien für Chinas Nuklearprogramm zu finden ist. Wir arbeiten daran, ihn aufzuhalten.«

Elizabeth glaubte nicht, er müsse wissen, dass sie das momentan in Tibet taten. Sie wirbelte mit ihrem Stift.

»Wir sind uns sicher, dass Yang einen Putsch plant. Und wenn er bereit für seinen Zug ist, wird er die Triaden nutzen, um hier Angriffe durchzuführen. Wir glauben, am Vierten wird es geschehen.«

Jordan war schockiert.

»Das sind nur noch zwei Tage.«

»Ich konnte Homeland Security davon überzeugen, dass etwas geschehen wird. Seitens des State Departments gibt es keinerlei Kooperation, der Teil muss sich also um sich selbst kümmern.«

»Zwei Tage ist nicht gerade viel Zeit.«

»Unsere Indikatoren deuten auf etwas in der Bay Area. Das ist der beste Ort, um Ressourcen zu fokussieren.«

Jordan rieb sich die Nase. »Ich werde Schwierigkeiten haben, das FBI davon zu überzeugen, dass die Triaden jetzt terroristische Aktivitäten aufnehmen, anstatt weitere kriminelle Geschäfte zu machen. Das entspricht nicht ihrem Muster.«

Harker tippte nachdenklich mit ihrem Stift auf ihren Tisch. Jordan beobachtete sie.

»Vielleicht sollten wir Yang wissen lassen, dass wir ihm auf der Spur sind. Was glauben Sie? Er könnte eventuell seine Optionen überdenken und uns dadurch mehr Zeit geben ihn zu entblößen. Wir könnten Ihren Informanten benutzen. Er könnte erfahren, dass wir uns der Bedrohung bewusst sind. Dann würde er versuchen, Wu oder Yang zu kontaktieren. Das würde zwei Fliegen mit einer Klappe schlagen. Yang würde wissen, dass wir vorbereitet sind und vielleicht sogar die Anschläge abblasen. Sie könnten Ihren Informanten auf frischer Tat ertappen und ihn aus dem Verkehr ziehen.«

Jordan lächelte. »Das gefällt mir. Selbst wenn Yang seine Pläne durchzieht – es würde ihn zumindest verärgern. Menschen machen Fehler, wenn sie verärgert sind.«

»Dann sind wir uns einig. Sie weihen Ihren Informanten in unsere Vermutung ein, dass es einen Angriff in unserem Land geben wird im Zusammenhang mit dem Plan, China zu übernehmen. Er braucht nicht zu wissen, woher wir die Information haben. Lassen Sie es ihn weitergeben und dann nehmen Sie ihn hoch. Das sollte auch Ihren Argumenten gegenüber des FBIs mehr Gewicht geben, sich mit allen Ressourcen auf den vierten Juli zu konzentrieren.«

»Drei Fliegen mit einer Klappe.«

»Wir haben nicht viel Zeit.«

Jordan stand auf. »Dann mache ich mich wohl besser an die Arbeit.«

Nachdem er gegangen war, rief Harker das Satellitenbild von Tibet auf. Nick hatte sich nicht wieder gemeldet. Wenn sie unter der Erde waren, dann gab es keine Möglichkeit, ein Signal zu senden. Sie machte sich größere Sorgen bezüglich der Chinesen.

Als das Bild erschien, wusste sie, ihre Sorgen waren berechtigt. Es war wieder Nacht auf der tibetischen Hochebene. Ein Konvoi aus vier Fahrzeugen bewegte sich auf Moincer zu. Sie waren noch ein gutes Stück entfernt, aber so viele Fahrzeuge auf einmal bedeutete chinesisches Militär. Sie versuchte, das Team zu erreichen, erhielt aber keine Antwort. Nun konnte sie nur abwarten, wie sich die Dinge entwickelten.

Kapitel 42

Nick fühlte, wie die Steine unter seinen Füßen erzitterten und sprang mit aller Kraft nach vorne. Er hörte Selena hinter sich seinen Namen rufen. Schmerz schoss in seine Wirbelsäule. Der Boden fiel weg und darunter öffnete sich eine klaffende Grube. Er bekam den gegenüberliegenden Rand der Grube mit einer Hand zu fassen, griff mit der anderen Hand nach und klammerte sich mit baumelnden Füßen an der Kante fest. Eine Wolke aus weißem Staub stieg um ihn herum auf. Er schaute nach unten. Sechs Meter unter ihm ragten reihenweise angespitzte Holzspieße wie ein Maul voller hungriger Reißzähne empor.

Die Wände der Grube waren glatt. Er hing über den Spießen, bis er seine Arme über die Kante bekam und sich hochziehen konnte. Er blieb auf dem Rücken liegen und atmete tief ein und aus, wartete darauf, dass der Schmerz nachließ.

»Bist du okay, Nick?«, fragte Ronnie.

»Ja.« Er stand auf, sein Herz klopfte. Sein Rücken war ganz schön mitgenommen, aber wenn er in Bewegung bliebe, würde er sich vielleicht wenigstens nicht zu sehr verspannen. Er nahm noch eine Schmerztablette und hoffte, sie enthielte auch eine Art Muskelrelaxans.

»Werft mir ein Seil zu.«

Ronnie warf ihm das Ende eines Seiles rüber und sie verknoteten es jeweils an einer Fackelhalterung. Selena und Ronnie hangelten sich am Seil entlang und gelangten so auf die andere Seite der Grube.

»Das war ein beeindruckender Sprung.« Ronnie klopfte ihm auf die Schulter. Nick verzog das Gesicht.

»Ich habe die Bewegung kurz vorher gespürt. Ich hoffe, das war die Letzte von diesen Fallen.«

Nach weiteren fünfzig Metern, die sie mit großer Vorsicht überwanden, öffnete sich die Passage vor ihnen in die Dunkelheit. Sie gingen weiter. Etwas glitzerte im Licht ihrer Fackeln.

Sie standen in einer Kammer im Herzen des Berges, auf einem Boden aus glatten Steinquadraten, die mit großer Kunstfertigkeit angefertigt waren. Eine breite Treppe führte zu einer erhöhten Plattform. Das gegenüberliegende Ende der Plattform verschwand in der Dunkelheit.

Entlang der Stufen und an den Seiten der Plattform standen Säulen, die im Licht der Fackeln unregelmäßige Schatten warfen. Jede Säule war aufwendig mit ineinander verschlungenen Schlangen und Ranken verziert. Auf den Säulen war jeweils eine große goldene Schale platziert.

»Wir brauchen mehr Licht. Lasst uns zur Plattform gehen.«

Sie liefen über den Steinboden und begannen, die Treppe empor zu ersteigen.

Die Schalen befanden sich gerade so über Kopfhöhe. Einer Ahnung nachgehend, steckte Nick einen Finger in die Schale neben sich. Sie war mit einer öligen Flüssigkeit gefüllt. Er hielt seine Fackel daran und die auflodernde Flamme drängte mit ihrem Licht die Dunkelheit zurück. Sie entzündeten die Schalen entlang der Treppe und an der Seite der Plattform. Am hinteren Ende der Plattform führten weitere Stufen zu dem Eingang eines niedrigen, quadratischen Gebäudes, das in die Seite des Berges gehauen war.

Sie hielten inne.

Vor ihnen war im Licht der lodernden Schalen ein riesiger, aufsteigender Vogel zu sehen, der über dem Gebäude seine goldenen Flügel spreizte. Auf seinem Rücken ritt eine furchteinflößende Figur, die aus rotem Stein gehauen war. Der Kopf hatte zwei Gesichter, von den Wangen tropfte Gold wie geschmolzene Butter und die vier Augen waren schwarz. Sieben Flammenzungen kamen zwischen geschärften goldenen Zähnen hervor. Der Ausdruck war wild, das lange, schwarze Haar zerzaust wie von starkem Wind. Die Gestalt hatte sieben Arme mit goldenen Armbändern und drei Beine gebändert mit blauen Steinen, die in Gold gesetzt waren. Eine Kette aus goldenen Schädeln hing um den Hals. Sieben breite, goldene Strahlen strömten wie Blitze von dem Körper.

Unter dem Vogel zierte ein Fries aus doppelköpfigen goldenen Äxten den Eingang zu dem Gebäude.

Das Gold glänzte im flackernden Licht.

»Das ist Agni«, sagte Selena, »der da auf dem Garuda reitet.« Ihre Stimme war voller Ehrfurcht.

»Wer ist Agni?«, fragte Nick.

»Er ist einer der zwei wichtigsten vedischen Götter, noch vor dem Hinduismus, sehr alt. Er ist der Gott des Feuers und der Unsterblichkeit. Für gewöhnlich reitet er auf dem Rücken eines Widders oder fährt in einem Streitwagen. Ich habe ihn noch nie einen Garuda reiten sehen. Das ist eine wirklich frühe Darstellung.«

»Das ist eine Menge Gold da oben.« Ronnie blickte auf die Gestalt.

»Ist das ein Rubin in einer seiner Hände? Der ist so groß wie ein Baseball.« Nick konnte gar nicht alles auf einmal aufnehmen. Er hatte noch nie etwas Derartiges gesehen.

»Ich glaube schon, und die blauen Steine sind vermutlich Saphire.« Selena drehte sich im Kreis. »Schaut euch die Wände an!«

Die Flammen erleuchteten ringsum Wandmalereien in brillanten Farben. Unter den Bildern waren die Wände mit Schrift und mit Symbolen gefüllt. Die Wandgemälde sahen aus, als seien sie erst vor wenigen Tagen fertiggestellt worden.

Selena lief die Stufen hinunter und zu einem Gemälde neben dem Eingang. Im Licht ihrer Fackel untersuchte sie die Schriftzeichen.

»Oh mein Gott. Das ist Linearschrift A. Es ist auf minoisch geschrieben. Und darunter ...« Sie blieb wie angewurzelt stehen.

»Darunter, was?«

»Darunter sind Passagen in Sanskrit.«

Nick kam zu ihr rüber. »Kannst du es lesen?«

»Das Sanskrit kann ich lesen. Wenn es die gleiche Geschichte erzählt wie die Linearschrift A, dann ist das die größte linguistische Entdeckung seit dem Rosettastein.«

»Durch den konnten die ägyptischen Hieroglyphen übersetzt werden.«

»Ja. Niemand war bis jetzt in der Lage, Linearschrift A wirklich zu verstehen. Es gibt zwar Theorien, aber keine von denen funktioniert zu hundert Prozent. Es sind hauptsächlich Mutmaßungen. Das ist auch, was ich getan habe.«

»Sieht aus wie Mistgabeln und Spuren von Hühnern.«

Selena ignorierte den Kommentar von Ronnie. »Das ist ein Traum für mich. Ich studiere seit Jahren tote Sprachen. Wenn das hier ist, für was ich es halte, dann wird es Geschichte schreiben.«

Sie hielt ihre Fackel in die Höhe und betrachtete die Malerei über der Schrift. Es war eine friedliche Hafenszene zu sehen. Gebäude im Sonnenschein vor azurblauem Himmel mit weißen Wolken. Auf dem Wasser fuhren Schiffe mit hohen, gebogenen Enden und an den Docks gingen Menschen ihrem geschäftigen Treiben nach. Die Details waren eindringlich und lebensecht. Nick konnte beinahe spüren, wie sich die Bäume in der Meeresbrise wiegten.

»Ich glaube, das ist das altertümliche Kreta.« Ihre Stimme war ehrfürchtig. »Das muss der Hafen von Knossos sein.«

Sie gingen die Wand entlang. Männer in orangefarbenen Roben gestikulierten vor einem bärtigen Mann auf einem erhöhten Thron. An einer Seite des Thrones standen in Weiß gekleidete Frauen und sahen zu. Eine Frau trug blaue Kleidung.

»König Minos?«

»Möglich. Das Sanskrit besagt, sie präsentieren dem Großen König eine Warnung. Vermutlich ist das der Palast von Knossos. Hast du eine Ahnung, was das für die Welt der Archäologie bedeutet? Das ist, als fände man Fotografien von 1600 vor Christus.«

Der König sah nicht erfreut aus. Was auch immer die Priester ihm mitteilten, er war nicht glücklich darüber.

Die Reihe der Wandgemälde wurde düsterer. Während an den Stränden Kinder spielten, brach eine hoch aufragende, bösartige grüne Welle über die Insel herein. Eine brodelnde, schäumende Wand aus Wasser brach über die Stadt und schmetterte Bäume, Boote, Menschen und Gebäude gegen die Hügel. Dann folgte ein schmales geschwärztes Band, als konnte der Künstler es nicht ertragen, die Zerstörung zu zeigen.

Das nächste Feld zeigte drei Segelschiffe mit hohen, gebogenen Enden, die unter einem rauchigen rot-schwarzen Himmel über das aufgewühlte Meer pflügten. Auf den Decks standen weitere der in Roben gekleideten Figuren.

Die Szenen setzten sich entlang der Wand fort. Eine Landestelle unter blutroter Sonne. Eine lange Überlandreise durch Wüste und Ebene. Träger, beladen mit Kisten und Lasten, kletterten auf schneebedeckte Berge in der Ferne zu.

Die Träger kamen an eine trostlose Hügelkuppe. In den folgenden Bildern wurden Häuser und ein Gebäude mit Pyramidendach gebaut. Es war die Tempelanlage über ihnen.

Der Stil der Malerei änderte sich, die Arbeit eines anderen Künstlers. In Kleidung des frühen chinesischen Reiches gehüllte Figuren umringten eine große, goldene Sänfte mit geschlossenen Vorhängen, die von angestrengten, unbekleideten Sklaven getragen wurde. Die Prozession betrat den Tempelkomplex auf der Hügelspitze.

Im nächsten Bild waren Figuren über einen chinesischen Mann in aufwendigen Roben gebeugt, der auf einem weißen Tisch lag. Männer in Orange und Frauen in Weiß – eine in Blau – standen mit erhobenen Armen und nach oben gerichtetem Blick flehend auf einer von Wandleuchtern umgebenen Plattform. Hinter ihnen kreiste der große goldene Vogel mit seinem Reiter.

Das letzte Bild war eine detaillierte Karte. Nick erkannte Indien, China und die Mongolei. Die Beschriftung war minoisch und in Sanskrit.

Die Wandgemälde erzählten die Geschichte vom Ende der minoischen Zivilisation. Und bestätigten die Geschichte aus dem Buch, dass der erste chinesische Kaiser an einen geheimen Ort gebracht wurde.

An diesen Ort.

»Ich brauche Fotos.« Selena holte ihre Kamera heraus. Ihre Hände zitterten.

»Schau, ob das Geschriebene Informationen enthält, die wir benötigen. Wir werden uns das Gebäude ansehen.«

Zwei V-förmige, mit weißem Stein ausgelegte Kanäle verliefen entlang der zu dem Gebäude führenden Treppe. Sie endeten an quadratischen Öffnungen in den Seiten einer rechteckigen weißen Platte im Mittelpunkt der Plattform.

Ronnie und Nick liefen um die Platte herum. Sie stiegen die Stufen hinauf und betraten einen großen, quadratischen Raum. Ihre Schritte wirbelten feine graue Staubwolken auf. Ronnie nieste. Er wischte seine Nase an seinem Ärmel ab.

An den Wänden standen mit Kesseln, Werkzeugen und Glasbehältern bedeckte Tische. In einer Ecke befand sich eine

Feuerstelle mit Eisenstangen und Gittern darüber. Vor einer Wand befand sich eine große, geschlossene Truhe aus dunklem Metall. Über der Truhe hing eine lange Zange. Bis auf die dicke Staubschicht schien es, als wären erst vor wenigen Minuten die Werkzeuge niedergelegt worden.

»Das erinnert mich an das Labor in meiner High-School. Bechergläser, Fläschchen, Feuer. Was habe ich mich da gelangweilt. Einmal habe ich einen Bunsenbrenner aufgeschraubt und auf dem Labortisch angezündet. Die Flamme war etwa einen Meter hoch.«

Ronnie lachte. »Wie ist der Lehrer damit umgegangen?«

»Ich musste drei Tage Nachsitzen. Hat das Footballtrainig gestört, der Coach war ganz schön sauer.«

»Was glaubst du, ist in der Truhe?«

»Woraus ist sie gemacht?«

»Bin mir nicht sicher. Irgendeine Art Metall.«

Ronnie nahm sein Ka-Bar Messer und kratzte über die Oberfläche. Ein dumpfer grauer Streifen schälte sich ab und ließ eine glänzende Linie unter der Messerspitze zurück.

»Es ist Blei.«

Der Deckel war so gestaltet, dass er über die Seiten der Truhe gestülpt wurde. Es gab keine Scharniere.

»Was haben wir da, Nick, die Büchse der Pandora?«

»Ich habe eine Vermutung.«

Er nahm den Geigerzähler aus seinem Rucksack. Dieser zeigte erhöhte Strahlung an, aber nicht gefährlich.

»Lass sie uns öffnen und hineinsehen.«

Der Deckel war schwer. Sie hoben ihn an und Nick spürte, dass sich sein Rücken verkrampfte. Sie legten den Deckel schief über der Box ab. Die Truhe war zur Hälfte gefüllt mit schwarzen Steinen. Die Anzeige des Geigerzählers bewegte sich in den roten Bereich und der Alarm ging los.

»Wieder drauf!«

»Okay.«

Sie setzten den Deckel so schnell sie konnten wieder auf die Truhe. Nick schaute auf sein Dosimeter. Noch in Ordnung.

»Ich schätze, wir haben gefunden, wonach Yang sucht.«

»Wie haben die Priester verhindert, dass sie gekocht werden?«

»Gute Frage, Ronnie. Woher wussten sie, dass Blei sie vor der Strahlung schützen würde, oder dass es überhaupt Strahlung gab? Wie haben sie den Ort hier gebaut?«

»Nick, schau mal hier drüben.«

Ein in Orange gekleideter Mann stand mit ausgestrecktem Arm in einem Alkoven in einer Ecke und hielt etwas Weißes in seiner Hand.

Kapitel 43

Wu war schon ganz steif und wund vom Ruckeln auf der holprigen Straße. Der Konvoi war seit dem Morgen unterwegs zu dem Dorf Moincer. Von dort waren es immer noch Stunden bis zu ihrem Ziel. Sergeant Choy fuhr bei ihm im Auto mit.

Dreißig vom 53. Gebirgsbataillon in Lhasa requirierte Soldaten fuhren in den drei Trucks hinter ihnen. Es waren keine Elitetruppen, aber sie waren das Terrain und die Höhe gewöhnt. Wu war sich nicht sicher, was er bei den Ruinen finden würde. Aber er würde die Arbeitskräfte brauchen, um Dinge von Interesse dort entfernen zu können. Für den Rücktransport waren die Trucks gedacht.

Die Anweisungen des Generals waren sehr präzise gewesen. Yang hatte ein Komposit-Satellitenbild auf dem Tisch ausgebreitet und seinen Finger auf einen Punkt im Westen von Xizang, ehemals Tibet, gelegt.

»Senior Colonel Wu.«

»Sir.«

»Das ist das Kloster Gurugem. Fünfzig Kilometer nördlich befindet sich eine Gruppe von Ruinen. Die Beschreibungen in dem Buch, das Sie beschafft haben, führen dorthin.«

Ein verschwommenes Bild von gleichmäßigen Formen und eingestürzten Wänden deutete auf eine altertümliche Anlage.

»Die nächstgelegene Siedlung ist hier, wo die Kohleminen sind. Es gibt eine Straße zum Kloster. Von dort werden Sie sich entlang dieses Tals zu den Ruinen begeben. Es gibt keine Straße. Stellen Sie sicher, dass Sie adäquate Transportmittel haben.«

»Sir.«

»Nehmen Sie Männer mit. Bringen Sie alles von Wert, was Sie finden, mit zurück.«

»Sir, wonach suche ich?«

»Sonar-Scans zeigen eine Kammer unter den Ruinen. Sie werden einen Weg in diese Kammer finden. Halten Sie nach Artefakten jeglicher Art Ausschau. Möglicherweise sind Karten dort. Schauen Sie nach allem, was mit dem ersten Kaiser zu tun hat. Wenn dort Aufzeichnungen sind, sammeln Sie sie ein oder fotografieren Sie sie und bringen Sie mir die Informationen. Nehmen Sie Strahlungsdetektoren mit. Es könnte ein Lager radioaktiver Materialien dort sein, vor allem Erz. Wenn Sie es finden, bringen Sie eine Probe mit. Sollte es da sein, halten Sie Ausschau nach Hinweisen, wo es abgebaut wurde.«

»Was ist, wenn die Amerikaner den Standort entdeckt haben?«

Yang sah unbesorgt aus. »Sollten Fremde dort sein, befragt Sie sie und eliminiert sie. Finden Sie alles heraus, was sie wissen. Entledigen Sie sich der Körper und ihrer Ausrüstung. Das sollte in dieser abgelegenen Gegend kein Problem darstellen.«

»Ja, Sir. Ich verstehe. Darf ich etwas fragen?«

Yang sah Wu aus zusammengekniffenen Augen an und nickte. Für einen Moment erinnerte es Wu an eine Kobra, aber er verdrängte den Gedanken wieder aus seinem Kopf.

»Sir, könnte ich erfahren, wie der Status von Summer Wind ist?«

»Sie können. Summer Wind verläuft nach Plan. Wir beginnen in zwei Tagen. Die Amerikaner werden durch von den Triaden herbeigeführte Vorfälle verärgert. Ihr Ärger wird sie verwirren. Der Vorsitzende und der Ständige Ausschuss werden in Peking sein. Während sie darüber diskutieren, wie sie auf die Amerikaner reagieren sollen, werde ich sie neutralisieren. Dann werde ich die Amerikaner besänftigen, den Ausschuss verantwortlich machen und die Sündenböcke stellen, die der amerikanische Präsident für sein Volk brauchen wird. Tote Sündenböcke in Peking. Die Triaden in Amerika.«

»Sir, Ihre Vision führt uns zurück auf den wahren Weg unseres Schicksals. Ich wünschte, ich könnte in Peking sein, wenn es geschieht.«

Yang tat die Schmeichelei mit einer schnellen Geste ab, sah aber zufrieden aus.

»Ihre Mission ist entscheidend für unsere Zukunft. Enttäuschen Sie mich nicht.«

»Niemals, Sir. Ich werde sofort aufbrechen.«

»Sehr gut. Halten Sie mich auf dem Laufenden.«

Wu salutierte, machte auf den Hacken kehrt und marschierte aus dem Raum.

Während er nun durch die Dunkelheit des westlichen Xizang preschte, fühlte Wu einen wohligen Anflug von Stolz bei der Erinnerung an Yangs lobende Worte. Seine Träumerei wurde von dem pistolenschussartigen Klang eines platzenden Reifens unterbrochen. Der Fahrer brachte das Fahrzeug zum Stehen. Der Konvoi hielt hinter ihnen.

»Schnell, Sergeant.«

»Sir.«

Choy sprang fluchend aus dem Wagen, brüllte Anweisungen. Wu stand rauchend am Rand der Straße, während die Soldaten arbeiteten, und war wütend wegen der Verzögerung. Es dauerte zwanzig Minuten, bis das Rad gewechselt war und sie sich wieder in Bewegung setzten. Zwei Stunden später wurden die gelben Lichter der Ortschaft Moincer sichtbar.

Sie fuhren an ordentlich gereihten niedrigen Häusern aus geweißter Erde und Steinen und mit roten Ziegeldächern vorbei. Einige Gebets-Fahnen flatterten im nicht enden wollenden Wind. Große, gemalte Buddha-Augen starrten aus einigen der älteren Gebäude. Sie passierten den hässlichen Zementklotz der Partei-Bezirksleitung.

Teekarren und Geschäfte waren geöffnet und voller Menschen, selbst zu so früher Stunde. Wu hätte gerne einen Tee gehabt, aber es war keine Zeit für eine Pause. Außerdem hielt er den Tee in dieser Region für minderwertig. Sie fuhren an einem Mann vorbei, der Ziegen zum Markt trieb. Menschen wendeten ihre Blicke ab, als der chinesische Konvoi vorbeifuhr.

Die Straße aus der Siedlung hinaus war eben und sie kamen gut voran. Die Lichter ihrer Fahrzeuge offenbarten eine raue Landschaft baumloser Hügel mit Schneeflecken an dunklen, von der Sonne unberührten Stellen. Sie kamen an einer Herde Yaks vorbei, schwarze buckelige Formen wie Basaltfelsen in der Nacht. Das Tal war gefüllt mit tiefen, kalten Schatten.

Sie passierten das Kloster, ein vielstöckiges, geweißtes Gebäude, das sich in die Seite des Hügels fügte. Wu konsultierte die Karte. »Hier abbiegen. Halt.«

Wu stieg aus. Ein breites Tal führte nach Norden in die Berge. Choy stand hinter ihm.

»Schauen Sie hier, Sergeant. Was sehen Sie?« Er deutete auf schwache Abdrücke in der brüchigen Erde.

»Reifenspuren. Ein breiter Radstand, vielleicht ein Truck. Jemand ist hier vor nicht allzu langer Zeit vorbeigefahren.«

»Die Abdrücke sind nicht tief genug für einen Truck. Ich glaube, die Amerikaner sind bereits hier.«

»Wie sollten sie mit einem Fahrzeug hierher gelangen, ohne von uns entdeckt zu werden?«

»Wer weiß? Wenn wir sie finden, dann werden wir sie fragen. Setzen Sie die Truppen in Alarmbereitschaft. Sollten die Amerikaner hier sein, dann sind sie bewaffnet.«

»Ja, Sir.«

Wus Satellitentelefon summte in seiner Tasche.

»Wu.«

»Juggler hier.«

Verdammt. Was hatte das nun wieder zu bedeuten? Wu zwang sich, englisch zu reden.

»Was gibt es, Juggler.«

»Die Regierung hier hat in Erfahrung gebracht, dass etwas für den vierten Juli geplant ist. Sie wissen, dass die Triaden involviert sind, und erhöhen die Alarmstufe.«

»Was sonst noch?« Wu wartete auf die Verzögerung des Satelliten.

»Es gibt Spekulationen bezüglich einer Militärübernahme in Ihrem Land. Planen Sie einen Putsch?«

Wu atmete tief ein. Wie konnten die davon erfahren?

»Nein, nichts in der Art wird in Erwägung gezogen. Ihre Regierung ist paranoid.«

»Was wird am Vierten passieren? Planen Sie einen Angriff? Ich möchte nämlich auf keinen Fall irgendwo hier in der Nähe sein, wenn das so sein sollte.«

»Welchen möglichen Vorteil sollte uns das verschaffen? Natürlich nicht.« Die Lüge fiel ihm leicht. »Die Triaden werden gegen den Dalai Lama und die tibetischen Revisionisten mobilisiert, das ist alles. Es werden große Demonstrationen stattfinden. Sie werden energisch sein, aber friedlich. Wir werden größtmögliche Aufmerksamkeit erlangen, indem wir an Ihrem Independence Day protestieren. Sie sollten sich keine Sorgen machen.«

Bis Juggler merken würde, dass Wu gelogen hat, würde es zu spät sein, noch etwas bewirken zu können. Aber Wu musste ihn beruhigen. Juggler war nervös. Wu entschied, dass seine Nützlichkeit vorüber war. Es würde keine weiteren Zahlungen geben, aber Juggler brauchte das nicht zu wissen.

»Sehr gut, Juggler. Dieses Mal wird es einen Bonus geben. Informieren Sie mich weiterhin über jegliche Entwicklungen, aber es sollte keine weiteren Missverständnisse mehr geben, nachdem die Demonstrationen stattgefunden haben.«

»Ich muss los. Es kommt jemand.«

Juggler beendete den Anruf.

Wu stand in der frühmorgendlichen Gebirgskälte und dachte darüber nach, was er General Yang sagen sollte. Er entfernte sich von dem Fahrzeug. Choy wollte ihm folgen, aber Wu winkte ihn zurück.

Er rief Yang an.

»Ja.«

»Sir, ich habe soeben einen Anruf von einem Informanten in Amerika erhalten.«

»Ja?«

»Die Amerikaner haben in Erfahrung gebracht, dass wir etwas mithilfe der Triaden planen. Sie vermuten die Existenz von Summer Wind.«

Stille. Wu wartete.

»Wie vertrauenswürdig ist dieser Informant?«

»Sehr, Sir. Er arbeitet beim FBI.«

»Das ändert nichts. Wir fahren wie geplant fort. Wie ist Ihr aktueller Status?«

»Wir sind auf dem Weg zum Ziel. Ich schätze, noch drei oder vier Stunden bis zu unserer Ankunft. Wir haben Reifenspuren gefunden, und ich glaube, die Amerikaner sind bereits vor uns hier.«

»Störenfriede. Finden und eliminieren Sie sie. Sie haben Ihre Befehle.«

»Ja, Sir.«

»Melden Sie sich, wenn Sie mehr Informationen haben.« Yang beendete das Gespräch.

Wu drehte sich um und lief zurück zum Wagen, an dem Choy auf ihn wartete.

»Los geht's, Sergeant.«

Der Konvoi begann den Aufstieg zu den Ruinen. Wu überprüfte seine Pistole, steckte sie zurück in sein Holster. Mit etwas Glück würden sie die Amerikaner überraschen können. Es konnten nicht viele von ihnen dort sein, es gab nur Spuren von einem Fahrzeug. Er rieb sich die Stirn, um seine hämmernden Kopfschmerzen zu besänftigen. Verdammt sei diese dünne Luft. Er hustete und spuckte Schleim aus. Vielleicht war es an der Zeit, das Rauchen einzuschränken.

Kapitel 44

»Selena, komm mal her und sieh dir das an«, rief Nick.

Sie standen zu dritt vor einer mumifizierten Figur.

»Was hält ihn aufrecht?« Ronnie hielt seine Fackel näher. Die Haut war alt und braun und straff über die Knochen des Schädels gespannt. Die Augen waren schwarze Aushöhlungen im Gesicht.

»Er muss gestützt sein, unter der Robe.«

»Es ist einer der Priester, wie in den Bildern. Das ist ein Stück weiße Jade in seiner Hand.« Selena trat näher. »Es ist eine geschnitzte Figur des Kaisers.«

Nick erinnerte sich an seinen Traum von einer dunklen Gestalt in einer Robe, die ihm etwas Weißes entgegenstreckte. Die Haare in seinem Nacken stellten sich auf.

»Was haben sie wohl hier drinnen gemacht?« Er hielt seine Fackel hoch. Die Flamme wurde von den Glasbehältern auf den Tischen reflektiert.

»Kessel, Feuer, Glas – das ist ein Labor. Ich denke, sie haben versucht, das Elixier der Unsterblichkeit herzustellen«, sagte Selena.

»Es sieht auf jeden Fall so aus. Hattest du Glück mit der Schrift an den Wänden?«

»Das ist die linguistische Entdeckung des Jahrhunderts. Das Geschriebene ist eine Erzählung und jedes Gemälde hat darunter eine Beschreibung.«

»So wie ein illustriertes Buch«, meinte Ronnie.

»Ja. Dieser Priester mit der Jade gehörte zu einem Kult des ewigen Lebens. Ihr habt das Gemälde am Ende gesehen, wo alle rumstehen und ihre Hände zum Himmel heben? Das Geschriebene besagt, der Körper wurde für das ewige Dasein vorbereitet. Unsterblichkeit bedeutete für diese Menschen, nach dem Tod zurückzukommen. Um dies zu tun, benötigte man einen Körper. Kein Körper, keine Unsterblichkeit.«

Nick setzte sich auf eine Steinbank, um seinen Rücken zu entlasten. »Den Glauben ans ewige Leben gab es schon bei den Höhlenmenschen. In vielen Kulturen werden persönliche Dinge wie Nahrung und Geschirr mit ins Grab gelegt, damit die verstorbene Person sie nach dem Tod nutzen kann.«

»Die Minoer haben das getan«, sagte Selena. »Archäologen haben in minoischen Gräbern persönliche Gegenstände gefunden. Sie haben diese Idee vielleicht von den Ägyptern übernommen.«

Nick zupfte an seinem Ohr. »Wenn die Minoer Sachen in den Gräbern hinterlassen haben, dann müssen sie geglaubt haben, die Körper bräuchten diese nach dem Tod.«

»Aber die Minoer haben keine Leichen konserviert.« Selena strich sich eine Haarsträhne aus der Stirn. »Sie begruben die Toten in Gemeinschaftsgräbern die sie immer weiter benutzten, indem sie alles nach hinten schoben, bis kein Platz mehr war. Diese Wandmalereien zeigen etwas radikal anderes. Zuerst stirbst du, der Körper wird konserviert, dann kommst du in demselben Körper zurück und lebst für immer. Das ist eine enorme Abweichung von allem, was wir über die minoische und frühe vedische Zivilisation wissen. Die Inder verbrannten ihre Toten und tun das noch immer.«

»Wofür ist das Elixier?«, fragte Ronnie.

»Ich glaube, sie wollten eine wirkliche Formel erschaffen, um ewig am Leben zu bleiben.«

»Warum hier in Tibet?«

»Die Geschichte an den Wänden besagt, die Priester starteten hier, gingen nach Kreta und kamen dann zurück. Sie verrät nicht wann oder warum oder wie sie von den Minoern gewusst haben konnten. Der Teil über den Kaiser ist eindeutig.

Huang wurde hierher gebracht, um das Elixier zu erhalten. Das wäre 210 v.Chr. gewesen.«

»Ich frage mich, was sie mit ihm gemacht haben? Wir haben nichts gesehen, dass wie ein Grab aussieht.« Nicks Rücken versteifte sich. Zeit, sich an die Arbeit zu machen.

Ronnie sah die Mumie an. Der Priester grinste zurück. »Wie geht es weiter?«

»Selena macht Videos von allem. Du und ich, wir schauen uns nach Dingen um, die Yang interessieren könnten. Selena, wenn du alles Geschriebene aufzeichnest, dann können wir es später übersetzen. Wenn du deine Bilder gemacht hast, verschwinden wir hier und sprengen den Eingang. Ich will nicht, dass Yang hier rumschnüffelt.«

»Du willst die Statue in die Luft jagen?«

»Wir haben keine Wahl. Wir sind leicht genug hier reingekommen. Wen auch immer Yang schickt, er wird die gleichen Informationen haben wie wir. Wir versiegeln lediglich den Zugang. Das kann ja in Zukunft wieder jemand öffnen, sollte das die richtige Entscheidung sein.«

Sie schüttelte ihren Kopf. »Ich hätte nie gedacht, dass ich daran beteiligt sein würde, den archäologischen Fund des Jahrhunderts zu zerstören. Dann sehe ich wohl besser mal zu, dass ich mit meinen Bildern fertig werde.«

Nick griff nach der weißen Jadefigur in der Hand der Mumie. Sie bewegte sich nicht. Er zog daran, und der Arm gab nach, als sie sich aus der Hand löste. Als er sich umdrehte, um die Figur Selena zu geben, begann der Boden zu vibrieren.

Etwas geschah tief unter den Steinen. Der Raum begann zu vibrieren. Mörtel und Staub fielen von der Decke. Eine Glasschüssel glitt von einem der Tische und zersprang.

Die Jadefigur des Kaisers zu nehmen, hatte einen alten Mechanismus in Gang gesetzt. Sie rannten aus dem Raum, die Treppen hinunter und in die große, äußere Kammer. Eine dickliche, silberne Flüssigkeit ergoss sich in die Kanäle neben den Stufen und strömte hinunter in die Öffnungen bei der weißen Platte auf der Plattform.

»Das sieht aus wie Quecksilber«, rief Selena über das Rumpeln der sich bewegenden Steine.

Es war Quecksilber, sogar verdammt viel davon. Sie standen am Fuß der Treppe und beobachteten, wie sich ein rechteckiger weißer Block langsam in der Mitte der Plattform erhob. Nach einer Minute ebbte der Quecksilber-Strom zu einem Rinnsal ab. Das rumpelnde Vibrieren verstummte.

Sie liefen zu dem Block. Er war brusthoch und mit aufwendigen Szenen aus dem Leben des altertümlichen Chinas verziert. Selena strich mit ihren Händen über die Verzierungen.

»Dieser gesamte Behälter ist aus weißer Jade gefertigt. Ich schätze, es ist eine Krypta oder ein Sarkophag.«

Nick stand neben ihr. »Was glaubst du, ist darin?«

»Nicht was, wer. Ich denke, der erste Kaiser von China.«

»Noch lebendig?«

»Klugscheißer. Willst du nachsehen?« Sie richtete ihre Videokamera auf den Sarkophag.

»Hilf mir mal, Ronnie.« Der Deckel war mit einem klebrigen Harz versiegelt. Sie benutzten ihre Messer, um es zu entfernen. Es gab kaum eine Möglichkeit, den Deckel vernünftig zu greifen, aber mit etwas Mühe konnten sie ihn an einer Ecke etwas zur Seite schieben. Darunter konnte Nick einen Fuß in einem aufwendig verzierten Pantoffel sehen. Ein übler Geruch sickerte aus der Krypta.

»Puh.« Ronnie wandte seinen Kopf ab.

»Der Gestank konnte nach der Versiegelung nicht entweichen.«

»Schieb den Deckel weiter rüber, Nick.«

»Er kann nicht mehr als ein paar hundert Pfund wiegen. Lass ihn uns absetzen.«

Sie hoben den Deckel von der Krypta und lehnten ihn an die Seite. Nick sah hinein. Der erste Kaiser von China lag auf dem Rücken, auf einem goldenen Kissen, in Gewänder aus goldener Seide gehüllt, die mit tausenden Perlen bestickt waren. Er trug einen großen Kopfschmuck aus Jade. Auf seiner Brust lag eine schwere Scheibe aus Weißem Jade, die an einer dicken Goldkette hing und in die ein großer goldener Drache eingelassen war. Eine kleine Kiste aus Weißem Jade war zu seinen Füßen platziert. Aber es war nicht die Kiste, die Nicks Aufmerksamkeit erregte. Es war das Gesicht des Kaisers.

Er sah aus, als sei er erst gestern gestorben.

»Jesus«, Ronnie lehnte über dem Sarg. »Mein Arzt sieht nicht so gut aus, und der ist wesentlich jünger. Es scheint, als ob er schläft.«

Das Gesicht des Kaisers war birnenförmig und fahl. Ein dichter, schwarzer Schnurrbart hing zu beiden Seiten seines Mundes herab. Seine Lippen waren voll und seine Wangen rundlich. Eine Andeutung von Grausamkeit lag in seinen Zügen.

»Wie haben sie das gemacht?«, fragte Nick. »Das lässt die Ägypter wie Amateure aussehen.«

»Es muss die Formel sein.« Selena legte eine Hand an den Hals des Kaisers. Weich. Kalt wie der Tod. »Die Formel war nicht, um ewig zu leben. Sie war für die Konservierung des Körpers gedacht. Das passt zu dem, was ich an den Wänden gelesen habe.«

Nick griff nach der Kiste, die bei den Füßen des Kaisers stand und hob sie aus dem Grab. Im Inneren befand sich eine zugestöpselte Glasflasche, in der sich eine hellgrüne Flüssigkeit befand. Er hielt sie in die Höhe. Kleine goldene Lichtflecken tanzten in der Flüssigkeit.

»Mag sich jemand an der Unsterblichkeit versuchen?«

Kapitel 45

Charlie Chan steckte sein Telefon in die Tasche. Er schob Papiere auf seinem Schreibtisch hin und her und dachte dabei über sein Gespräch mit Colonel Wu nach. Seine Kabine war klein, passend zu seinem Status bei der Einheit des FBI für asiatische kriminelle Unternehmen. Hauptsächlich erledigte er Routinearbeiten, chinesische Immigranten und Ladenbetreiber interviewen, hin und wieder etwas übersetzen. In den letzten Tagen gab es nur ausgesprochen langweilige Aufgaben. Er konnte die Relevanz seiner Arbeit nicht nachvollziehen. Demnächst würde es keine Rolle mehr spielen.

Er war nervös. Was, wenn Wu nicht die Wahrheit gesagt hatte? Wenn es einen Anschlag geben sollte, dann wollte Charlie so weit wie möglich entfernt sein, wenn er passierte. Das FBI und alle anderen würden in den Suchen-und-zerstören-Modus gehen, nach jeder möglichen Verbindung Ausschau halten. Er war immer vorsichtig gewesen, aber man konnte nie wissen. Es war Zeit, zu verschwinden.

Es war reichlich Geld auf seinem Auslandskonto gelandet, genug für einen Neuanfang. Vielleicht in Hongkong, wo die VRC eine tolerante kapitalistische Politik betrieb. Er wäre zurück bei seinen eigenen Leuten, wo sich niemand über seinen Namen lustig machen würde. Jahrelang musste er sich Witze über den chinesischen Detektiv aus den Schwarz-Weiß-Filmen anhören. Tja, wer zuletzt lacht …

Charlie nahm das Bild von seinen Eltern von seinem Tisch und steckte es in seine Aktentasche. Er schloss die Tasche und stand auf. In diesem Moment kamen Zeke Jordan und zwei weitere Agenten zu seiner Kabine und versperrten ihm den Weg.

»Wo geht es hin, Charlie?«

Charlie setzte sein bestes Lieblingssohn-Lächeln auf.

»Ich muss einen Ladenbetreiber in Chinatown befragen. Jemand droht ihm, seine Scheiben einzuschlagen, wenn er nicht bezahlt. Du weißt, wie es ist, Zeke. Es ist schwer, jemanden aus der asiatischen Gemeinde zum Sprechen zu bringen, aber dieser scheint kooperativ zu sein. Ich möchte eine Aussage von ihm haben.«

Zeke drehte sich zu den anderen beiden Agenten um. »Eine Aussage bekommen. Charlie ist echt auf Zack, meint ihr nicht, Leute?«

Charlie mochte die Art nicht, wie sie ihn ansahen.

»Kürzlich irgendwelche Telefonate geführt, Charlie?«

»Was meinst du? Ich telefoniere den ganzen Tag.«

»Ich meine Ferngespräche. Du weißt schon, ins Ausland, vielleicht sogar nach China?«

»Keine Ahnung, wovon du redest. Was ist los, Zeke?«

»Wie wirst du das ganze Geld ausgeben?«

Charlie spürte, wie sich seine Brust zusammenzog. Woher wussten sie von dem Geld?

»Welches Geld?«

»Die Zweihundertfünfzigtausend oder so, die du auf den Caymans deponiert hast.«

»Du musst dich täuschen, Zeke. Woher sollte ich so viel Geld bekommen?«

»Das ist eine wirklich gute Frage, Charlie. Nicht wahr, Jungs?«

»Wirklich gut.«

»Charles Chan, Sie sind festgenommen unter dem Patriot Act, wegen Verdacht auf Beihilfe bei einer terroristischen Verschwörung. Greift ihn euch.«

Die beiden Agenten traten an ihn heran. Einer zog seine Arme hinter seinen Rücken und legte ihm Handschellen an.

Er war nicht sonderlich zimperlich dabei. Der andere nahm Charlie seine Waffe und Dienstmarke ab.

»Hey, vorsichtig, das tut weh. Das ist alles ein Missverständnis. Ich will einen Anwalt. Ich habe Rechte.«

»Keine Anwälte, Charlie. Was Rechte angeht, auch Verräter haben noch ein paar davon, aber ich kann mich gerade nicht erinnern, welche das sind.«

Jordan griff in Charlies Jackettasche und nahm dessen Telefon.

»Ich bin gespannt, was wir hier finden werden. Sollten einige interessante Nummern sein. Bringt diesen Mistkerl nach unten und sperrt ihn ein. Schafft ihn mir aus den Augen.«

Alle im Raum hielten mit ihrer Arbeit inne, während die Agenten den protestierenden und sich sträubenden Charlie vor sich her zum Ausgang schoben. Kurz darauf setzten die üblichen Geräusche des Büros wieder ein. Jordan ging zurück in die Kabine und setzte sich an Charlies Tisch. Er glaubte nicht, dass er irgendwas finden würde, aber er schaute trotzdem. Er atmete einige Male tief ein.

Zeke lockerte seine Krawatte und wartete darauf, dass sich sein Blutdruck wieder normalisierte. Er zwang sich, still zu sitzen. Sein Arzt hatte ihm Medikamente verschrieben, aber manchmal schienen sie keine große Wirkung zu zeigen. Seine Frau versuchte andauernd, ihn dazu zu bringen, Salat zu essen, Vitamine zu nehmen und von Burgern und Pommes Abstand zu halten. Hasenfutter nannte er, was sie ihm vorsetzte. Zum Glück war ein McDonalds auf dem Weg zur Arbeit.

Nach ein paar Minuten fühlte er sich besser. Ein schwarzes Schaf wie Charlie warf ein schlechtes Licht auf alle. Es machte ihn wütend.

Er rief einen Techniker, der den Computer und das Telefon zur Analyse mitnehmen sollte. Während der nächsten Stunde sah er Charlies Unterlagen durch. Er würde Chan noch etwas Zeit geben, sich der vollen Bedeutung seiner Lage bewusst zu werden, bevor er mit dem Verhör anfing. Zeke glaubte nicht, dass Charlies Befragung eine große Herausforderung sein würde. Sie hatten ihn an den Eiern und seine einzige Hoffnung war, alles was er wusste, mitzuteilen, um eine leichtere Strafe herauszuschlagen.

Sie machten Fortschritte. Mit Cathy Chen und auch Chan in Gewahrsam hatten sie Wus Unterfangen auf jeden Fall behindert. Jordan wusste, dass Wu zurück in China war. Die entscheidende Frage war also, ob das überhaupt einen Unterschied machte.

Er rief Direktor Harker an.

»Wir haben unseren Maulwurf festgenommen.«

»Habt ihr schon mit dem Verhör begonnen?«

»Noch nicht. Ich lasse ihn noch etwas schwitzen. Sein Telefon und sein Computer sind im Labor. Wir hatten seine Kabine verwanzt und einen Anruf von ihm bei Wu mithören können. Die NSA hat vermutlich die Aufzeichnung.«

»Welche Nummer war es?«

Jordan gab ihr die Nummer von Charlies Mobiltelefon.

»Wir haben Wus Seite des Gesprächs nicht hören können, aber Chan hat ihm mitgeteilt, dass wir von seinen Plänen wissen. Inzwischen weiß also auch Yang, dass wir ihm auf den Fersen sind. Sollte interessant werden, zu sehen, was nun passiert.«

»Vielleicht ändert das nichts, aber es müsste Yang zumindest Sorgen bereiten. Stress führt zu Fehlern. Ich hoffe, er macht einige davon.«

»Bekommt ihr inzwischen Hilfe vom Außenministerium?«

»Nein. Soweit es die betrifft, sollte ich mich mit meinen eigenen Angelegenheiten beschäftigen und dabei bleiben, zweitklassige Terroristen ausfindig zu machen. Das, so etwa glauben sie, tun wir hier. Größtenteils ist das nur von Vorteil für uns, der Nachteil daran ist allerdings, bisweilen werden wir nicht sonderlich ernst genommen. Das ist aber ein Problem des Außenministeriums.«

»So langsam wird mir klar, Sie machen sehr viel mehr, als nur Möglichkeiten zu analysieren.«

»Ich würde mich diesbezüglich über Ihre Verschwiegenheit freuen. Ich möchte weiterhin so unauffällig wie möglich bleiben.«

»Soll mir recht sein. Mit Ihnen zu arbeiten, hat diese Woche zu der interessantesten hier seit Jahren gemacht. Benötigen Sie noch irgendetwas von mir?«

»Gerade nicht. Lassen Sie mich wissen, was Sie von Ihrem Maulwurf erfahren.«

»Werde ich.«

Jordan klappte sein Telefon zu und steckte es in seine Hemdtasche. Zeit, sich mit Charlie zu unterhalten.

Kapitel 46

Im Licht der Feuerschalen glitzerte und funkelte der Inhalt der Glasflasche. Selena strich sich eine vereinzelte Haarsträhne zurück.

Der Geruch nach Verwesung aus dem Sarkophag wurde stärker. Die frische, lebensechte Färbung im Gesicht des Kaisers nahm ein eher angeschlagenes Aussehen an, wurde dunkler.

Nick legte die Flasche zurück in die Jadekiste und stellte diese wieder an die Füße des Kaisers.

»Wie steht es um die Bilder an den Wänden, Selena?«

»Den größten Teil habe ich bereits. Nur noch ein paar mehr.«

»Beeil dich. Die Zeit, bis hier jemand aufkreuzt, wird knapp. Ronnie, lass uns noch ein letztes Mal umsehen.«

In der Werkstatt durchsuchten sie die auf den Tischen verstreuten Gegenstände. Dabei hielten sie einen großzügigen Abstand zu der Truhe mit dem Uran.

Selena rief ihnen zu: »Hey, ich bin so weit.«

»In Ordnung, verschwinden wir von hier.«

»Was ist mit dem Kaiser?«, fragte Selena.

»Was soll mit ihm sein?«

Sie schauten hinüber zum Kaiser. Er sah nicht gut aus. Lachen fauliger Flüssigkeit bildeten sich um ihn herum. Nachdem sie die Versiegelung des Deckels geöffnet hatten, wurde durch die Luft eine chemische Reaktion in Gang gesetzt. Die Unsterblichkeit wurde ihrem Ruf nicht wirklich gerecht.

»Sollten wir den Deckel nicht wieder drauflegen? Das scheint mir irgendwie angebracht.«

Ronnie und Nick schauten sich an, zuckten mit den Schultern und gingen zur Krypta. Der Schädelknochen war bereits durch das verrottende Fleisch zu sehen. Der Gestank war fürchterlich. Sie wuchteten den Deckel wieder an seinen Platz und schulterten ihr Gepäck.

Sie gingen zurück, kletterten erneut über die Grube, vorbei an der Speerfalle und erreichten den Felsvorsprung am Fuß der Treppe. Die Fackeln in dem Durchgang brannten noch. Die Statue am oberen Ende der Treppe befand sich in der Position, wie sie sie hinterlassen hatten. Nick nahm C-4 aus seinem Gepäck und fing an, Sprengladungen zu formen. Ronnie stand am Eingang und hielt Wache. Selena fotografierte den Garuda.

Nick platzierte die Sprengladungen so, dass sie den Boden um die Treppe herum zum Einstürzen bringen und auch den Eingang zum Tempel zerstören würden. Er dachte kurz nach und entschied sich dann für noch ein paar weitere Ladungen. Vielleicht würde das auch das Dach zum Einsturz bringen; er wollte sicherstellen, dass niemand so schnell hineingelangen würde. Zumindest würde der Zugang zur Kammer versperrt und die Treppe mit Trümmern verschüttet werden. Er brachte die Zünder und die Timer an.

»Alles fertig. Ich stelle zehn Minuten ein.« Er aktivierte die Timer.

Sie ließen die brennenden Fackeln am Boden zurück und traten hinaus ins Tageslicht. Nick rief Harker an. In dem Moment hörte er den Lärm von Trucks, die den Berg hinaufkamen.

»Direktor, wir sind bereit, hier zu verschwinden.«

»Wo sind Sie?«

»Wir sind direkt vor dem Eingang des Gebäudes in der Mitte der Ruinen. Ich höre Fahrzeuge.«

»In Ordnung, ich kann Sie jetzt auf dem Satellitenbild sehen. Es nähern sich vier Fahrzeuge, drei Trucks und ein Offizierswagen. Sie haben Gesellschaft.«

Ihre Stimme war verzerrt, war mal zu hören und verschwand dann wieder. Es gab reichlich atmosphärische Interferenz.

»Ich habe Probleme, Sie zu hören. Können Sie einen Luftschlag ordern?« Er wartete auf ihre Antwort.

»Nicht, ohne den dritten Weltkrieg zu verursachen. Ich werde Ihre Extraktion veranlassen. Ich kann sehen, was vor sich geht und Sie wissen lassen, was die Chinesen tun, aber Sie müssen das selbst irgendwie in den Griff bekommen.«

In Washington beobachtete Elizabeth, wie die drei Mitglieder ihres Teams sich wieder in das Gebäude duckten. Am westlichen Rand des Komplexes stoppte der chinesische Konvoi. Soldaten sprangen von den Trucks und begannen, sich zu positionieren. Ein Offizier gestikulierte und gab Anweisungen. Elizabeth zoomte weiter ran. Rangabzeichen eines Senior Colonel. *Wu*, dachte sie.

»Carter, etwa dreißig Personen und ein Offizier, ich vermute Wu. Sie beziehen entlang der westlichen Ruinen und im Süden Position. Sie schneiden den Zugang zum Tal ab. Jetzt betreten sie den Komplex.«

Ronnie und Selena konnten Harker in ihren Headsets hören. Sie wussten, was vor sich ging.

»Ok, Direktor. Sprechen Sie weiter. Ich werde nicht viel antworten.«

Nick schaute auf seine Uhr. Sechs Minuten bis die Ladungen hochgingen. Von seinem Standpunkt aus konnte er durch die Trümmer hinter dem Platz noch keine Truppen sehen. Sie hatten also noch ein wenig Zeit.

»Wir schlagen uns möglichst schnell nach Osten durch«, sagte er. »Es gibt reichlich Deckung, sobald wir vom Platz runter sind. Selena, bleib in meiner Nähe und halte dich geduckt. Ich werde vorangehen, Selena in der Mitte, Ronnie, du folgst dahinter.«

Sie duckten sich.

»In Ordnung, setzen wir uns in Bewegung. Los!«

Sie rannten über den offenen Hof und hinter ein paar hoch aufragende Steine ohne dabei beschossen zu werden. In Nicks Hörer knackte es.

»Guter Zug, Carter. Sie sind gegenüber von Ihnen im Westen und im Süden. Die Hälfte bewegt sich auf das Zentrum zu, Sie müssten sie bald sehen können, die anderen arbeiten sich an der Mauer entlang.«

Die Verbindung wurde besser.

Ein Dutzend Soldaten drängte sich durch die Trümmer und rannte zum Eingang des Tempels. Ronnie verfolgte sie mit seiner Waffe. Selena sah besorgt aus, hatte ihre MP-5 aber bereit.

Nick sagte leise: »Noch nicht schießen.« Er legte seine Hand auf ihren Arm. »Denk dran, kurze Salven. Versuche, deinen Atem ruhig zu halten.» Sie nickte.

Ich kann das, dachte sie. *Ich kann das.*

Weitere Soldaten erschienen auf dem Platz und verteilten sich entlang des Hofes.

Nick gab ein Zeichen. Sie bewegten sich vom Platz weg, folgten einer Zickzack-Spur von Steinklumpen zu halb aufragenden Mauern und arbeiteten sich nach Osten vor. Harkers Stimme erklang laut und deutlich über ihre Verbindung.

»Nach Osten hin ist es noch frei. Soldaten betreten das Gebäude im Zentrum. Wu ist am Rand des Platzes und dirigiert sie hinein. Es bewegen sich zehn Feinde auf Ihre Position zu.«

Nick schaute auf seine Uhr. Dreißig Sekunden bis zur Detonation.

»Macht euch bereit«, sagte er. »Wenn die Ladung hochgeht, werden sie für ein paar Sekunden abgelenkt sein. Dann rennt dort rüber.« Er deutete auf eine etwa dreißig Meter entfernte Lücke in der äußeren Mauer.

Zehn Sekunden. Fünf. Die Explosion war gewaltig. Vielleicht hatte er etwas mehr C-4 verwendet, als nötig gewesen wäre. Es war keine Zeit, sich umzudrehen.

Sie rannten, so schnell sie konnten. Felsen und Steinbrocken regneten rund um sie herum zu Boden. Als sie noch zehn Meter von der Lücke in der Mauer entfernt waren, erklang hinter ihnen das unverkennbare Rattern von chinesischen QBZ-95 Sturmgewehren. Steinsplitter spritzten um das Team, während sie durch die Öffnung tauchten.

Wirbelnder schwarzer Rauch und gelber Staub erhoben sich hoch über dem Vorplatz. Das hohe Pyramidendach des Tempels war verschwunden. Ronnie feuerte; glänzende Messinghülsen quollen aus seiner H-K und hüpften über die Steine. Selena sah benommen aus. Nick feuerte blind um die Ecke, riskierte einen Blick und sah einen Soldaten, der sich gerade in Deckung bringen wollte. Er feuerte erneut, und der Soldat ging zu Boden. Ronnie wechselte sein Magazin.

Harkers Stimme erklang. »Noch drei vor Ihnen. Weitere aus dem Süden. In einer Minute können sie Sie sehen. Extraktions-Team ist in der Luft, Ankunft in sechzehn Minuten.«

Nick griff zu einer Granate, zog den Stift, ließ den Sicherungsgriff los und warf sie über die Mauer. Er hörte Schreie, als sie explodierte.

»Ronnie, los!« Er deutete zur nordöstlichen Ecke und Ronnie setzte sich entlang der Mauer in Bewegung.

Nick zog Selena auf ihre Füße. »Da lang.«

Ein chinesischer Soldat kam über die Mauer und schlug ihn mit seinem Gewehr nieder. Nick ging zu Boden, seine Sicht verschwamm. Die Geräusche verblassten. Er versuchte, sich zu bewegen. Er sah, wie der chinesische Soldat seine Waffe hob. Eine langsame, flüssige Bewegung in der Stille, der Soldat eine Silhouette vor dem wolkenlosen Himmel.

Er dachte an Megan.

Rote Flecken erblühten auf der Brust des Soldaten, bildeten

ein hübsches Muster auf seiner Uniform. Er riss seine Augen weit auf. Blut, leuchtend rot wie Feuer, strömte aus seinem Mund und er fiel seitlich zu Boden. Nick kam mühsam auf die Beine. Plötzlich konnte er wieder hören.

Selena stand drei Meter entfernt, blickte auf den Mann, den sie gerade getötet hatte. Ihre MP-5 hielt sie dabei dicht neben ihrer Wange. Er sah in ihrem Gesicht, wie sie registrierte, was sie soeben getan hatte.

Nick hob seine Waffe und griff nach Selenas Arm. Sie rannten in Richtung der hinteren Ecke. Der Boden entlang der Mauer war eben, und fiel nach sechs Metern in einem steilen Hang nach rechts ab. Sie duckten sich zwischen Steinhaufen und eingestürzten Mauern hindurch. Kugeln flogen ihnen um die Ohren und prallten von den Mauern ab.

Ronnie war beinahe an der Ecke, als das Rattern von automatischem Feuer hinter ihnen ertönte und er hinfiel. Nick und Selena drehten sich um und feuerten. Der Schütze ging zu Boden. Als sie Ronnie erreichten, zerrten sie ihn hinter die Ecke.

Sein Bein blutete. Zwei Löcher starrten am Rücken aus seiner Uniform, aber die Körperpanzerung hatte die Kugeln abgelenkt und ihm das Leben gerettet.

»Scheiße«, stöhnte er, das Gesicht schmerzverzerrt.

»Wie schlimm?«

»Oberschenkel-Schuss. Vermutlich gebrochene Rippen. Gottverdammt!«

»Selena, gib uns Deckung. Halte den Kopf unten, kurze Blicke, schieß um die Ecke in ihre ungefähre Richtung.«

Sie nickte mit grimmigem Blick, streckte ihre H-K um die Ecke und begann, kurze Salven zu feuern. Nick schnitt Ronnies Hosenbein ab. Die Kugel hatte seinen Oberschenkel komplett von hinten nach vorne durchdrungen. Nick verband ihn mit einem Stoffstreifen, den er aus der Hose riss.

»Sieht so aus, als hätte sie den Knochen und die Arterie verfehlt, Amigo. Kannst du auf einem Bein stehen?«

»Ja.«

Ronnie war blass. Die Dinge hatten sich gerade verkompliziert.

Harkers Stimme erklang in Nicks Ohr. »Voraussichtliche Ankunft für die Extraktion, elf Minuten. Ich kann acht Feinde sehen, die sich noch bewegen, sowie Wu und Choy.«

»Sagen Sie ihnen, wir haben Verletzte. Und sie sollten mit Beschuss vom Boden rechnen. Ich werde versuchen, zur nordwestlichen Ecke zu gelangen.«

»Verstanden.«

Der Himmel hatte eine schmutzig-gelbe Färbung angenommen, Staub von der Explosion wehte überall hin. Nick kniete sich neben Selena.

»Wie steht es um deine Munition?«

»Nicht mehr viel übrig.«

Er gab ihr ein weiteres Magazin. »Wir müssen zur nächsten Ecke gelangen. Ein Hubschrauber kommt. Wir müssen am Leben bleiben und noch ein paar mehr von denen umlegen.«

»Wie geht es Ronnie?«

»Wir werden ihm helfen müssen. Du machst das super. Du hilfst Ronnie, ihr beiden achtet auf die Front, ich übernehme die Deckung nach hinten. Da lang.« Er signalisierte ihr die Richtung. »Los!«

Sie sprang auf und half Ronnie auf die Füße. Sie bewegten sich auf die hintere Ecke zu, Ronnie hüpfte dabei auf einem Bein und hatte seinen Arm um Selenas Schulter gelegt. Nick riskierte einen Blick um die Mauer, duckte sich zurück, als umherfliegende Splitter in sein Gesicht schnitten. Er feuerte um die Ecke und sah einen weiteren feindlichen Soldaten zusammenbrechen.

Selena und Ronnie hatten das Ende der Mauer erreicht.

Er schloss zu ihnen auf. Sie duckten sich hinter einen Felshaufen an der Ecke.

»Ankunft in sechs Minuten.« Harkers Stimme war wieder von atmosphärischen Störungen verzerrt. »Wu und vier andere sind zurück bei den Trucks. Vier kommen auf Sie zu, hinter der Ecke.«

»Sie kommen von dort.« Nick deutete in die entsprechende Richtung. »Lasst sie ein Stück die Mauer entlangkommen.« Sie warteten, Waffen im Anschlag. Vier Männer tauchten auf, rannten geduckt in hohem Tempo auf sie zu. Selena, Ronnie und Nick eröffneten zeitgleich das Feuer. Der Kugelhagel durchschlug die Soldaten und verwandelte ihre frischen Uniformen in blutige Fetzen. Sie brachen zusammen und glitten an der Seite des Hügels hinunter.

»Bleiben nur noch fünf, da unten.« Er deutete in die Richtung der chinesischen Trucks. »Sie müssen zu uns kommen. Lasst uns hier warten.«

»Mir recht.« Ronnie sah blass und ausgezehrt aus. Der provisorische Verband an seinem Bein war blutdurchtränkt. Selenas Gesicht war gerötet. Nicks Gesicht war geschwollen, wo er den Schlag abbekommen hatte und sein Kiefer schmerzte. Sein Rücken fühlte sich an, als sei er in einem Schraubstock.

»Ankunft in drei Minuten.« Harkers Stimme hallte in seinem Ohr. »Sie sollten sie jetzt jeden Moment hören können. Wir haben Ihnen einen Pave Hawk mit Apache Eskorte geschickt.«

Das brachte ihn zum Lächeln, auch wenn es wehtat. Der Pave Hawk hatte lediglich ein paar Fünfziger oder 7.62er, aber der Apache war eine ganz andere Nummer. Colonel Wu konnte sich auf eine gewaltige Überraschung gefasst machen.

»Sagen Sie ihnen, sie sollen die Fahrzeuge ausschalten, sobald sie diese als Ziel erfassen können. Stellen Sie sicher, dass sie wissen, wo wir sind. Ich werde Rauch erzeugen.«

»Verstanden.«

Er holte einen Rauch-Markierer aus seinem Gepäck. In der Ferne konnte er die Hubschrauber hören.

»Ankunft in zwei Minuten.«

Er zog den Stift und warf den Markierer. Eine leuchtend orangefarbene Rauchwolke stieg in den Himmel. Splitter platzten um sie herum in einem Kugelhagel aus den Steinen – Wu wusste, wo sie waren. Das würde ihm nun nicht mehr viel helfen.

Drei Helikopter tauchten über einem Kamm in ihrer Nähe auf, zwei Apaches vorne weg. Die dünne Luft war eine Herausforderung. Bei den Trucks richtete sich ein großer Mann mit einem Raketenwerfer auf der Schulter auf. Nick erkannte ihn wieder, von der Veranda in Kalifornien, und nahm ihn ins Visier seiner MP-5. Er gönnte ihm ein ganzes Magazin. Choy kippte nach hinten über, als der Raketenwerfer zündete.

Die Rakete schlängelte sich in die Luft und hinterließ dabei eine weiße Rauchwolke. Einen Moment lang schien sie orientierungslos, wendete sich dann aber direkt in Richtung einer der Apaches. Nick hielt den Atem an.

Etwas Dunkles schoss aus dem vordersten Helikopter und fing die Rakete ab. Die Explosion war gewaltig.

Die Apaches feuerten Raketen ab.

Nick warf sich hin. Explosionen erschütterten das Gelände. Steine stürzten von der Mauer und gingen um sie herum zu Boden. Sein nächster Blick offenbarte ihm zwei in Flammen gehüllte Trucks. Die Kanoniere der Apaches eröffneten mit ihren 30-Millimeter-Chainguns das Feuer und zerlegten die brennenden Trucks und die restlichen Fahrzeuge. Die qualmenden Überreste eines Motors segelten vom Himmel und bohrten sich etwa drei Meter vor Nick in die Erde.

Der Pave Hawk setzte hart auf einer ebenen Fläche auf. Sechs Soldaten sprangen aus der Luke und sicherten die Umgebung, während die Apaches über ihnen in der Luft hingen. Nick stand auf.

»Selena, du nimmst eine Seite, ich die andere.«

Sie trugen Ronnie zum Helikopter. Ein Sanitäter kam raus, um zu helfen, und hob ihn hinein. Sie kletterten hinterher.

»Guten Morgen, Gentlemen.«

Die Stimme gehörte zu einem Captain, der Armee-Ranger Abzeichen an seiner Uniform trug. Auf seinem Namensschild stand Riggins. Er sah überrascht aus, als er Selena erblickte.

»Und Lady. Gurtet euch an. Wir brechen auf. Ihr seid nur zu dritt?«

»Richtig. Schön, Sie zu sehen, Captain. Der Gunny hier hat einen Beintreffer abbekommen.«

»Habe ich gesehen. Wir werden uns sofort darum kümmern, Colonel.«

Er stellte keine Fragen. Captain Riggins sprach etwas in sein Funkgerät. Die Soldaten am Boden zogen sich zum Hubschrauber zurück und stiegen ein.

Der Pave Hawk hob ab und drehte sich nach Süden, in Richtung Indien. Nick blickte aus der offenen Luke. Der Hof des Tempels war mit toten Körpern übersät. Der Tempel selbst war nur noch ein ungeordneter Haufen Steine. Staub und Rauch bewegten sich im kalten Wind. Den Kaiser würde vorerst wohl niemand mehr besuchen.

Von den Überresten des chinesischen Konvois stiegen hohe Flammen in die Luft. Es gab keine Bewegung am Boden, keine Schüsse in Richtung der Hubschrauber.

Sicher.

Er fühlte, wie die Anspannung nachließ. Sein Rücken schien ausschließlich aus Schmerzen zu bestehen. Er veränderte seine Position auf dem harten Sitz und drehte sich zu Selena.

Sie starrte hinaus durch die offene Luke, betrachtete den vorbeigleitenden Himalaja, während der Helikopter durch ein langes, breites Tal auf Indien zuflog. Über ihnen war das gleichmäßige Schlagen der Rotoren zu hören.

Sie wendete sich ihm zu. Nick kannte diesen Blick, wenn jemand seinem eigenen gewaltsamen Tod ins Gesicht gestarrt hatte; wenn er anfing zu verstehen, dass er die Macht über das Leben und den Tod anderer in den Händen hielt.

Im Kampf war jeder ein Instrument des Todes. Die Feuertaufe war hart. Manche zerbrachen daran. Manche wurden stärker. Er konnte sehen, dass Selena zu den Starken gehörte.

»Du bist in Ordnung?«

Sie sagte nichts.

»Soldaten bereiten sich durch monatelanges Training auf so etwas vor und versagen trotzdem. Du hast alles richtiggemacht. Du hättest ein Marine sein können.«

Fast lächelte sie. Dann überkam sie ein abwesender Ausdruck.

Nach ein paar Sekunden sagte sie: »Jetzt weiß ich, was du meintest.«

»Womit?«

»Zurückzuschießen, sich zu verteidigen. Ich habe mich wie eine ganz andere Person gefühlt, vorhin. Ich habe keine Ahnung, wer diese Person ist.«

»Es braucht seine Zeit, sich damit zu arrangieren, herauszufinden, wie das zu einem passt.«

Sie nahm ihren Helm ab, strich sich mit den Fingern durch die Haare. In ihren Augen spiegelte sich ein neuer Gedanke, eine undefinierte Realität.

»Du machst das schon seit Jahren.«

»Ja.«

»Wird es einfacher?«

»Nein. Es wird dir vertrauter, aber es wird niemals einfach. Es ist schlicht etwas, das getan werden muss. Du erledigst es und denkst erst hinterher darüber nach.«

Was Selena an der Mauer bei dem toten Soldaten zurückgelassen hatte, würden Nicks Worte ihr nicht wiedergeben können.

Harkers Stimme erklang in seinem Ohr.

»Carter, sind Sie da?«

»Ja, Direktor.«

»Keine Lebenszeichen mehr an dem Komplex. Ich glaube, Sie haben alle erwischt. In wenigen Minuten sind Sie in indischem Luftraum, dorthin werden Ihnen die Chinesen nicht folgen. Sie haben Kampfjets aus Chengdu losgeschickt, die werden aber nicht rechtzeitig ankommen.«

»Das sind gute Nachrichten.«

»Sie werden in einem Sperrgebiet auf einem indischen Luftstützpunkt landen. Wir haben mit der indischen Regierung ein Übereinkommen bezüglich der Nutzung ihrer Anlage. Wir wollen nicht, dass sie erfahren, was Sie getan haben. Eine C-130 wird Sie erwarten. Wie geht's Ronnie?«

»Ihm geht's gut. Eine Schenkelwunde und ein paar gebrochene Rippen. Der Sanitäter hat ihm Morphium gegeben und nun ist er glücklich.«

»Selena?«

»Ihr geht es gut, Direktor.«

»Was haben Sie gefunden?«

»Wonach wir gesucht haben und mehr. Wir haben unsere Beweise, aber ich werde auf die Nachbesprechung warten. Direktor, wir haben ein ordentliches Chaos hinterlassen. Die Chinesen werden nicht gerade froh darüber sein.«

»Lassen Sie die Chinesen mal meine Sorge sein. Ich sehe Sie morgen in Washington. Jetzt melde ich mich erst mal ab.«

Er lehnte sich zurück und schloss die Augen. Es war ein langer, langer Tag gewesen.

Kapitel 47

Es war 10:02 Uhr am Abend des vierten Juli in Washington. Elizabeth saß im kühlen VIP-Raum der Andrews Air Force Basis und wartete auf die Ankunft ihres Teams. Ein Fahrer wartete draußen mit einem Wagen. Sie dachte an die möglichen Konsequenzen der Auseinandersetzung mit den Chinesen. Ihr Telefon signalisierte einen Anruf auf dem verschlüsselten Kanal.

»Harker.«

»Direktor, General Hood hier. Wie ist Ihre aktuelle Position?«

»In Andrews, ich warte auf mein Team.«

»Es gab einen Vorfall von erschreckendem Ausmaß in Kalifornien. Jemand hat drei elektrische Umspannwerke in die Luft gejagt. Oakland, San Francisco, die Halbinsel, Sacramento und das Central Valley haben keinen Strom. Ein großer Teil Nord- und Zentral-Kaliforniens ist ausgeschaltet. Die Überlastung droht die Westküste lahmzulegen.«

»Wie sind sie durch die Sicherheitsvorkehrungen gekommen?«

»Das wissen wir nicht. Die Angriffe waren gut koordiniert. Alle Werke wurden zeitgleich ausgeschaltet. Ich bin auf dem Weg ins Weiße Haus. Der Präsident hat für 2300 ein Meeting einberufen und Ihre Anwesenheit ist erforderlich.«

»Bin auf dem Weg.«

»Sie werden zum Situation Room gebracht, sobald Sie ankommen.«

»Wer wird noch anwesend sein?«

»Der Präsident, sein Stabschef, der Homeland Security Direktor, der Geheimdienst Direktor, der Nationale Sicherheitsberater, CIA, Westbrooke vom FBI und General Holden von den Joint Chiefs. Das ist der aktuelle Stand. Es könnten noch weitere werden.«

»Wie ist die Alarmstufe?«

»Der Präsident hat für das Militär DEFCON 4 ausgerufen. Bis jetzt gibt es noch keine Hinweise auf feindliche Absichten von irgendeiner nationalen Entität. Homeland Security bleibt vorerst in erhöhter Bereitschaft, bis wir weitere Informationen haben.«

»Ich verstehe. Ich breche jetzt auf.« Harker stand auf und ging zur Tür.

»Elizabeth.«

Harker blieb stehen. General Hood nannte sie so gut wie nie beim Vornamen.

»Ist Rice von Ihrer Operation unterrichtet?«

Elizabeth hatte Hood vor Kurzem eingeweiht. Er war ein Verbündeter. Sollte sich Tibet herumsprechen, dann würde sie Verbündete brauchen. Sie hatte entschieden, es sei das Beste, den Präsidenten zu beschützen, falls etwas schiefgehen sollte.

»Nein. Ich hielt es für besser, erst mal noch zu warten.«

»Nehmen Sie sich da drinnen in Acht. Es werden in dieser Angelegenheit bestimmt Köpfe rollen.«

»Danke für den Hinweis, General.«

»Ich sehe Sie dort.« Das Telefonat wurde beendet.

Sie wählte Stephanies Nummer.

»Steph, es gibt einen Vorfall an der Westküste. Ich wurde zu einem Meeting ins Weiße Haus bestellt. Bitte sammeln Sie das Team ein. Bringen Sie sie außer Sicht und so schnell wie möglich wieder in Zivilkleidung.«

»In Ordnung, Direktor.«

»Ich rufe an, sobald ich mehr weiß. Ich werde eine Weile nicht erreichbar sein. Halten Sie die Stellung, bis ich wieder da bin.«

»Verstanden.«

Harker beendete den Anruf. PROJECT war versorgt. Einige Minuten später schoss ihr Fahrer jenseits der Geschwindigkeitsbeschränkungen durch den nächtlichen Verkehr von D.C. in Richtung des Weißen Hauses.

Harker überflog mental schnell noch einmal alles, was sie über Yang und die Operation wusste. Sie würde unter Umständen erklären müssen, warum sie eine verdeckte Operation auf chinesischem Hoheitsgebiet angeordnet hatte. Einige der Leute in dem Meeting wussten nichts von den Black Ops, die PROJECT üblicherweise unter dem Mandat von CIA oder SOCOM durchführte. Die von ihr so geschätzte Anonymität würde sich wohl in Luft auflösen.

Sie sah aus dem Fenster. Der Wagen bog auf die Pennsylvania Avenue ein und näherte sich den Markierungen für die äußere Sicherheitszone des Weißen Hauses.

Ihr Fahrzeug wurde durch die Sicherheitskontrollen geleitet. Sie hielten an einem Seiteneingang des Weißen Hauses, außerhalb des Blickfeldes der Kameras, die am Haupteingang auf Menschen oder Ereignisse warteten, über die es sich zu berichten lohnte. Sie traf auf zwei Secret-Service-Agenten in dunklen Anzügen und mit Funk im Ohr. Sie trugen Glocks in Schnellziehholstern an der Hüfte.

»Direktor Harker?«

»Ja.«

Einer der Agenten reichte ihr einen Ausweis, zum Befestigen am Revers.

»Folgen Sie uns bitte.«

Dieser Teil des Weißen Hauses war ihr unbekannt. Sie folgte den Agenten durch einen langen Flur, in dem unzählige Gemälde aus dem neunzehnten Jahrhundert hingen. Die Wände waren hellbeige. Das Licht war gedimmt, der Teppich unter ihren Füßen weich.

Der Situation Room befand sich im Kellergeschoss des Westflügels. Um ein paar Ecken und einige Stufen hinunter, und sie erreichten den Eingang. Ein Secret-Service-Agent stand neben einem bleiverkleideten Schrank an der Tür.

»Könnte ich bitte Ihr Telefon haben, Direktor?«

Harker schaltete ihr Telefon ab und reichte es dem Agenten. Er legte es zu diversen anderen Telefonen in den Schrank. Sie war nicht die Erste, die eingetroffen war.

»Haben Sie noch weitere elektronische Geräte bei sich?«

»Nein, das ist alles.«

»Sollten Sie einen Anruf tätigen müssen, benutzen Sie bitte eine der Kabinen.«

Eine Reihe hölzerner Telefonkabinen standen entlang der Wand, moderne Echos der 1950er.

»Vielen Dank.«

Im Innern befand sich ein großer Konferenztisch in der Mitte des Raumes. Um ihn herum standen breite, braune Ledersessel. Leere Fernsehschirme bedeckten die Wand am hinteren Ende. Zwei Reihen von Computerterminals befanden sich an einer Seite und wurden von Air-Force-Technikern bedient.

Der Nationale Sicherheitsberater war im lebhaften Gespräch mit General Holden, Vorsitzender der Joint Chiefs, und dem Direktor des Nationalen Geheimdienstes. Weiter hinten am Tisch unterhielt sich General Holden mit dem designierten Direktor des CIA, Wendell Lodge. Harker kannte Lodge gut von vorherigen Zusammentreffen.

Lodge war von der alten Schule. Yale, Mitglied der Skull and Bones, knapp eins achtzig und elegant in einen grauen Brooks-Brothers-Anzug mit College-Krawatte gekleidet. Karriere bei der CIA, sechzig Jahre alt. Sein Haar war von gepflegtem Weiß, mit einem Aussehen, das sich nur durch regelmäßige Vierhundert-Dollar-Haarschnitte bewerkstelligen ließ.

Sein Gesicht war rosig und gerötet und verlieh ihm ein freundliches, onkelhaftes Aussehen, das schon viele Politiker und Untergebene hinters Licht geführt hatte.

Harker wusste, Lodge war niemandes Onkel, ob nun freundlich oder auch nicht. Er verlangte absoluten Gehorsam von seinen Untergebenen und weder vergaß noch vergab er persönliche Kränkungen oder professionelle Fehler. Sein Boss lag im Bethesda-Krankenhaus und war dort an lebenserhaltende Systeme angeschlossen. Lodge würde vermutlich die Position des Direktors übernehmen, wenn der politische Prozess ihn nicht noch mit jemandem von außerhalb der Organisation überraschte.

General Hood winkte sie heran.

»Sie kennen Direktor Harker, Wendell.«

»Elizabeth«, sagte Lodge, »schön, Sie wiederzusehen. Wie ich höre, hatten Sie ein Intermezzo mit unseren chinesischen Freunden. War Ihre Operation erfolgreich?«

Er lächelte, aber Harker ließ sich nicht täuschen. Sie erinnerte sich an Hoods Warnung, dass jemandes Kopf rollen würde. Lodge würde einer der Henker an der Guillotine sein, sollte es dazu kommen.

»Ebenso schön, Sie zu sehen, Wendell.«

»Wir sprachen gerade über Ihre Theorie, ein Coup in China stünde in Verbindung zu den Vorkommnissen in Kalifornien. Wir haben in Langley keinerlei Anzeichen für eine Übernahme entdecken können.«

Mit dem Wort *Theorie* ließ er sie wissen, dass er weder von einem geplanten Coup, noch von der Relevanz für das aktuelle Geschehen überzeugt war. Es spielte keine Rolle, dass er von Dengs Warnung bezüglich General Yang wissen musste.

Es war Zeit für das Rette-deinen-Arsch-Spiel, und Lodge war ein Meister darin. Elizabeth war nicht überrascht. Niemand wollte die Verantwortung dafür tragen, dass sie von einem Terroranschlag dieses Ausmaßes keine Kenntnis hatten.

»Ich vermute, das wird heute zur Sprache kommen«, sagte Harker. »Ob nun tatsächlich ein Coup geplant ist, oder auch nicht, ich glaube, die Chinesen stecken hinter den Ereignissen in Kalifornien.«

»Ich hoffe, Sie können das belegen, Elizabeth. Das ist eine ernsthafte Anschuldigung.«

Harker entschied sich, ihm ein wenig Information zukommen zu lassen. »Sie sind mit General Yang Siyu vertraut?«

»Der Kopf des chinesischen Militärgeheimdienstes?« Lodges Blick deutete auf interessierte Aufmerksamkeit.

Als ob er nicht genau wüsste, von wem ich spreche, dachte sie.

»Genau der. In Zusammenarbeit mit dem FBI konnten wir ermitteln, dass General Yang sich mit den chinesischen Triaden an der Westküste verbündet hat. Wir haben Zahlungen in Höhe von vierhundert Millionen Dollar von Yang zu den Triaden verfolgen können. Das Geld wurde von einem amerikanischen Investor gestohlen.«

»Sprechen Sie von William Connor?«

»Ja. Wir haben zwei von Yangs Agenten identifizieren und festsetzen können, einer davon hatte sich im FBI eingeschleust. Er wurde auf frischer Tat ertappt, als er mit Yangs rechter Hand telefonierte. Er gab weiter, dass wir einen Coup vermuteten. Auch drückte er, wegen nicht weiter erörterter Pläne für den heutigen Tag, Besorgnis bezüglich seiner persönlichen Sicherheit aus.«

Lodge zog eine Augenbraue hoch. »Warum wurde Langley nicht informiert, Direktor?«

»Ich denke, das fiel in die Verantwortung des FBI. Sie haben Yangs Leute schließlich entdeckt und festgenommen. Vielleicht war es ihnen peinlich, einen Verräter in ihren eigenen Reihen zu finden.«

Harker wusste, dass ihr politisches Überleben davon abhängen könnte, wie dieser Mann die Situation bewertete. Vielleicht sogar das Fortbestehen von PROJECT. Sollte er beschließen, sich gegen sie zu stellen, dann hatte sie Probleme. Es schadete nichts, etwas Aufmerksamkeit auf das FBI abzuwälzen. Abgesehen davon – was sie gesagt hatte, entsprach größtenteils der Wahrheit.

Wie auf ein Stichwort betrat FBI Direktor Gordon Westbrooke den Raum. Ihm folgte Direktor Joseph Wiseman, von Homeland Security. Harker sah, wie sich Lodges Augen verengten, während er Westbrooke beobachtete. General Hood warf ihr hinter Lodges Rücken einen zustimmenden Blick zu.

»Ich freue mich darauf, mehr darüber zu erfahren, Elizabeth. Wir sollten uns demnächst treffen. Vielleicht zu Mittag, nächste Woche? Ich möchte mit Ihnen über etwas sprechen, aber das ist hier nicht der Ort dafür. Wenn Sie mich entschuldigen würden, ich denke, ich werde mich mal mit Gordon unterhalten.« Er nickte Hood zu und ging zielstrebig zu Westbrooke.

»Sie sind vorsichtig heute, Direktor«, sagte Hood. »Das war elegant gemacht.«

Harker sah auf ihre Uhr. Es war beinahe elf. Kevin Hogan, der Stabschef von Präsident Rice, kam herein.

»Der Präsident wird jeden Moment hier sein«, sagte er. »Bitte begeben Sie sich zu Ihren Plätzen.«

Kapitel 48

Präsident Rice betrat den Raum.

»Guten Abend, allerseits. Bitte nehmen Sie Platz.« Rice begab sich zum Kopf des Tisches und die anderen setzten sich.

Präsident James Rice befand sich im dritten Jahr seiner ersten Amtszeit und tief im Treibsand der Präsidentschafts-Politik. Von frühen amerikanischen Kolonisten abstammend, war er nach einem Vorfahren benannt, der in der amerikanischen Revolution gekämpft hatte. Er hatte als junger Marine-Offizier in Vietnam mit Auszeichnung gedient. Er war siebenundsechzig Jahre alt, sah aber zehn Jahre jünger aus. Sein Gesicht war stark und vertrauenserweckend, mit braunen Augen, die direkt zu einem zu sprechen schienen. Er war beliebt, konnte sehr charismatisch sein, und besaß eine Integrität, die sich den Konventionen der politischen Welt widersetzte. Harker mochte ihn.

»Fangen wir an. Joseph, wie ist unsere aktuelle Situation?«

Der Direktor von Homeland Security räusperte sich.

»Mister President, Nord- und Zentral-Kalifornien sowie Oregon, das südliche Washington und West-Nevada sind ohne Strom. Die Störung breitet sich weiter aus, während andere Stationen im Netz versuchen, die Last abzufangen. Die Elektrizitätswerke führen einen geplanten Spannungsabfall durch, um weiteren Ausfällen vorzubeugen.

Der Gouverneur von Kalifornien hat die Garde einberufen. Alle zivilen Notfallkräfte wurden aktiviert. Medizinische Einrichtungen werden mit Notstrom versorgt. Wir befinden uns momentan in erhöhter Alarmbereitschaft.«

»Sind wir sicher, dass diese Explosionen keine Unfälle waren?«

»Ja, Mister President. Sie sind zu exakt der gleichen Zeit aufgetreten und scheinen so gewählt worden zu sein, dass sie eine maximale Störung im Netz verursachen.«

»Irgendwelche Mitteilungen von Terrorgruppen?«

»Wir haben eine Erklärung erhalten, in der die Brigade der großen Nation Pekings sich zu den Anschlägen bekennt.«

»Ist das eine bekannte Gruppe?«

»Nein, Mister President.«

In diesem Moment betrat ein Berater den Raum und überreichte Präsident Rice eine Notiz. Alle sahen ihm zu, während er las. Rice schaute auf. Sein Blick war hart.

»In San Francisco hat es weitere Explosionen mit einer großen Anzahl ziviler Verluste gegeben. Schalten Sie die Monitore ein.«

Köpfe drehten sich zum Ende des Raumes. Die Monitore erwachten zum Leben. Es gab keinen Ton, aber die Bilder waren deutlich genug. Alle großen Sender zeigten Szenen aus der Bay Area.

Eine Liveübertragung aus einem Helikopter zoomte zu Leichen auf dem Ferry Building Plaza. Eine Bombe war unter dem Restaurant am Ende des Landungsstegs am Ferry Building explodiert. Das Restaurant war verschwunden. Der Landungssteg zum größten Teil ebenso. Unter dem Restaurant hatte ein Stahlbeton-Schacht den BART-Tunnel, der unter der Bucht hindurchführte, mit Luft versorgt. Er war ebenso verschwunden. An seiner Stelle ergossen sich nun die aufgewühlten Wassermassen der Bucht in einem brodelnden Strudel hinunter in ein schwarzes Loch.

Dies war auf allen Kanälen zu sehen. Verletzte Menschen irrten verängstigt und ziellos durch die Gegend. CBS schaltete zu einem Interview mit einer völlig aufgelösten Mutter, die vor den Überresten des Ferry Buildings saß und schluchzend ihr Kind an sich drückte.

Auf CNN lief ein Schriftzug durchs Bild, der verkündete, das Land würde von Terroristen angegriffen. Auf Fox gab ein Kommentator des politisch rechten Flügels seine Meinung zum Besten. Hinter ihm war eine Aufnahme der brennenden Twin Towers zu sehen.

Kapitel 49

»Mein Gott.« Das war Hansen, der Nationale Sicherheitsberater.

»Mister President.« General Holden meldete sich vom Ende des Tisches zu Wort. »Ich empfehle, wir gehen auf DEFCON 3. Wir wissen nicht, wer hinter all dem streckt. Das könnte der Auftakt zu einem größeren Angriff sein.«

»Mister President, dürfte ich unterbrechen?« Das war Lodge. »Bevor wir irgendwelche Maßnahmen ergreifen, sollten wir, glaube ich, Direktor Harker Gehör schenken.«

Jetzt geht es los, dachte Harker. Lodge befürchtete politischen Fallout. Er versuchte, die Aufmerksamkeit vom CIA auf sie umzulenken, falls später nach Schuldigen für einen Geheimdienstfehler gesucht werden sollte.

»Direktor?«

Alle sahen sie an. Sie zwang sich, ihre Hände ruhig vor sich auf dem Tisch liegen zu lassen. Eine Erinnerung an ihren Vater kam plötzlich hoch, wie er im Arbeitszimmer in einem großen Ohrensessel saß.

»Lass sie niemals sehen, was du wirklich denkst.«

Ihr Vater griff nach einem Glas Bourbon auf dem Beistelltisch neben seinem großen, grünen Sessel.

»Wenn es wichtig ist, wenn die Einsätze gemacht sind, dann musst du deine Gedanken verbergen und deine Gefühle unter Kontrolle halten. Es ist wie beim Poker; du darfst den anderen nicht wissen lassen, was du vorhast.«

Ihr Vater schien sie oft mit dem Sohn zu verwechseln, den er nie hatte.

»Ja, Daddy.«

»Steh für deine Überzeugungen ein. Lüge nicht, aber du musst auch nicht immer alle deine Gedanken aussprechen. Du bist klug und wirst es weit bringen. Es wird Zeiten in deinem Leben geben, wenn du wissen musst, ob es sich lohnt, die Hand zu halten oder aufzugeben.«

Sie entschied, die Operation in Tibet offenzulegen, bevor Lodge sie vorführen konnte. Es war Zeit, die Hand zu halten.

Lodge beobachtete sie, um zu sehen, wie sie sich schlagen würde. Zur Hölle mit ihm.

»Ja, Mister President. Vor zehn Tagen haben wir herausgefunden, dass ein hochrangiger Offizier des chinesischen Militärgeheimdienstes für den Mord des bekannten Investmentbankers, William Connor, verantwortlich war. Dieser Offizier ist ein direkter Untergebener von General Yang Siyu, dem Leiter des militärischen Geheimdienstes.

Große Geldsummen wurden von Connors Konten entwendet und unter die Kontrolle von General Yang gebracht. Dieses Geld wurde daraufhin auf Konten hier in Amerika transferiert, die den chinesischen Triaden gehören.

General Yang ist der Kopf einer Gruppe in China, die sich White Jade Society nennt und aus hochrangigen Militärs und Regierungsvertretern besteht. Unsere Analyse hat ergeben, dass diese Gruppe einen Coup plant, um General Yang als neuen Führer in China einzusetzen. Seine Leute haben sich mehrmals mit Anführern der Triaden getroffen. Ich glaube, Yang nutzt die amerikanischen Triaden für eine Ablenkung hier, während er in China die Macht ergreift.«

Rice unterbrach sie. »Direktor, Sie glauben, ein Coup in China ist im Gange und diese Terrorangriffe stehen damit in Verbindung?«

»Ja, Mister President.«

»Das ist eine sehr umfassende Annahme.«

»Ja, Sir. Darf ich fortfahren?«

»Nur zu.«

»Vielen Dank, Sir. William Connor wurde wegen seines Geldes umgebracht, aber auch wegen eines alten Buches, das er besaß. General Yang hatte alle Hebel in Bewegung gesetzt, um an dieses Buch zu gelangen. Um zu erfahren, wo Connor das Buch versteckt hatte, wurde hier in Washington versucht, seine Nichte zu entführen. Fünf chinesische Agenten wurden bei diesem Versuch von einem meiner Leute getötet.«

Ein Raunen ging um den Tisch. Sie hatte ihre Aufmerksamkeit.

»Wir erlangten das Buch. Erneut versuchten chinesische Agenten zu intervenieren. Zwei wurden getötet, und auch ein kalifornischer Polizist. Wir fragten uns, warum dieser Text für Yang so wichtig war. Bei der Übersetzung stießen wir auf Hinweise eines Vorkommens von hochgradigem Uranerz, irgendwo im heutigen China.

Wir glaubten, Yang wolle dieses Vorkommen finden, um Chinas Nuklearwaffenprogramm zu stärken. Das Buch verwies auf einen spezifischen Ort in der autonomen Region Tibet, wo Hinweise zu dem Uranvorkommen zu finden seien.

Einer von Yangs Agenten hat die Übersetzung des Buches gestohlen. Dieser Agent ist in Gewahrsam, genau wie ein Undercover-Agent, der im FBI positioniert war. Dieser Informant kontaktierte Yangs Leute und brachte Besorgnis bezüglich eines möglichen heutigen Angriffs hier zum Ausdruck.«

Alle Augen richteten sich auf Westbrooke. Er warf Elizabeth einen harten Blick zu. *Da habe ich mir einen Feind gemacht*, dachte sie.

»Aufgrund unserer Analyse habe ich ein Team zum Einsatz befohlen. Wir mussten wissen, ob tatsächlich ein Uranvorkommen existiert, da es Chinas Nuklearprogramme beeinflussen würde. Wir brauchten weitere Informationen über Yang und seine Pläne. Die einzige Möglichkeit war, dem Hinweis aus dem Buch nachzugehen.«

»Sie haben ein Team nach Tibet geschickt?«

»Ja, Mister President.«

»Wie sind sie zum Einsatzort gelangt?«

»B-1B und Absprung aus großer Höhe.«

»Bewaffnet?«

»Ja, Sir.«

»Und?«

»Das Team erreichte sein Ziel und bestätigte die Existenz eines bis dahin unbekannten Vorkommens von hochgradigem Uran, welches sich in der autonomen Region der Inneren Mongolei befindet.«

»Irgendwelche Komplikationen?«

»Es gab einen Zusammenstoß mit chinesischem Militärpersonal, als sich das Team auf den Rückzug vorbereitete. Über dreißig Chinesen wurden getötet. Das Team wurde dann sicher nach Indien extrahiert. Sie treffen in diesem Moment in Andrews ein.«

Es war still am Tisch, alle Augen waren auf Elizabeth und den Präsidenten gerichtet. Der Präsident blickte zu Holden.

»Wussten Sie von dieser Operation, General?«

»Nein, Sir.«

»Was ist mit Ihnen, Wendell?«

»Wir wurden informiert, nachdem die Operation durchgeführt worden war.«

»Also nicht. General Hood, Sie kannten die Details dieser Mission?«

»Ja, Sir. Die Informationen waren solide. Wir mussten wissen, ob das Erzvorkommen existiert.«

Rice wendete sich an Elizabeth. »Warum wurde ich nicht informiert, Direktor?« Er wurde langsam wütend.

»Sir, diese Entscheidung wurde nicht leichtfertig getroffen. Ich war der Meinung, Bestreitbarkeit sei wichtig. Schließlich haben wir uns in chinesisches Hoheitsgebiet begeben. Aus diesem Grund wurden Sie nicht informiert. Es war meine Absicht, Sie einzuweihen, sobald unsere Informationen vollständig waren.

Ich möchte darauf hinweisen, dass ich Homeland Security auf eine mögliche terroristische Bedrohung aufmerksam gemacht habe. Auch habe ich versucht, das Außenministerium über einen möglichen Coup in China zu informieren, wurde aber abgewiesen.«

»Wer wurde dort kontaktiert?«

»Die stellvertretende Außenministerin für ostasiatische und pazifische Angelegenheiten. Sie war sehr nachdrücklich davon überzeugt, dass keine Möglichkeit einer Machtübernahme in China besteht, oder auch nur eines solchen Versuches.«

Rice wendete sich an seinen Stabschef.

»Veranlassen Sie für morgen ein Meeting mit dem Außenminister und sorgen Sie dafür, dass er seine Stellvertreterin mitbringt.«

»Ja, Sir.«

»General Holden und Direktor Lodge. Fokussieren Sie Ihre Informationsbeschaffungsressourcen auf China. Halten Sie nach Anzeichen für einen bevorstehenden Staatsstreich Ausschau. General Holden, um auf Ihre Empfehlung zurückzukommen: Gehen Sie auf DEFCON 3. Direktor Westbrooke, finden Sie heraus, wer für diese Terroranschläge verantwortlich ist. Ich will die Schuldigen. Ich will sie jetzt.«

»Ja, Mister President.«

»Joseph, behalten Sie die erhöhte Alarmbereitschaft auf nationaler Ebene bei und gehen Sie an der Westküste auf Imminent. Folgen Sie unseren bestehenden Richtlinien bei

Terrorangriffen. Sie sollten adäquat für diese Situation sein, ansonsten hätten wir viel Zeit verschwendet seit Nine Eleven.«

»Ja, Mister President.«

Der Berater des Präsidenten kam herein und flüsterte ihm etwas ins Ohr. Rice nickte und ein uniformierter Armee Colonel betrat den Raum. Er ging zu General Holden, sagte etwas mit leiser Stimme und blieb hinter ihm stehen.

Holden sagte: »Mister President, unsere Satelliten zeigen ungewöhnliche militärische Bewegungen in und um Peking, in den Zentralregionen sowie vor der Küste des chinesischen Festlandes.«

»Was für Bewegungen, General?«

»Ich kann sie auf den Monitoren anzeigen lassen, Sir.«

Holden ging zu den Computern und sprach mit einem der Techniker. Sekunden später wurden die Bilder vom Chaos in der Bay Area durch Live-Satellitenfotos ersetzt. In China war es mitten am Tag. Die Bilder waren klar. General Holden stand bei den Monitoren und zeigte auf einen der Feeds.

»Das ist Chinas Hauptbasis für Interkontinentalraketen. Sie befindet sich in Luoyang, in der östlichen Zentralregion. Sie wird von der 80304. Einheit des Zweiten Artillerie-Korps bemannt. Nach unseren Schätzungen haben sie fünfzehn DF-5 und fünfundzwanzig DF-31 Raketen auf die USA und Europa gerichtet. Die durchschnittliche Sprengkraft liegt bei etwa drei bis fünf Megatonnen je Rakete. Die DF-5 sind in Silos. Die DF-31 befinden sich auf mobilen Abschussrampen. Sie werden in Tunneln aufbewahrt.«

Er deutete auf einen Teil des Bildes. »Achten Sie auf die Bewegung von Ausrüstung vor der Basis. Das sind schwere Truppentransporte und Panzerbewegungen. Die Fahrzeuge haben den Zugang zu der Anlage versperrt und scheinen zu flankieren oder einzukreisen.«

»Wer kommandiert diese Basis?«

»General Lu Cheng, Sir. Er ist als fremdenfeindlicher Hardliner bekannt.«

Elizabeth richtete sich in ihrem Stuhl auf. Lu Cheng war ein Mitglied der White Jade Society.

»Wurden die Silos aktiviert?«, fragte Rice.

»Bis jetzt noch nicht, Sir. Wir werden es mitbekommen, wenn sie es tun.«

Holden richtete seine Aufmerksamkeit auf die Live-Aufnahme einer großen Stadt.

»Das ist Peking. Auch hier sind starke Panzer- und Truppenbewegungen zu sehen. Sie bewegen sich auf den Tian'anmen-Platz zu und entlang aller Hauptverkehrsadern.« Er signalisierte dem Colonel etwas und das Bild änderte sich erneut. »Das ist die Hainan-Insel, vor der südlichen Küste. Die Chinesen haben hier in Sanya eine hochmoderne unterirdische U-Boot-Basis errichtet. Dort ist ihr fortschrittlichstes Atom-U-Boot mit ballistischen Raketen stationiert, vom Typ 0-94. Diese U-Boote haben zwölf JL-2 Raketen mit zweieinhalb Megatonnen Sprengköpfen. Vielleicht kam General Zhang Lian, ihr höchster Marineoffizier, gestern zufällig in Sanya an.«

Admiral Zhang war ein weiteres White Jade Mitglied.

»Hier, bei den Bunkern, ist große Aktivität zu sehen und zwei ihrer U-Boote. Sieht für mich so aus, als würden sie sich für die See bereitmachen. Panzer und Truppentransporter bewegen sich auf die Basis zu. Sie schneiden den Zugang zum Rest der Insel ab.«

»Wie interpretieren Sie die Situation, General?«

»Sir, das scheinen Bemühungen zu sein, die Raketen- und U-Boot-Basen durch Truppen zu isolieren. In Peking, würde ich sagen, sichern Streitkräfte die Stadt. Aber es ist nicht möglich, zu sagen, wer diese Streitkräfte kontrolliert.«

Alle im Raum sahen zu, als vier J-11 Jets, chinesische Variationen der russischen SU-27 SK, die U-Boot-Basis überflogen.

Lodge meldete sich zu Wort. »Mister President, wenn Direktor Harkers Einschätzung richtig ist, dann könnte das ein Coup sein, der gerade im Gange ist. Es könnten Bemühungen der aktuellen Regierung sein, den Coup zu stoppen, oder diese Truppen könnten unter dem Kommando der Verschwörer sein.«

»Sir, diese Basen werden von Mitgliedern von Yangs White Jade Society kontrolliert.« Harker wollte sicherstellen, dass Rice informiert war. »General Lu ist meiner Meinung nach besonders gefährlich. Er könnte mit diesen Raketen einen Krieg anfangen.«

»Mister President«, sagte Holden, »das könnte der Anfang einer Konfrontation mit den Chinesen sein. Ich empfehle nun auf DEFCON 2 zu eskalieren. Sir, Sie sollten sich in den sicheren Bunker begeben.«

»General. Unter gar keinen Umständen werde ich das Weiße Haus zu diesem Zeitpunkt verlassen. Das Letzte, was das Land braucht, ist ein Präsident, der in Deckung geht, sobald etwas passiert.« Rice hob seine Hand, um weitere Einwände zu unterbinden. »Das ist endgültig, General.«

»Ja, Sir.«

»Welche offensiven Marine-Einheiten haben wir in der Nähe von China?«

»Die *Ronald Reagan* und ihre Eskorten der AEGIS Klasse sind zweihundertfünfzig Meilen vor Nord-Korea. Zwei von unserer Ohio-Klasse sind auch etwa in der Gegend – die *George Washington Carver* und die *Tennessee*.«

»General, befehlen Sie diesen Schiffen, auf DEFCON 2 zu gehen, aber das nationale Level erhöhen wir vorerst noch nicht. Wir sind seit der Kuba-Krise nicht mehr auf DEFCON 2 gegangen, und ich bin nicht davon überzeugt, dass wir das nun tun sollten. Wir werden abwarten. Sollten diese Silos aktiviert werden, dann überdenke ich mir das noch mal. In der Zwischenzeit gilt für den Rest unserer Streitkräfte DEFCON 3.«

»Ja, Sir.«

»Wir müssen uns um die Anschläge in Kalifornien kümmern. Sie haben alle etwas zu tun. Legen Sie los. General, beobachten Sie die Situation in China und bringen Sie mir in einer Stunde Ihre Analyse. Berufen Sie zu dem Zeitpunkt auch ein Meeting mit den Joint Chiefs ein.

Vorerst möchte ich nicht, dass diese Gruppe, die sich zu den Anschlägen bekannt hat, irgendwo erwähnt wird. Bis ich die Auswirkungen von Direktor Harkers Aktionen abgewogen habe und wir umfangreichere Informationen aus China erhalten, will ich nicht, dass irgendetwas an die Öffentlichkeit gerät. Dieses Meeting ist beendet. Stellen Sie alle sicher, dass Sie unverzüglich verfügbar sind, sollte ich Sie benötigen. Direktor Harker, Kevin, bleiben Sie noch hier.«

Rice stand auf und der Raum leerte sich. Als alle gegangen waren, setzte sich Rice wieder hin.

»Direktor, möglicherweise haben Sie dort drüben ein Feuer entfacht, das ich nun löschen muss. Ich hoffe für Sie, Ihre Analyse ist treffend. Und jetzt berichten Sie mir von dem Rest.«

»Mister President?«

»Direktor, verarschen Sie mich nicht. Dafür spiele ich dieses Spiel schon zu lange. Ihr Bericht war auf den Punkt, aber es ist offensichtlich, dass Sie etwas ausgelassen haben. Ich will wissen, was das ist.«

»Sir, ich war der Meinung, *der Rest* war für die Ereignisse an der Küste irrelevant.«

»Das lassen Sie bitte mich beurteilen.«

»Ja, Sir.« Harker berichtete ihm, was sie ausgelassen hatte.

Rice wendete sich an seinen Stabschef. »Kevin, Sie werden vergessen, was Direktor Harker uns gerade mitgeteilt hat. Ist das klar? Nichts von dem darf bekannt werden.«

»Ja, Sir.«

»Lassen Sie Harkers Team zu mir bringen. Ich möchte direkt von ihnen von den Geschehnissen in Tibet hören.«

»Sir, Langley wäre besser für die Nachbesprechung geeignet …«

»Nein. Ich werde sie morgen früh empfangen. Schaffen Sie dafür Platz in meinem Zeitplan.«

»Ja, Sir.«

»Direktor Harker. Wo ist Ihr Team jetzt?«

»Sie sollten vor einer Stunde in Andrews ankommen sein, Sir, und dort abgeholt werden.«

»Bringen Sie sie am Morgen hierher. Koordinieren Sie sich mit Kevin.«

»Ja, Mister President.«

»Eines noch.«

»Sir?«

»Sollte etwas von dem, was Sie mir gerade mitgeteilt haben, jemals an die Öffentlichkeit gelangen, dann wird das für weitreichende Probleme sorgen. Stellen Sie sicher, dass das nicht passiert.«

»Ja, Mister President.«

»Das wäre es fürs Erste. Morgen wird es ein Meeting mit dem Außenminister geben. Ich möchte seine Einschätzung hören und will, dass Sie auch dort sind. Kevin wird Sie informieren, wann. Jetzt muss ich eine Erklärung an die Nation vorbereiten. Das amerikanische Volk wird eine erwarten.«

Rice stand auf und war samt der Secret-Service-Agenten verschwunden, bevor Harker noch etwas sagen konnte. Es gab allerdings auch nichts mehr zu sagen.

Hogan fragte: »Tote Kaiser?«

»Ja.«

»Ihre Leute haben dreißig Chinesen getötet?«

»Sie hatten keine große Wahl.«

»Was haben sie zurückgelassen? Deutet irgendetwas auf uns?«

»Wir haben darauf geachtet, Ausrüstung zu benutzen, die nicht direkt in die USA zurückverfolgt werden kann. Das Fahrzeug hatte pakistanische Kennzeichnungen. Proviant war unspezifisch. Die Chinesen werden bestimmt darauf kommen, aber Schwierigkeiten haben, irgendetwas zu beweisen. Ich denke, wir sind hier aus dem Schneider.«

»Das sollten Sie besser hoffen, Direktor. Die werden sehr verärgert sein. Um unser aller Willen hoffe ich, dass es das wert war. Lassen Sie uns das Meeting mit Ihren Leuten vereinbaren.«

Harker rief Stephanie an und gab ihr entsprechende Anweisungen. Jetzt lag es in der Hand des Präsidenten.

Kapitel 50

Stephanie traf das Team in Andrews und fuhr sie zurück zu PROJECT.

Nick fühlte sich wie ein Zementsack. Jetlag überkam ihn wie ein Abrisskommando in einem Casino in Vegas. Dank der Schmerzmittel spürte er in seinem Rücken nur noch einen dumpfen Druck. Ronnie kam aus dem Badezimmer gehumpelt. Keine Dusche für ihn. Er hatte Bandagen um seine gebrochenen Rippen und die Wunde an seinem Bein war ebenfalls fest umwickelt.

»Kaffee, Leute?«, fragte Stephanie. Sie nahmen sich jeweils eine Tasse.

Stephs Handy klingelte.

»Ja, Direktor.« Sie hörte zu. »Es geht ihnen gut. In Ordnung, ich werde es ihnen sagen.«

Sie legte auf. »Ihr werdet es nicht glauben.«

»Was denn? Lass mich raten. Wir müssen zurück ins Flugzeug?«

»Nein, Nick. Der Präsident will euch alle sehen.«

»Der Präsident? Du machst Witze.«

»Er schickt morgen früh einen Wagen für euch.«

»Ich kenne den Präsidenten.« Selena nippte an ihrem Kaffee. »Er ist ein guter Mann.«

»Woher kennst du ihn?«, fragte Nick.

»Er war mit meinem Onkel befreundet. Wir haben vor etwa sechs Monaten im Weißen Haus mit ihm zu Abend gegessen.«

»Wie ist er?«

»Sehr direkt. Er hat keinerlei Geduld für Leute, die Fragen ausweichen. Er kann seine Gedanken gut verbergen, wenn er möchte, und er ist definitiv jemand, dem man nicht in die Quere kommen sollte. Ich würde sagen, er ist ein Genie, was Politik anbelangt. Er nimmt seinen Job sehr ernst. Das bestimmt alles, was er tut.«

»Warum, glaubst du, will er uns sehen?«

»Ich vermute, er möchte einen Bericht aus erster Hand.«

»Harker sagte, wir sollen den Fernseher einschalten.«

Stephanie stellte die Kaffeekanne ab.

»Warum das denn?« Nick lehnte sich rüber und schaltete ihn an.

»Heilige Scheiße«, rief Ronnie. »Ist das nicht San Francisco? Die Bay Bridge im Hintergrund?«

»Das ist das Ferry Building. Aber was ist mit dem Pier und dem Plaza passiert?« Selenas Stimme war angespannt.

»Dreht mal den Ton auf.«

Einige Minuten später waren sie auf dem Laufenden. Die Zahl der Todesopfer stieg. Der öffentliche Dienst war beeinträchtigt, Krankenhäuser in der gesamten Bay Area überfüllt.

Homeland Security war im Westen auf Imminent gegangen, die Bevölkerung angewiesen, in ihren Häusern zu bleiben. Alle öffentlichen Verkehrsmittel waren unter militärischer Kontrolle. Die Regierungseinrichtungen wurden geschlossen oder standen unter Bewachung. Die BART-Tunnel in San Francisco waren entlang des gesamten Embarcadero, über die Bucht hinaus, bis nach Oakland geflutet. Im größten Teil Kaliforniens und des gesamten Westens gab es nach wie vor keinen Strom.

Am Morgen würde der Präsident eine Ansprache an die Nation halten. »Yang«, sagte Nick.

»Muss so sein«, sagte Ronnie. »Alles andere wäre ein zu großer Zufall.«

»Ich frage mich, was in China vor sich geht? Bestimmt macht Yang seinen Zug.«

»Ich hoffe, sie erschießen den Mistkerl«, sagte Ronnie.

»Werden sie, es sei denn, er erschießt zuerst sie.«

»Denkst du, er wird diese Raketen einsetzen?«

»Nur, wenn er komplett verrückt ist. Er könnte drohen, sie einzusetzen. Das wäre aber ein großer Fehler.« Nick stellte seine Tasse ab.

»Das könnte wieder genau wie mit Kuba werden. Das war etwas zu knapp, um sich dabei noch wohlzufühlen.« Ronnie leerte seine Tasse.

»Kennedy hatte wenigstens noch einen Draht zu Chruschtschow. Ich glaube nicht, dass momentan irgendwer einen Draht zu Yang hat. Wir sollten hoffen, die VRC ist bereit für das hier.«

»Ich hätte nie gedacht, dass ich mal für die China-Kommies sein würde.«

»Tja, das ist eine seltsame Welt, Ronnie. In diesem Fall ist die VRC auf der Seite der Guten. Ich hoffe nur, sie können Yang schnell genug stoppen, bevor er etwas Dummes tut.«

»Wie etwa eine Rakete abfeuern?« Selena strich sich eine Haarsträhne aus der Stirn.

»Genau so was.«

»Gott, bin ich müde«, sagte sie. »Ich kann über all das nicht mehr nachdenken.«

Stephanie stand auf. »Los Ronnie, für dich habe ich einen Platz am anderen Ende des Flurs. Seht zu, dass ihr etwas Schlaf bekommt, bevor ihr den Präsidenten trefft.«

Die Tür schloss sich hinter ihnen. Nick legte sich hin und das Nächste, was er mitbekam, war Stephanie, die an die Tür klopfte und sagte, Kaffee sei fertig und sie hätten eine Stunde, bevor sie zum Weißen Haus aufbrechen würden.

Kapitel 51

Die neun Männer, die China regierten, trafen sich in der offiziellen Residenz des Parteivorsitzenden und Präsidenten, Zhang Jei. In China regierte niemand ohne die Unterstützung der Volksbefreiungsarmee. Das Zentralkomitee traf zwar Entscheidungen, aber es war die VBA, die sie durchsetzte. Mehrere ranghohe Offiziere der VBA waren zu dem Meeting eingeladen worden.

General Zhou war Vorsitzender der Militärkommission und Commander der Militärregion Peking. Er saß zwischen Minister Deng von der Staatssicherheit und dem Commander der Militärregion Guangzhou in Südchina, General Liu. General Yang Siyu saß am Ende des langen, ovalen Tisches, gleich neben Zhang.

Ihm gegenüber saß General Hong, Commander des Zweiten Artilleriebataillons, welches Chinas nukleare und ballistische Raketen kontrollierte. Zwei Stühle weiter spielte Chen Tian, der Minister für Eisenbahnen, mit einem Notizblock und einem Stift, die vor ihm auf dem Tisch lagen. Der Rest des Ständigen Ausschusses des Politbüros belegte die übrigen Plätze am Tisch.

Als Erstes auf der Tagesordnung standen ethnische Unruhen in der autonomen Region Tibet und in Chinas westlicher Xinjiang-Region. Die Männer diskutierten Strategien, um die Proteste der Einheimischen zu unterdrücken, als ein Bote den Raum betrat und direkt zum Präsidenten ging. Zhang hörte aufmerksam zu und wandte sich dann an seine Kollegen.

»Es gab mehrere Explosionen an der Westküste Amerikas, die erheblichen Schaden verursacht haben. Ihr Militär hat die nationale Verteidigungswarnstufe hochgesetzt und es gibt eine große Anzahl an zivilen Opfern. Die amerikanische Regierung behandelt es als schweren Terroranschlag. Wir müssen entscheiden, was eine angemessene Reaktion ist.«

»Wir sollten unsere Verteidigungshaltung ebenso verstärken.« Das war General Hong. »Russland, Pakistan und Indien werden das sicherlich auch tun, und das wird Europa und die NATO ins Spiel bringen.«

»Die NATO ist ein zahnloser Tiger.«

»Das stimmt, aber wenn Amerika sich verhält, als würde Krieg drohen, dann schlagen die Wellen immer um die ganze Welt.«

»Was ist die Warnstufe ihrer Streitkräfte?«, fragte General Zhou.

Zhang sagte: »Sie sind auf ihre DEFCON 3 gegangen. Das bedeutet, hohe Bereitschaft, aber noch nicht die Erwartung eines unmittelbaren Angriffs. Ihre Flugzeuge werden bereit sein, einige Bomber in der Luft und alle ihre Streitkräfte alarmiert, aber es werden keine aktiven Missionen gestartet. Sie haben eine ihrer nuklearen Flugzeugträgerkampfgruppen nordöstlich von Korea in Angriffsreichweite. Es könnten auch noch U-Boote da sein, von denen wir nichts wissen.«

Zhang instruierte einen Assistenten, einen Monitor in den Raum zu bringen. Kurz darauf konnten sie die Ereignisse an der Westküste Amerikas verfolgen.

Präsident Zhang wandte sich an Yang. »General, haben Sie irgendwelche Informationen bezüglich dieser Angriffe auf den Goldenen Berg?«

Er gebrauchte die alte chinesische Bezeichnung für Kalifornien und die Vereinigten Staaten.

Yang verspürte einen berauschenden Anflug der Vorfreude. Die Explosionen in den USA wurden zeitlich mit seiner Anwesenheit in diesem Raum abgestimmt. Wenn diese Männer erst einmal beseitigt waren, konnte nichts mehr seinen Aufstieg zur Macht verhindern.

Admiral Zhang Lian kontrollierte die Raketen-U-Boote bei Sanya. Lu Cheng hatte die Basis in Luoyang abgeriegelt und die Raketen unter Kontrolle. Loyale Panzerdivisionen rollten in diesem Augenblick durch die Straßen von Peking und anderen großen Städten. Der Schienenverkehr transportierte ausschließlich seine Truppen. Die Luftwaffe war auf dem Boden, wo sie auch bleiben würde, bis er anderslautende Befehle erteilte. Draußen wartete ein Kader einer Spezialeinheit auf sein Signal, welches er nun mit einem Transmitter in seiner Tasche auslöste.

»Nun, General? Sie scheinen abgelenkt.«

»Ich habe diese Angriffe ausgelöst, Zhang.« Er nutzte die unhöfliche Form der Anrede.

Der Präsident sah ein wenig überrascht aus. »Ah. Und warum würden Sie so etwas tun?«

Yang stutzte. Das war nicht die Antwort, die er erwartet hätte. Die anderen im Raum schauten schweigend den beiden Männern zu. Für einen Moment fragte er sich, ob er Zhang falsch eingeschätzt hatte. Nein. Er verwarf den Gedanken.

»Wir haben für den Westen lange genug die Hure gespielt!« Yang schlug mit der Hand auf den Tisch. »Es ist Zeit, unseren rechtmäßigen Platz einzunehmen. Wir haben alles, was wir brauchen, um sie in die Knie zu zwingen. Ihre Politik hat das wahre Ausmaß unserer Größe verwässert.«

Der Vorsitzende Zhang studierte seine Fingernägel. Dann schaute er Yang an. »Sie wollen diese Politik verändern?«

»Sie hat sich geändert. Von diesem Moment an.«

Die Tür flog auf. Elite-Soldaten der Spezialeinheit bezogen entlang der Wände und um den Tisch Position; jeder mit dem neuesten Sturmgewehr, dem QB-97, bewaffnet. Widerstand gegen eine derartige Truppe war zwecklos. Einige des Ständigen Ausschusses schauten nervös zu den Soldaten, die sie umgaben. Zhang schien unbesorgt.

Yang sprach weiter. »Die Raketen in Luoyang sind unter meiner Kontrolle, genau wie die U-Boote bei Sanya. Alle unsere Langstreckenraketen sind meine. Wenn in Zukunft jemand versuchen sollte, für uns die Dinge zu verkomplizieren, werden wir nicht zögern, unsere Stärke zu demonstrieren.«

Der Präsident wandte sich den anderen im Raum zu. »General Liu. Sie kommandieren die Region, welche die U-Boot-Basis auf Hainan beinhaltet. Was sagen Sie dazu?«

»Ich fürchte, General Yang hat sich verkalkuliert. Inzwischen wird die Basis bei Sanya auf dem Land komplett umzingelt sein. Zur See wurden Einheiten in voller Stärke in das Gebiet geordert, um unautorisierte, tja, Abenteuer seitens unserer U-Boote zu verhindern. Außerdem haben wir eine Luftüberwachung eingerichtet.«

»Das ist eine Lüge«, sagte Yang. »Ich habe mit Admiral Zhang gesprochen, bevor ich den Raum betrat. Er versicherte mir, die U-Boote seien unter meinem Kommando.«

»Oh, stimmt, Sie können das nicht wissen. Ich bedauere, Ihnen mitteilen zu müssen, dass Admiral Zhang, kurz nachdem Sie mit ihm gesprochen haben, einen unglücklichen Unfall hatte«, sagte General Liu. »So traurig. Er rutschte während einer Inspektion aus, fiel über Bord und ertrank. Ein Staatsbegräbnis und eine öffentliche Zeremonie werden in Peking für unseren verehrten Marine-Führer geplant.«

»Ich habe Luoyang.«

»Oh, das tut mir leid, General«, sagte Hong. »Luoyang ist umstellt. General Lu hält zwar weiterhin die Basis, die Kommunikation mit ihm könnte Ihnen allerdings etwas schwerfallen. Sollte er Bereitschaft für einen Abschuss signalisieren, werden Gegenmaßnahmen eingeleitet. Wenn nötig, werden die Raketen zerstört.«

»Das können Sie nicht machen! Das ist unser größtes Abschreckungsmittel gegen die Amerikaner.«

»Sie sind ein Narr, Yang«, sagte der Präsident. »Die Amerikaner können uns auslöschen, wenn sie das wollen. Das ist der Grund, warum wir über all die Jahre nuklear nur eine defensive Haltung eingenommen haben.«

Yang schaute zu den Männern, die mit steinernen Gesichtern mit ihm am Tisch saßen. Er wusste, er war nahe dran, die Kontrolle zu verlieren. Zuerst hat Wu ihn enttäuscht. Sein Traum von einem neuen Aufschwung für Chinas Nuklearraketen war unter dem Geröll dieser Ruinen begraben worden. Wus Tod war lediglich die gerechte Strafe für sein Versagen. Jetzt waren seine Pläne, China zu regieren, in Gefahr. Aber General Lu kontrollierte immer noch die Raketen. Yangs Panzer rollten durch die Straßen. Und die Spezialeinheit war hier mit ihm in diesem Raum.

»Sie sind der Narr, Zhang. Meine Panzer stehen draußen in Position. Die Leute werden mir folgen. Major!« Er wandte sich an den Kommandanten der Soldaten, die den Tisch umringten. »Ergreifen Sie diese Männer. Bringen Sie sie hinaus. Sollten sie Schwierigkeiten machen, erschießen Sie sie.«

Yang wusste, er hatte verloren, als der Major seine Pistole zog und auf ihn richtete anstatt auf Zhang. Zwei Soldaten traten hinter den Minister für Eisenbahnen, packten ihn grob an den Armen und zerrten ihn aus seinem Stuhl. Er begann zu protestieren, aber ein Blick zu Zhang brachte ihn zum Schweigen.

»Sie sind es, der den Raum verlässt, Yang, und dieser Verräter ebenso.«

Jeder Anschein von milder Sorglosigkeit verschwand, als Zhang aufstand. Er riss die Rangabzeichen mit ihren drei Sternen und Kränzen von Yangs Schultern und warf sie gegen die Wand.

Zhangs Gesicht war errötet vor Wut. Er wandte sich an den Major. »Bringt sie ins Militärgefängnis. Steckt sie in die Isolation. Wenn Yang sich wehrt, macht ihn bewusstlos, aber tötet ihn nicht. Postiert rund um die Uhr Wachen. Wir haben noch Verwendung für ihn.«

»Ja, Vorsitzender!« Der Major salutierte und deutete mit seiner Pistole auf Yang.

»Die Panzer«, sagte Yang.

»Die Panzer stehen unter meinem Kommando. Ergreift ihn.«

Sie sahen zu, wie die Männer abgeführt wurden. Die Tür schloss sich hinter ihnen.

Präsident Zhang wandte sich an die anderen. »Sollten die Amerikaner glauben, wir seien für diese Angriffe verantwortlich, dann droht uns mit großer Wahrscheinlichkeit Krieg. Erhöht unsere Verteidigungshaltung, aber achtet darauf, auf keinen Fall aggressive Absichten anzudeuten. Dieser Idiot hat uns an den Rand einer Katastrophe gebracht. Wir müssen einen Weg finden, diese abzuwenden.«

General Zhou verließ den Raum.

»Wir sollten ihren Präsidenten anrufen.» Das war der stellvertretende Vorsitzende des ständigen Ausschusses. »Sie werden bald wissen, was geschehen ist. Wir müssen mit ihnen reden. Ihnen die Wahrheit sagen.«

»Wir würden unser Gesicht verlieren!«

»Lieber das Gesicht verlieren, als Peking oder Chengdu. Wir können ihnen Yang geben, ihn exekutieren, diplomatische Reparationen anbieten – was immer nötig ist, um zu zeigen, dass Yang alleine gehandelt hat. Unter der Hand können sie es ruhig wissen, es darf aber nicht öffentlich gemacht werden. Es ist nicht in ihrem Interesse, das es publik wird. Sie brauchen uns, um ihre Wirtschaft am Laufen zu halten. Vielleicht können wir sie mit den extremistischen Elementen auf eine falsche Fährte führen.«

Das Meeting wurde zu einer generellen Diskussion über Schadensbegrenzung und darüber, wie mit dem garantierten Fallout von Yangs Handlungen umgegangen werden sollte.

Außerhalb der von Wein bewachsenen Mauern der Villa des Präsidenten war es ein gewöhnlicher, smogreicher Tag in Peking. Falls die Menschenmassen die hohe Präsenz an Militärfahrzeugen und Personal bemerkten, hielten sie es für ein weiteres Trainingsmanöver. Das Leben in Peking war gut. Man sollte sich nicht beschweren, nur weil das Dröhnen von Panzern die Harmonie etwas störte.

Kapitel 52

Das Kommandozentrum des Zweiten Artilleriebataillons in Luoyang nahm die gesamte oberste Etage des Hauptquartiers der Basis ein. Von seinem Eckbüro aus konnte General Lu Cheng das Haupttor im Westen sehen sowie die Betonverstärkungen der Silos und Tunnel im Norden. Panzer der Regierung waren seit dem Morgen vor den Toren in Position gebracht worden.

Sie warteten.

Nun war es früher Abend. Yang hatte versagt. Peking versuchte immer noch, ihn zu überzeugen, die Basis aufzugeben, aber Lu konnte erkennen, wie sie zunehmend ungeduldiger wurden.

Die harten Züge seines Gesichts verdüsterten sich. So weit war es nun gekommen. Ein Leben im Dienst für China zu nichts reduziert durch die kleinmütigen Geister der Parteiführung. Narren, die Bestimmung nicht begreifen konnten. Die Entscheidung würde man ihnen aufzwingen müssen.

Die Basis war versiegelt worden. Es bestand ein Sicherheits-Lockdown. Er hatte seinen Truppen gesagt, reaktionäre Elemente in der Armee würden meutern. Scharfe Munition war verteilt worden. Die Elite-Raketenbataillone hatten wenig Respekt für die Bodentruppen. Es fiel seinen Offizieren nicht schwer, ihm zu glauben. Sie waren angewiesen, sich mit tödlicher Gewalt zu verteidigen, falls jemand versuchen sollte einzudringen.

In der Ferne hinter den Toren erblickte Lu eine riesige Staubwolke. Es konnte nur einen Grund für solch eine Menge an Staub geben: weitere Panzer und weitere Trucks mit Angriffstruppen. Die Zeit wurde knapp.

Lu traf eine Entscheidung. Er griff zu seinem Telefon.

»Schicken Sie Hing zu mir, sofort.«

Hing war Lus Stellvertreter. Es erforderte eine zweite Person, um seine Entscheidung auszuführen. Lu ging zurück an seinen Schreibtisch und setzte sich. Er betrachtete ein Bild seines Vaters, aufgenommen kurz bevor er nach Vietnam gegangen war. Sein Vater war 1968, während der ersten Tage der großen Tet-Offensive, Berater der nordvietnamesischen Armee gewesen. Lu hatte seinen Vater vergöttert. Er hat den Amerikanern nie verziehen, dass sie ihn getötet haben.

Es gab einen entscheidenden Fehler bei den Sicherheitsvorkehrungen für Chinas Nuklear-Arsenal. Peking fürchtete, während eines nuklearen Angriffes die Fähigkeit zu einem Vergeltungsschlag zu verlieren. Unter bestimmten Umständen konnten die Kommandanten einer Raketenbasis eigenständig einen Abschuss initiieren. Man war der Meinung, eine gründliche Überprüfung der Kommandanten, regelmäßige Untersuchungen durch den Geheimdienst und die Tatsache, dass zwei unabhängige Offiziere benötigt wurden, um einen Raketenstart zu initiieren, wären ausreichende Sicherheitsvorkehrungen. Als zusätzliche Vorsichtsmaßnahme ließen sich fehlgeleitete Raketen durch codierte Funksignale deaktivieren und zerstören. Diese Signale konnten, falls nötig, aus Peking gesendet werden.

Das stimmte zwar, allerdings hatte Lu die Raketen umprogrammiert. Pekings Codes waren nicht mehr wirksam. Durch die von Lu aufgestellten Protokolle für einen Sicherheits-Lockdown waren die Crews bei den Raketen isoliert. Waren die Start-Codes erst einmal gesendet, dann würde kein widerrufender Befehl mehr befolgt werden.

Lu war stolz auf seine Weltuntergangsmaschine. Die Vorbereitung hatte Monate gedauert.

Ein Klopfen. Colonel Hing trat ein.

Lu fragte sich, wie er reagieren würde.

»Regierungstruppen machen sich bereit, die Basis zu stürmen.« Er deutete durch das Fenster auf die Staubwolken, die sich der Basis näherten. »Es ist nur eine Frage der Zeit, bis sie unsere Verteidigung durchbrochen haben.«

Hings Gesicht nahm eine fahle, kränkliche Farbe an. »Dann haben wir verloren.«

»Nun, ich habe nicht vor, sie gewinnen zu lassen.«

»Was werden Sie tun?« Hing sah seinen Vorgesetzten an. Es dämmerte ihm. »Sie wollen die Raketen starten!«

»Ja.«

»Aber die Amerikaner werden Vergeltung üben.«

»Unsere Verteidigung ist adäquat. Einige ihrer Raketen werden durchkommen, aber nicht alle. Wenn wir den Erstschlag ausführen, dann wird ihr Militär geschwächt sein. Wir werden von ihnen nicht mehr gedemütigt werden. Peking wird gezwungen sein, den von uns vorgegebenen Kurs beizubehalten, oder der Niederlage ins Gesicht zu sehen. Sie werden gezwungen sein, unsere Bestimmung weiterzuführen.«

Lu öffnete eine Stahlschublade in seinem Schreibtisch und nahm einen schwarzen Metallkasten von etwa der Größe einer Aktentasche heraus. Er stellte ihn auf den Schreibtisch, öffnete ihn und schaltete ihn ein. Ein Bildschirm leuchtete auf.

Bereit.

Rechts neben dem Bildschirm war ein alphanumerisches Tastenfeld. Lu gab eine Reihe von Zahlen und Buchstaben ein. Eine Nachricht erschien auf dem Schirm.

Bestätigen.

Der Ablauf erforderte den Handabdruckscan der autorisierten Kommandanten. »Ihre Hand, Colonel.«

Hing blieb stehen, wo er war.

»Ich werde das nicht tun. Die Amerikaner werden uns vernichten.«

Lu ging hinüber zur Tür und schloss sie ab. Er griff zu seiner Pistole. »Sie werden es tun«, sagte er und schoss Hing in die Brust, dann noch mal. Die Kugeln schleuderten den Mann zurück gegen den Schreibtisch und er fiel zu Boden.

Lu packte Hings Arm und zog den Körper zu der Abschussvorrichtung. Er presste Hings Hand auf den Schirm. Die Maschine piepte. Lu schaute dem roten Licht zu, wie es erst in die eine und dann in die andere Richtung scannte. Die Maschine piepte erneut. Eine neue Nachricht erschien.

Zweite Bestätigung.

Jemand hämmerte an die Tür. Lu platzierte seine Hand auf dem Schirm. Ein Piepen, das rote Licht, ein weiteres Piepen.

Startsequenz-Code eingeben.

Lu gab die Zahlen und Buchstaben ein, die den Crews bei den Raketen die Anweisung zum Abschuss geben würden.

Bereit.

Lu schaute hoch, als die Tür aufbrach. Zwei seiner Männer standen da und versuchten sich zu erklären, was sie da sahen. Lu klappte einen Sicherheitsschalter zurück und drückte einen roten Knopf.

Raketenstart initiiert.

Überall auf der Basis fingen Signalhörner an, im Drei-Sekunden-Takt zu ertönen. Jetzt konnte nur noch er selbst die Raketen zurückrufen.

»Sir! Was ist hier geschehen?«

Lu lächelte. Er platzierte die Mündung seiner Pistole in seinen Mund und drückte ab.

Kapitel 53

Auf dem Weg ins Weiße Haus schaute sich das Team auf den Rücksitzen einer schwarzen Lincoln Stretch-Limousine die Ansprache des Präsidenten an. Rice wirkte ernst und beruhigend. Er bestätigte, es hatte einen terroristischen Anschlag gegeben. Er warnte die Nation jedoch vor überstürzten Schuldzuweisungen. Er versprach schnelle Vergeltung, sobald die Identität der Bombenleger bekannt würde.

Rice sprach von Nine Eleven und Pearl Harbor. Er äußerte Gewissheit, dass Amerika auch diese Aufgabe meistern würde und schloss mit einem Gebet für die Opfer und ihre Familien, und für die gesamte Nation. Es war eine Meisterleistung.

Menschen waren wütend. Es hatte eine undichte Stelle gegeben. Die Medien spekulierten bereits über eine chinesische Beteiligung.

Das Team betrat das Weiße Haus durch den Hintereingang. Sie wurden zu einem Raum neben dem Oval Office geleitet, in dem sich Rice gerade mit dem Außenminister und General Holden traf. Direktor Harker, General Hood und Rices Stabschef warteten dort. Hogan war deutlich angespannt.

»Wenn der Präsident bereit ist, wird er uns hineinrufen. Er wird das Gespräch vorgeben. Seien Sie vorbereitet, ihm von Ihrer Mission zu berichten. Halten Sie sich kurz.«

Nick entschied, dass er Hogan nicht mochte. Er entschied außerdem, seinen Mund zu halten, bevor es ihn in Schwierigkeiten bringen würde. Er war müde. Wenn er müde war, dann hatte er keinerlei Geduld für Dinge, die ihn nervten.

Harker sagte: »Ihr habt dort drüben ja eine ganz schöne Show hingelegt.«

»Wir wären beinahe ohne Probleme aus der Nummer raus gewesen. Wu ist einfach zum falschen Zeitpunkt aufgetaucht. Was ist in China los?«

Die drei Sterne auf Hoods Schultern glitzerten unter der Deckenbeleuchtung.

»Keiner ist sich ganz sicher. Es sieht aus, als hätte Yang seinen Zug gemacht aber keinen rechten Erfolg gehabt. Es gab eine Menge militärischer Bewegung, alles intern. Sehr hohe Präsenz in der Luft und auf dem Wasser bei Sanya, das scheint aber wieder weniger geworden zu sein. Nun beobachten wir die Raketenbasis auf Luoyang. Truppen haben die Basis umstellt. Das ist einer der Gründe, warum wir glauben, dass Yang keinen Erfolg hatte. Aber diese Raketen sind nicht unter der Kontrolle der Regierung. Sollte Lu die Silos aktivieren, werden wir es mitbekommen. Dann könnte es ganz schön heiß werden. Holden hat Rice überzeugt, auf DEFCON 2 zu gehen.«

Das war nicht gut. Nick veränderte seine Haltung, um den Schmerz in seinem Rücken zu lindern.

»Irgendwelche Mitteilungen aus der VRC?«

»Noch nicht. Ich weiß nicht, was der Präsident vorhat, aber an seiner Stelle würde ich ein wenig Katz und Maus spielen. Mal schauen, ob ich sie dazu bringen könnte, zuerst anzurufen. In der Zwischenzeit rennen Langley und alle anderen durch die Gegend und versuchen herauszufinden, wer diese Bomben gezündet hat.«

»Wir wissen, wer sie gezündet hat«, sagte Selena. »Die Triaden.«

Harker schaltete sich ein. »Wir können nicht einfach anfangen, alle in den Triaden zu verhaften. Wir brauchen Gewissheit, harte Fakten. Manche Leute sind nicht überzeugt, dass ein Putsch hinter den Bombenanschlägen steht. Einige glauben nicht, dass es überhaupt einen Putschversuch gibt. Sie denken, China initiiert ein groß angelegtes, militärisches Abenteuer und sie sind besorgt. Es gibt genügend Atombomben in Luoyang, um Millionen Menschen unseres Volkes sowie mehrere unserer Städte auszulöschen. In Sanya gibt es Atomraketen-U-Boote. Sollten sich diese in tiefe Gewässer bewegen, dann könnten wir in Schwierigkeiten geraten.«

Die Tür zum Oval Office öffnete sich und ein Assistent bat sie herein.

Rice saß hinter seinem Schreibtisch, vor den hohen Fenstern zum Rosengarten. Ein großer, runder Teppich mit dem Siegel des Präsidenten füllte die Mitte des Raumes. Mehrere elegante Polsterstühle waren vor dem Schreibtisch aufgestellt. Dort saßen General Holden, der Außenminister und Cheryl Wilson, die stellvertretende Ministerin für Asien-Angelegenheiten. Der Präsident stand auf und reichte Selena die Hand.

»Selena. Ich war überrascht zu erfahren, dass Sie Teil von all dem sind. Es ist schön, Sie wiederzusehen. Ich war sehr traurig, als uns William genommen wurde. Bitte nehmen Sie alle Platz.«

»Vielen Dank, Mister President«, sagte sie. Alle setzten sich.

»Direktor Harker hat mir von Ihrer Mission berichtet. Aber ich wollte Ihnen in die Augen sehen und direkt von Ihnen davon hören.«

»Es war eine Erfahrung, Mister President.«

Rice schaute auf seine Notizen.

»Gunnery Sergeant Peete. Sie wurden verletzt.«

»Das ist nichts, Sir.« Ronnie saß kerzengerade in Anzug und Krawatte auf seinem Stuhl und hielt den Gehstock, den man ihm gegeben hatte, in einem perfekten 90-Grad-Winkel. Es war eine ziemliche Veränderung zu seinem üblichen Hawaii-Aufruhr. Er hätte genauso gut auf einer Parade sein können.

»Entspannen Sie sich, Gunny. Gönnen Sie Ihrem Bein etwas Ruhe, Sie haben es sich verdient.« Ronnie entspannte sich um etwa einen Millimeter.

Rice schaute zu Nick. »Major Carter. Sie haben das Team geführt?«

Nicks Militär-Akte lag auf dem Schreibtisch. In so unmittelbarer Nähe des Präsidenten sitzend spürte er die Aura der Macht, die mit dem Amt einherging. Er hatte keinen Zweifel daran, in der Gegenwart des mächtigsten Mannes dieser Welt zu sein.

»Ja, Sir. Sir, ich bin nicht mehr im Dienst.«

»Das weiß ich, Major. Allerdings sind Sie nie offiziell aus der Armee ausgetreten, also ist das nicht ganz richtig. Wie waren Ihre Anweisungen?«

»In einen altertümlichen Tempel-Komplex in Tibet einzudringen.«

»Zu welchem Zweck?«

»General Yang hatte Himmel und Hölle in Bewegung gesetzt, um die Position dieses Tempels ausfindig zu machen. Wir waren uns nicht sicher, was er wollte. Wir wussten nur, es war wichtig für ihn. Wir waren der Meinung, es wäre von nationalem Interesse, vor ihm dort hinzugelangen und jegliche Pläne, die er hatte, für was auch immer dort zu finden wäre, zu durchkreuzen. Wir handelten in der Annahme, was schlecht für Yang ist, ist gut für uns.«

»Sie haben Hinweise auf eine hochergiebige Uranablagerung gefunden?«

»Ja, Mister President. Auf dem Gebiet der Inneren Mongolei.«

Rice musterte ihn sorgfältig.

»Mir wurde gesagt, Sie hätten ein Video von der unterirdischen Kammer?«

»Ja, Sir.«

»Ich möchte bitte, dass alle Kopien dieses Videos an mich persönlich abgegeben werden. Ist das klar?«

»Sehr klar, Sir.«

»Gut.« Rice verharrte für ein paar Sekunden und fragte dann: »Wie hat das Feuergefecht begonnen?«

Nick erzählte ihm die Geschichte. Rice lächelte.

»Hervorragend. Gut gemacht, Major. Wie ist Ihre Einschätzung bezüglich des Fallouts von Ihrer Mission?«

»Sir?«

»Fallout. Politisch, militärisch. Konsequenzen, wenn Ihnen das lieber ist.«

Der Präsident der Vereinigten Staaten fragte ihn nach seiner Meinung. Das war was Neues.

»Nun Sir, ich glaube nicht, dass es erwähnenswerte Konsequenzen geben wird.«

Wilson machte ein Geräusch der Empörung. »Mr. Carter, Sie sind illegal in chinesisches Hoheitsgebiet eingedrungen und haben über dreißig ihrer Soldaten angegriffen und getötet. Wie, um alles in der Welt, können Sie behaupten, es würde keine Konsequenzen geben?«

Die Augen des Präsidenten wanderten kurz zu ihr, er sagte aber nichts.

Nick spürte, wie seine Wut stieg.

»Zuerst einmal haben sie uns angegriffen, und nicht umgekehrt. Diese Truppen waren unter dem Kommando von Colonel Wu, Yangs Mann. Würde ich die VRC leiten, dann würde ich keine große Sache daraus machen wollen. Es ist ein bestreitbarer Vorfall in einer abgelegenen Region, das Resultat der Handlungen eines Irren, der versucht, China zu übernehmen.«

»Sie bestehen darauf, dass ein Putsch geplant ist?«

Nick sah sie an. »Sind Sie so dumm, wie Sie scheinen?« Wilsons Gesicht verzog sich zu einem finsteren Blick. Nick sagte: »Ja, ich bestehe sehr wohl darauf. Nach unseren Satellitenbildern zu urteilen, hat er bereits stattgefunden und war erfolgreich oder auch nicht. Sollte er erfolgreich gewesen sein, dann haben wir ein Problem, das nichts mit Tibet zu tun hat. Wenn nicht, dann wird es keine Konsequenzen wegen unserer Mission geben.«

Wilsons Gesicht zog sich noch weiter zusammen und sie war im Begriff, etwas zu sagen, als ein Assistent hereinkam, etwas in Hogans Ohr flüsterte und den Raum wieder verließ.

»Mister President, Präsident Zhang ruft an.«

»Wurde auch Zeit. Legen Sie ihn auf den Lautsprecher.«

Kapitel 54

»Sir …« Hogan blickte zu Nick und den anderen.

»Leg ihn einfach auf den Lautsprecher, Kevin.«

»Ja, Sir.«

»Mister President.« Die Stimmqualität war gut. Zhang sprach chinesisch und hatte einen Simultanübersetzer. Rice deutete auf einen Hörer, der neben einem Notizblock und Stift am Ende seines Tisches lag, und signalisierte Selena, sie solle ihn aufnehmen. Er betätigte einen Schalter an seinem Schreibtisch. China konnte ihn nicht hören.

»Selena, Sie sprechen die Sprache. Hören Sie zu und sagen Sie mir, ob die Übersetzung korrekt ist. Achten Sie auf alles, was mir helfen könnte, diesen Mann zu verstehen.«

Sie griff nach dem Hörer. Rice aktivierte das Telefon.

»Präsident Zhang. Was kann ich für Sie tun?«

»Mister President, es gab hier einige Vorfälle. Wir wollen nicht, dass diese Vorfälle, ähm, missverstanden werden. Ich rufe an, um Sie von unserer Situation in Kenntnis zu setzen.«

»Unsere Satelliten zeigen ungewöhnliche militärische Bewegungen. Einige meiner Berater sind recht verstört. Sagen Sie mir, President Zhang, sollte ich besorgt sein?«

»Nein, nein, ganz und gar nicht. Wir führen lediglich Übungen durch. Es gibt keinen Grund für Sie, besorgt zu sein. Wir hatten ein Problem mit einem unserer leitenden Kommandanten, aber es wurde behoben.«

Selena schrieb etwas auf einen Zettel. Nick nahm diesen und reichte ihn an den Präsidenten.

Angespannt, hatte sie geschrieben. *Hat Redewendung genutzt, die mit dem Wunsch zu beschwichtigen assoziiert ist, ohne dabei Fehlverhalten einzugestehen.*

»Welcher Art war das Problem?«

»Das ist jetzt nicht mehr wichtig.«

»President Zhang, es gab einen Angriff auf unser Land. Wir glauben, einer Ihrer hochrangigen Offiziere ist dafür verantwortlich. Sollte sich das bewahrheiten, wird es ernste Konsequenzen für unsere Nationen haben.«

»Das kann nicht sein! Wer wird verdächtigt?«

»Ihr General Yang.«

Es entstand eine Pause. Alle schauten Rice an.

»Mister President.« Die Stimme aus dem Lautsprecher klang tonlos und metallisch. »Zufällig ist General Yang der leitende Offizier, den ich vorhin erwähnte. Ihm wurde das Kommando entzogen, da er reaktionäre Ansichten vertreten hat. Sollte er Angriffe auf Ihr Land initiiert haben, dann ist das ohne unser Wissen und unsere Zustimmung geschehen.«

»Das ist ja alles schön und gut, President Zhang, aber das wird nicht ausreichen.« Rice versuchte die Verärgerung in seiner Stimme nun nicht mehr zu verbergen. »Vielleicht können Sie General Yang überzeugen, zu verraten, wie er seine bösartigen und provokativen Handlungen bewerkstelligen konnte. Unser Volk ist erschüttert und wütend. Ich versichere Ihnen, Präsident Zhang, wenn Ihre Regierung irgendetwas mit diesen Vorfällen zu tun hatte, werden die Konsequenzen erheblich sein. Drücke ich mich verständlich aus?«

Im Hintergrund waren die Stimmen von mehreren Personen zu vernehmen, die gleichzeitig und schnell auf Chinesisch zu sprechen begannen. Selena schrieb.

Große Sorge. Jemand spricht sich für vollen Kriegsalarm aus. Zhang ist nervös. Jemand sagt, er solle Ihnen die Wahrheit sagen.

Nach einem Moment war der Präsident von China wieder zu vernehmen.

»President Rice. Ich werde offen sein. General Yang wurde wegen des Versuchs, sich als neuer Führer unseres Landes einzusetzen, verhaftet. Er gab zu, die Angriffe gegen Sie initiiert zu haben. Uns waren diese Pläne nicht bekannt. Wir bedauern zutiefst, dass Ihrem Volk Leid zugefügt wurde. Wir haben bis jetzt noch keine Zeit gehabt, ihn zu befragen, um mehr herauszufinden.«

Zettel von Selena. *Klingt, als würde er die Wahrheit sagen.*

»Ein Putsch?«

»Ja. Wir haben sein Komplott zur Ergreifung der Macht entdeckt und waren vorbereitet. Yang hatte keinen Erfolg dabei, unsere militärischen Einrichtungen zu übernehmen.«

Wilson schnappte nach Luft, ein Geräusch, als würde sie an ihrer eigenen Galle ersticken.

Rice tippte mit seinen Fingern auf sein Bein. »Was ist mit Luoyang?«

»Ah, Luoyang wird in diesem Moment gelöst. Sollten Vorbereitungen für einen Raketenstart entdeckt werden, dann werden wir diesen verhindern. Mister President, wir werden unter gar keinen Umständen einen Raketenstart zulassen. Bitte glauben Sie mir. Die Raketen sind mit einem Selbstzerstörungssystem ausgerüstet. Wir sind bereit, sie zu zerstören, falls nötig.«

General Holden griff nach seinem Pager. Er stand mit einem entschuldigenden Nicken zu Rice auf, ging an den Rand des Raumes und holte sein Telefon hervor. Nick beobachtete ihn, wie er erstarrte. »Das ist zufriedenstellend, Mister President. Wir werden Luoyang sehr genau beobachten. Sollten wir Vorbereitungen für einen Start entdecken, dann werden wir gezwungen sein, entsprechende Gegenmaßnahmen zu ergreifen. Ich hoffe aufrichtig, dass es dazu nicht kommen wird.«

»Mister President, jegliche aggressiven Aktionen gegen unser Land würden hier äußerst schlecht aufgenommen und mit einer starken Reaktion beantwortet werden. Ich versichere Ihnen, wir haben keine feindlichen Absichten.«

»Präsident Zhang, ich schätze Ihre ...«

General Holden unterbrach ihn. Er hielt noch immer sein Telefon in der Hand. »Sir, die Silos in Luoyang wurden aktiviert und die mobilen Plattformen verlassen die Tunnel. Sie machen sich bereit für den Abschuss.«

Rice sah ihn an. »Sind Sie sicher?«

»Ja, Sir. Ihre Abschusssequenz hat begonnen.«

»General, gehen Sie auf DEFCON 1, aber nicht über Fail Safe.«

Holden sprach erneut in sein Telefon. Rice hielt inne. Er sagte: »Präsident Zhang. Mir wurde soeben mitgeteilt, dass Ihre Raketen beinahe startbereit sind. Wir haben jetzt den kritischen Punkt erreicht. Sie müssen augenblicklich handeln.«

Nick hielt den Atem an. Über den Lautsprecher kam der wirre Klang von vielen gleichzeitig redenden Menschen und dann ein verärgerter Befehl. Der Lärm verstummte. Die Stimmen von Zhang und seinem Übersetzer erklangen aus dem Lautsprecher.

»Mister President. Unsere Truppen nehmen in diesem Augenblick die Basis in Luoyang ein. Wir können von hier aus Codes senden, um die Raketen zu deaktivieren. Bitte warten Sie einen Moment.«

Selena schrieb. *Zhang weist jemand an, Deaktivierungscodes zu senden. Sie erhöhen ihr Verteidigungslevel. Sie könnten in Panik geraten.*

Zhang fuhr fort. »Es wird nur Sekunden dauern, Mister President. Bitte, lassen Sie uns keinen Fehler machen.«

Rice sagte: »Sollten Raketen gestartet werden, dann sind wir gezwungen, zurückzuschlagen, Präsident Zhang. Ich bin absichtlich sehr direkt. Sie müssen diesen Vorfall beenden.«

Im Hintergrund war wieder aufgeregtes Gerede zu hören. Selena schrieb. *Funk-Codes unwirksam. Sie können die Raketen von dort nicht stoppen. Er befiehlt einen Luftangriff auf die Basis.*

»Präsident Rice.« Zhangs Stimme klang angespannt. »Wir sind nicht dazu in der Lage, die Raketen über Funk zu deaktivieren. Wir ergreifen andere Maßnahmen. Unsere Flugzeuge werden in der Luft sein. Wenn nötig, werden wir unsere Raketenabwehr einsetzen. Ich wiederhole, wir haben keine feindlichen Absichten. Bitte interpretieren Sie diese Aktionen nicht falsch. Dies ist kein Angriff. Wir wünschen keinen Krieg.«

Alle warteten auf Rices Antwort. Er stand auf und alle erhoben sich mit ihm.

»Präsident Zhang. Ich begebe mich nun in mein Kommandozentrum, von wo ich Ihre Aktivitäten beobachten werde. Ich werde anrufen.« Er legte auf.

»Sir«, sagte General Holden. »Marine One ist bereit. Sie sollten sich nach Weather Mountain zurückziehen.« Weather Mountain war ein unterirdisches Kommandozentrum und gleichzeitig Atomschutzbunker für hohe Zivilbeamte in der Nähe von Bluemont in West Virginia. Es war fünfundvierzig Minuten entfernt.

Rice sah ihn an. »Nein, General. Selbst wenn wir dort hingelangen, wissen Sie genauso gut wie ich, dass es nicht ausreichend sein könnte. Wir begeben uns zu KNEECAP. Schicken Sie den Vizepräsidenten und das Kabinett nach West Virginia.«

»Ja, Sir.» KNEECAP war die Bezeichnung für Air Force One als Luftkommandozentrale im Falle eines Krieges. Rice konnte, wenn nötig, mit Auftanken bis zu drei Tagen in der Luft bleiben. Danach würden die Motoren versagen. Bevor es so weit kam, würde er landen müssen, falls dann überhaupt noch ein Landeplatz existierte.

Rice fragte: »Wie lange bis zum Raketenstart, General?«

»Sie führen einen Kaltstart durch, Sir. Die DF-5 müssen betankt werden. Vielleicht eine Stunde oder etwas länger. Sobald sie gestartet sind, noch etwa zwanzig Minuten bis sie die Westküste erreichen, und dreißig Minuten bis hierher, es sei denn, wir können sie abfangen. Die DF-31 sind eine andere Angelegenheit. Sobald die mobilen Abschussrampen in Position sind, ist es nur noch eine Frage von Minuten bis zum Start.«

»Können wir sie abfangen?«

»Nicht alle. Das AEGIS System um die *Ronald Reagan* kann einige von ihnen schaffen. Ein paar der in Alaska am Boden stationierten Raketen werden vermutlich auch erfolgreich sein. Sir …« Er schaute auf seine Uhr.

»Ja, General, ich weiß.« Rice wandte sich an Harker. »Sie können gerne hier im Schutzraum des Weißen Hauses bleiben, wenn Sie das möchten.«

Was er nicht aussprach, war, dass es keinen großen Unterschied machen würde, wo sie sich befanden, falls Krieg ausbrechen sollte.

»Vielen Dank, Mister President.«

Rice verließ den Raum. Hogan und General Holden folgten mit dem Außenminister und Wilson.

Das Team blieb im Oval Office zurück. Ronnie schaute auf das Präsidentensiegel auf dem Teppich hinunter. »Könnte genauso gut ein Bild von Ground Zero drauf haben. Das Weiße Haus scheint mir im Moment keine besonders gute Option zu sein«, sagte Ronnie. »Ich wünschte, ich wäre zurück auf dem Reservat.«

»Lassen Sie uns zu PROJECT zurückgehen«, sagte Harker. »Es ist ein Ort, so gut wie jeder andere, um sich das Ende der Welt anzusehen.«

Kapitel 55

Sie saßen in Harkers Büro. Es gab nicht wirklich viel, was sie sonst tun könnten. Krieg würde ausbrechen oder auch nicht. Keiner gab sich der Illusion hin, sie seien sicher. Nichts im Umkreis von hundert Meilen um Washington würde sicher sein, sollten die DF-5 ihre Silos verlassen.

Vielleicht war es ein gutes Zeichen, dass sie genug Zeit gehabt hatten, zum PROJECT-Hauptquartier zurückzugelangen. Stephanie war dort. Elizabeth legte eine Live-Aufnahme von Luoyang auf den Monitor. Es war ein Kriegsgebiet. Die Hauptgebäude waren schwer beschädigt und von Panzern umzingelt. Truppen hasteten zu den Silos, aber Elizabeth wusste, sie waren annähernd uneinnehmbar.

»Sie haben die mobilen Abschussrampen zerstört«, sagte Nick. Rauchende Krater und verbogene Trümmer deuteten an, wo die Raketen positioniert gewesen waren. »Zhang meint es ernst. Er will keinen Krieg.«

Elizabeth griff nach ihrem Stift. »Er hat einen Luftangriff ausführen lassen. Das schaltet die unmittelbare Bedrohung aus. Es sieht aus, als hätten sie die Silos bombardiert.«

»Wird sie das stoppen?«, fragte Selena.

»Vielleicht. Vielleicht auch nicht. Diese Silos sind gegen konventionelle Waffen geschützt.«

»Sie könnten immer noch starten?«

»Ja.«

»Ich hoffe, sie …«

Nick unterbrach seinen Gedanken.

Aus einem Dutzend Silos stiegen Raketen auf Feuersäulen in die Luft. Drei weitere Silos explodierten in riesigen Feuerbällen. Die Soldaten in der Nähe der Silos wurden ausgelöscht. Die Bilder auf dem Monitor verschwanden hinter Wolken aus Abgasen und Rauch.

»Fehlstarts in drei Silos«, sagte Elizabeth. »Diese DF-5 sind mit Flüssigtreibstoff gefüllt. Der Treibstoff muss explodiert sein. Bleiben immer noch zwölf übrig.«

»Wie lange, bis sie hier sind?«, fragte Ronnie.

»Etwa dreißig Minuten. Es sei denn, wir können sie abschießen. Vielleicht kann Zhang einige von ihnen aufhalten. Die Chinesen haben eine Raketenabwehr bei Peking und bei Chengdu.«

Sie verschob das Satellitenbild über Peking. »Ja, er startet seine Raketenabwehr. Ich hoffe, sie taugt was.«

Harker öffnete die unterste Schublade ihres Schreibtisches und holte eine Flasche Cognac heraus. Sie goss schweigend ein und reichte Gläser herum. Selbst Ronnie nahm eines.

Sie hoben die Gläser und tranken. Sie warteten.

Vor der Küste von Kodiak Island, in den Aleuten, bediente Burt Rasmussen eine große Winde, um das Netz mit dem Fang des Tages einzuholen. Der Himmel war grau und bedeckt. Das war der letzte Durchgang, bevor die Sally B. zum Hafen umkehren würde. Ein recht guter Tag.

Er schwang das Netz über das Eis in den offenen Laderaum und ließ es hinunter zu den vier dort wartenden Crewmitgliedern. Plötzlich erschienen weit über ihnen im Dämmerlicht zwei helle Lichtblitze, fast wie neugeborene Sonnen.

»Was zur Hölle war das?«, fragte einer der Männer. Sie starrten nach oben. Während Burt zusah, erblühte noch eine dritte Sonne.

»UFOs. Das müssen UFOs sein.«

»Ja, klar.«

»Vielleicht irgendeine Übung. Ihr wisst schon, vom Militär.«

»Sollte ein Bier wert sein, nachher in der Bar.«

»Frage mich, was es zu bedeuten hat?«

Es bedeutete, Burt würde weiterhin leben und auch morgen noch fischen können.

Kapitel 56

Zwei Tage später. In Harkers Haaren waren graue Strähnen, die Nick bisher nicht aufgefallen waren.

»Das war verdammt noch mal zu knapp«, sagte sie.

Keiner antwortete etwas.

»Die VRC hat sechs der Raketen mit ihrer Raketenabwehr abfangen können. Die AEGIS-Gruppe um die *Ronald Reagan* konnte drei weitere zerstören. Die letzten drei wurden über dem Beringmeer von Alaska aus abgefangen. Ohne Warnung wäre das alles nicht gut ausgegangen. Wenn diese letzten Raketen durchgekommen wären, dann hätte Rice China in ein radioaktives Ödland verwandelt. Schachmatt für die Menschheit.«

»Er hatte ganz schöne Nerven, so lange abzuwarten«, bemerkte Ronnie.

»Was passiert nun?«, fragte Nick.

»Es wird ein Gipfel mit allen Atom-Mächten anberaumt. Das war ein ziemlicher Weckruf für alle. Vielleicht führt das ja zur Abwechslung mal zu einem rationalen Fortschritt bezüglich der Nuklearwaffen.«

»Ach«, sagte Nick, »das glaube ich erst, wenn ich es sehe. Was ist mit Yang?«

»Die VRC hat ein Video von seiner Befragung und Hinrichtung an das Weiße Haus gesendet. Er hat alles zugegeben. Das FBI nimmt die Triaden komplett auseinander. Das ganze Land ist stocksauer auf China. Es ist gerade keine gute Zeit, hier Chinese zu sein.«

Es hatte keine Möglichkeit gegeben, das Geschehene unter Verschluss zu halten. Es waren einfach zu viele Vorfälle. Chinesische Geschäfte wurden verwüstet, Menschen verprügelt. Die gesamte Nation boykottierte alles, was auch nur irgendwie chinesisch war. Die Wirtschaft drohte, in eine tiefe Rezession zu rutschen. Der Kongress war in Aufruhr. Rice wurde in gleichem Ausmaß kritisiert wie gelobt, aber sein Beliebtheitsgrad bei der Bevölkerung war ungebrochen. Es gab noch immer ein Amerika, in dem man leben konnte.

Harker sagte: »In China wird momentan eine Säuberung durchgeführt. Zhang hat die Schlüsselfiguren verhaftet und das Offizierskorps ist ganz schön durcheinandergeraten. Sie lassen niemanden entwischen. So etwas hat es seit Mao nicht mehr gegeben.«

Sie griff in ihre Schreibtischschublade und holte erneut den Cognac und die Gläser hervor.

»Cheryl Wilson ist vom Außenministerium zurückgetreten. Sie wird in Princeton unterrichten.«

»Ich würde es hassen, in einer ihrer Klassen zu sitzen«, sagte Nick.

Harker goss ein. Coke für Ronnie.

Nach einem Moment meinte Selena: »Ich frage mich, ob die Chinesen den Tempel in Tibet ausgraben werden?«

»Ich schätze nicht«, entgegnete Harker. »Es wäre ein ziemlicher kultureller Schock, herauszufinden, dass der Kaiser nicht in Li Shan begraben ist. Ich glaube nicht, dass die VRC momentan noch irgendwelche weiteren Schocks will.« Sie nahm einen Schluck. »Ihr drei habt ein gutes Team abgegeben da draußen. Selena, ich habe nachgedacht. Warum machen wir es nicht offiziell?«

»Was?« Sie war erschrocken. »Sie wollen, dass ich für Sie arbeite?«

»Nicht für mich. Für den Präsidenten. Für Ihr Land.«

»Aber ich weiß nicht, wie man … ein Spion ist, oder was auch immer.«

»Wir können Sie in den Dingen ausbilden, die Sie wissen müssen. Es ist kein Spionieren, das überlassen wir Langley. Sie haben Fähigkeiten, die wir brauchen. Die Mission wäre ohne Sie gescheitert.«

»Ich weiß nicht, was ich sagen soll.«

»Dann sagen Sie nichts. Denken Sie einfach darüber nach.«

Es entstand eine Pause. Stephanie wechselte das Thema. »Ich kann mir nicht vorstellen, wie es ist, im Oval Office zu sitzen. Du kannst nicht gewinnen. Die Hälfte der Leute hasst dich und die andere Hälfte denkt, du musst die Welt retten, oder zumindest ihren Teil der Welt.«

Nick sagte: »Was ist mit all denen, die glauben, die USA wären an allem schuld, was in ihrem Leben falsch läuft? Erinnert mich daran, bei der nächsten Wahl nicht anzutreten.«

Selena lächelte. »Ich stimme für dich, wenn du antrittst.«

»Awwww. Ich auch, Nicky«, sagte Ronnie.

Harker lachte.

Nick hob sein Glas. »Guter Tropfen.«

Kapitel 57

Nick stand mit Selena vor der Grace Cathedral an einem kühlen San Francisco Nachmittag. Die Trauerfeier für ihren Onkel war vorüber. Sonnenlicht glitzerte auf dem Wasser in der Bucht.

»Es war ein guter Gottesdienst«, sagte er.

Sie sah ihn an. »Was wirst du nun machen?«

»Zu meiner Hütte rausfahren, bis Harker mit was Neuem kommt.«

Sie räusperte sich. »Es wird spät, und es ist eine lange Fahrt. Bleib doch noch in der Stadt, heute Nacht. Wir könnten irgendwo essen gehen oder einfach bei mir …«

Er sah sie an. Diese tiefen, violetten Augen. »Klingt gut«, sagte er.

Ihr Loft erstreckte sich über die gesamte oberste Etage des Gebäudes. Zwei Reihen bemalter Säulen verliefen entlang des Hauptraumes und reichten bis an die hohe, mit Blumenmustern versehene Zinndecke. Durch große französische Fenster strömte Licht in den Raum. Große orientalische Teppiche bedeckten den Boden in regelmäßigen Abständen.

Die Küche glänzte mit modernsten Geräten, Edelstahl und Granit-Arbeitsplatten. Eine Bar und ein Weinregal befanden sich an einer Seite.

Die Wände waren in zarten Erdtönen und Weiß gestrichen und präsentierten eine Mischung aus Gemälden und antiken Skulpturen. An einer Wand im Wohnbereich hingen sechs gerahmte Seiten eines antiken Schriftstücks. Alles war perfekt mit Track-Beleuchtung in Szene gesetzt.

Es war ein sorgsam arrangierter Ort, an dem man sich dennoch wohlfühlen konnte.

»Das ist wirklich schön.«

»Vielen Dank. Ich liebe es hier. Wie wäre es mit etwas Wein?«

Sie zog eine Flasche aus dem Regal, öffnete sie und goss ein.

Sie setzten sich auf eine lange Ledercouch unter einem Gemälde. Nick betrachtete es.

»Das ist ein Paul Klee!«

»Ja. Den habe ich mir vor ein paar Jahren zugelegt. Ich habe die Klee-Kopie in deinem Appartement gesehen. Ich liebe seine Arbeiten.«

Er hatte vergessen, wie reich sie war. Er schaute auf ein Gemälde, das hunderttausende Dollar wert war. Vielleicht sogar eine Million. Vielleicht mehr.

»Hast du keine Angst, es könnte jemand hier einbrechen?«

Sie lachte. »Oh, nein, du kannst dir das Sicherheitssystem nicht vorstellen. Onkel William besaß das Gebäude und kannte jemanden, der beim CIA arbeitete. Der hat es eingerichtet. Außerdem ist alles versichert.« Ihr Gesichtsausdruck veränderte sich für einen Moment, als sie ihren Onkel erwähnte. »Ich schätze, jetzt besitze ich das ganze Gebäude.« Sie stellte ihr Glas ab. »Nick … ach, verdammt. Ich werde einfach sagen, was ich denke. Was passiert, wenn wir weiterhin miteinander schlafen?«

Da war er, der Elefant im Raum. Sie sprach nicht nur davon, zusammen in die Kiste zu hüpfen.

Er atmete tief durch. »Ich weiß es nicht.« Er machte eine Pause. »Eines weiß ich aber. Ich will dich«, sagte er. »Es ist mehr als Sex. Ich will dich.«

Es war die Wahrheit. Bis jetzt hatte er es sich nicht eingestanden.

Sie hob ihre Hand, berührte sein Gesicht, legte ihre Hand auf seine Schulter. Er lehnte sich zu ihr. Der Kuss war vorsichtig und zart.

Selena führte ihn ins Schlafzimmer. Sie entkleideten sich. Er fuhr mit seinen Händen über die glatten Rundungen und Vertiefungen ihres Körpers. Sie legten sich aufs Bett. Ihr Haar roch nach Lavendel, ihr Atem war süß vom Wein. Er nahm nichts mehr wahr, bis auf ihre sich gemeinsam bewegenden Körper. Nach einer gefühlten sehr langen Zeit ließ er sich gehen, ein bebender Höhepunkt, der in Wellen über ihn hereinbrach.

Nach einer Weile hob er seinen Kopf. Er küsste sie und schaute ihr in die Augen.

Selena glaubte, etwas in seinem Blick zu erkennen. Sie verharrte und legte ihm einen Finger auf die Lippen.

»Sag es nicht.«

»Selena ...«

»Sag es nur, wenn du es auch wirklich so meinst.«

Er dachte an den Traum von seiner verstorbenen Geliebten.

»Es hat keinen Sinn zu warten, Nick.«

Er fühlte, wie er Kopfschmerzen bekam. Er wollte es sagen. Er konnte es nicht sagen. Noch nicht.

Selena wandte sich ab.

Kapitel 58

Die Nacht war warm und angenehm. Nick hatte die Fliegengittertür und die Fenster seiner Hütte offengelassen, damit es einen leichten Luftzug gab. Er schlief tief und fest, als ihn irgendetwas aufweckte.

Er versuchte herauszubekommen, was das gewesen war. Dann brauchte er nicht weiter nachzudenken. Ein Abzug, der gespannt wurde, machte ein unverwechselbares Geräusch. Dass er plötzlich kaltes Metall an seinem Kopf spürte, war nur das Sahnehäubchen.

»Tu' was ich sage, oder stirb. Weck' sie auf.«

»Wer …« Der Lauf drückte härter gegen seinen Schädel.

»Weck' sie auf.«

»Selena«, sagte er. »Selena, wach auf.« Er schüttelte sie an ihrer Schulter. Er fühlte, wie ihr Atem sich beschleunigte, aber sie hielt ihre Augen geschlossen. Sie war wach.

»Selena, wach auf. Jemand ist hier.«

Sie murmelte etwas und drehte sich weg.

»Sie ist wach. Wenn sie ihre Augen nicht aufmacht, stirbst du. Ich werde bis drei zählen. Eins. Zwei …«

Selena öffnete ihre Augen. Die Pistole verschwand von Nicks Kopf und die Gestalt entfernte sich einen Schritt vom Bett. Er war eine Silhouette vor dem Fenster, sein Kopf glich einem Schädel, ein Todesengel.

»Wer sind Sie? Was wollen Sie?«

»Sie, Mister Carter. Ich will Sie. Und die Hure, mit der Sie schlafen. Die werte Miss Connor.«

»Sie haben uns nicht verraten, wer Sie sind.«

»Sie erkennen mich nicht? Wir haben uns bereits getroffen, gewissermaßen. Ich kannte Ihren Onkel, Miss Connor. Er war nicht besonders stark, nicht wahr? Er hätte uns allen viel Ärger erspart, wenn er länger gelebt hätte.«

»Wu!«

»Das ist richtig, Mister Carter. Ehemals Colonel Wu. Tatsächlich sogar Senior Colonel. Die Dinge liefen gut, bis Sie sich eingemischt haben.«

»Wie sind Sie hierhergekommen? Ich dachte, wir hätten Sie in Tibet erledigt.«

»Ja, das war heikel. Ich war sehr lange bewusstlos. Nachdem Yangs Pläne aufgeflogen waren, schien es mir ratsam, das Land zu verlassen. Aber genug. Stehen Sie auf, beide.«

Er deutete mit seiner Waffe.

Sie stiegen, nackt wie sie waren, aus dem Bett. Nick wünschte, er hätte seine Hosen an. Er verdrängte den Gedanken. Kleidung würde gegen eine Kugel nicht den geringsten Unterschied machen. Nackt oder angezogen, es sah verdammt schlecht für sie aus. Er wusste, sie hatten nicht viel Zeit.

»Ich wäre ein mächtiger Mann im neuen China gewesen«, sagte Wu. »Sie haben das zunichtegemacht. Dafür müssen Sie bezahlen. Es gibt nichts mehr für mich in China. Wenn Sie meine Zukunft zerstört haben, dann soll es Ihnen genauso ergehen.«

»Was wollen Sie tun?«

Wus Gesicht war auf einer Seite verbrannt, die Wunde noch nicht verheilt und hässlich. Aus dem Augenwinkel sah Nick, wie sich Selenas Muskeln anspannten, bereit, für was auch immer passieren würde.

»Tun? Ich werde Sie töten. Dann werde ich mich mit Miss Connor vergnügen. Los, auf die Knie.«

Keine gute Idee. Wu war knapp außer Reichweite, aber es hieß: Jetzt oder nie. Nick beobachtete die Pistole. Plötzlich hörte er die Katze durch die offene Fliegengittertür.

»UUURRRRPPP!«

Wu blickte in die Richtung des Geräuschs und Nick stürzte sich auf ihn. Selena sprang über das Bett. Nick prallte gegen Wu und spürte die Hitze der Waffe, die neben seinem Gesicht losging. Er schleuderte Wu zurück an die Wand.

Wu war stark und schnell. Er wand sich und bekam seinen Arm um Nicks Hals. Er hob seine Pistole, dann entfuhr ihm ein Schrei. Selena drückte mit aller Kraft auf einen Nerven-Punkt.

Wu ließ los und rammte Selena den Ellenbogen in den Magen. Sie brach, nach Luft schnappend, zusammen. Nick schlug nach Wus Handgelenk. Die Pistole feuerte einen Schuss in den Boden und flog aus Wus Hand. Wu riss seine Hand kräftig nach unten und Nicks linker Arm wurde taub. Wu wehrte einen Tritt in die Leistengegend ab und versuchte einen Nierenschlag zu landen. Nick wich aus und hieb seine rechte Handfläche mit Wucht unter Wus Nase, wodurch er den Knorpel bis in dessen Gehirn trieb. Wu schlug hart mit dem Rücken auf, Blut strömte aus seinem Gesicht. Seine Füße trommelten gegen den Boden.

Nick ging zu Selena, die am Boden kniete und nach Luft schnappte.

»Bist du in Ordnung?«

»Ja.«

Er schaute nach Lebenszeichen bei Wu. Als er sicher war, dass Wu tot war, ging er zu Selena und drückte ihren nackten Körper an sich.

Dann rief er Direktor Harker an.

Kapitel 59

Harkers Reinigungstruppe war noch vor der Dämmerung bei der Hütte. Sie nahmen die Leiche mit. Von Wus Kugel war eine lange, gesplitterte Kerbe im Fußboden zurückgeblieben.

Nick goss sich einen doppelten irischen Whiskey in seinen Kaffee und ging nach draußen auf die Terrasse. Die Sonne kroch über die Hügel hinter der Hütte. Licht strömte wie weißes Feuer durch die Zweige der Bäume. Die vom Boden aufsteigende Feuchtigkeit glich dünnen Rauchschwaden. Der Geruch von Piniennadeln und feuchter Erde vermischte sich mit dem dampfenden Aroma von Kaffee und Whiskey.

Selena kam heraus und setzte sich mit einer Tasse in der Hand neben ihn. Die Luft war kühl und frisch. Nick nippte an seinem Kaffee. Selena wischte sich mit ihrer linken Hand eine Strähne aus der Stirn und trank aus ihrer Tasse.

»Das ist ein schöner Ort. Es ist so ruhig.« Er spürte, dass sich noch etwas hinter ihren Worten verbarg. Er wartete.

»Ich habe jetzt jahrelang Kampfsport trainiert, aber ehrlich gesagt habe ich nicht geglaubt, das tatsächlich mal einsetzen zu müssen.«

»Wie du Wu über das Bett angesprungen hast, ich dachte, du fliegst. Wenn du den Griff bei ihm nicht angewendet hättest …«

Er wartete.

»Ich weiß gar nicht mehr, wer ich bin«, sagte sie. »Ich meine, eigentlich schon, aber es ist irgendwie anders. Ich muss immer wieder an Tibet denken, und dass ich diesen Soldaten erschossen habe. Ich habe Menschen getötet. Ich denke die ganze Zeit, ich müsste mich schuldig fühlen oder verstört sein oder so was. Aber ich fühle mich nicht schuldig. Ich fühle mich auch nicht schlecht wegen Wu. Ich habe nicht das Gefühl, etwas Falsches getan zu haben. Wie kann das sein?«

Eine weitreichende Frage ohne eindeutige Antwort.

»Wie hast du dich in Tibet gefühlt, mitten im Feuergefecht?«

»Verängstigt. Lebendig.«

»Lebendiger als jemals zuvor, richtig? Das verwirrt dich?«

Sie sah ihn an. »Ja.« Sie hielt inne. »Nein.«

»Was wäre passiert, wenn du nicht abgedrückt hättest, diesen Soldaten nicht erschossen hättest?«

»Du wärst tot. Ich vielleicht auch.«

»Richtig. Du hast die einzig richtige Entscheidung getroffen. Du hast es nicht getan, weil du jemanden töten wolltest, sondern weil du es tun musstest. Wenn du dich nicht schuldig fühlst, dann würde ich sagen, das ist eine verdammt gute Anpassung. Dass du dich fragst, warum du keine Schuldgefühle hast, sagt mir, dass du ein guter Mensch bist.«

»Du scheinst ja auf alles eine Antwort zu haben.«

Er lachte. »Klar, darum verdiene ich hier auch das große Geld. Ich hab den Durchblick. Genieße die mangelnden Schuldgefühle und hoffe, dass es so bleibt.«

»Das hat alles nicht sonderlich viel verändert, oder?«

»Was meinst du?«

»Wir haben Yang nicht aufgehalten. All die Menschen sind tot, und was wir getan haben, hat nicht den geringsten Unterschied gemacht.«

»Es war nicht unsere Aufgabe, ihn aufzuhalten. Unsere Aufgabe war es, herauszufinden, was er mit diesem Buch wollte. Das haben wir getan. Auf lange Sicht macht es vielleicht einen Unterschied, vielleicht auch nicht. Was wir für Harker tun, ist ein Glücksspiel.«

Er pustete auf seinen Kaffee. »Wie denkst du über ihren Vorschlag? Es offiziell machen? Du könntest auch einfach wieder Vorträge halten.«

»Glaubst du nicht, dass wir – also wir beide … dass das ein Problem sein könnte?«

»Nicht, wenn wir das nicht zulassen.«

»Ich denke darüber nach.«

»Na, das ist ja schon mal was.«

Nach einem Moment sagte sie: »Ich hätte nie gedacht, mit jemandem wie dir zusammenzukommen.«

»Jemand wie ich?«

»Ein Mann, der nicht von mir eingeschüchtert ist, oder Angst hat, ich könnte mehr wissen als er, oder mit meiner Zickigkeit umgehen kann.«

»Du bist zickig? Ist mir gar nicht aufgefallen.«

Sie warf ihm einen Blick zu, der eindeutig *Klugscheißer* sagte. »Ich dachte, ich würde einen netten, beständigen Typ mit geregeltem Job finden. Dann habe ich dich getroffen. Jemand, der beruflich Dinge in die Luft jagt und Beständigkeit nicht von einer Aubergine unterscheiden könnte. Wie wahrscheinlich war das denn?«

»Wen kümmert schon die Wahrscheinlichkeit?«

»Du hast gut reden. Wie standen unsere Chancen, wieder aus dieser Mine zu gelangen, oder aus Tibet, nachdem die Chinesen aufgetaucht sind?«

»Ich glaube nicht an Wahrscheinlichkeit. Wenn es so aussieht, als hättest du schlechte Karten, lass es drauf ankommen und sage dir, du kannst es schaffen.«

Er sah Selena an und fragte sich, wo das enden würde. Fürs Erste war er bereit, es einfach das sein zu lassen, was es war.

Ein Wagnis.

Ein Anfang.

– E N D E –

JET
NEW YORK TIMES-BESTSELLER-AUTOR
RUSSELL BLAKE
LUZIFER

EIN BLACK SHUCK THRILLER
IAN GRAHAM
ALTE WUNDEN
LUZIFER

ROBERT BLAKE
WHITEHILL
DEAD
RISE
GNADENLOSE JAGD
EIN BEN BLACKSHAW THRILLER
LUZIFER

ALEX SHAW
COLD EAST
EIN AIDAN SNOW THRILLER
LUZIFER

LUZIFER

VERLAG